KB068877

 4

2초판 1쇄 인쇄일 2019년 3월 15일 | **초판 1쇄 발행일** 2019년 3월 20일

지은이 조휘 | **펴낸이** 곽동현 | **담당편집 팀장** 이범수
편집부 정요한 홍현주

펴낸곳 (주)조은세상 | **출판등록** 제2002-23호
주소 경기도 연천군 미산면 청정로1355
TEL 02)587-2966 | FAX 02)587-2922
E-mail bukdu@comics21c.co.kr

조휘ⓒ2019
ISBN 979-11-6432-118-6 | ISBN 979-1-89785-63-5(set)
값 8,000원

독재자

조휘 대체역사장편소설

ALTERNATIVE HISTORY FICTION

4

조휘 대체 역사 장편소설

NEO ALTERNATIVE HISTORY FICTION

CONTENTS

독재자

1장. 피가 흐르는 산

조명연합군 병사가 찌른 장창을 피한 이준성은 언월도를 비스듬히 베어 갔다. 언월도가 병사의 허리를 단숨에 갈랐다.

이준성은 뒤로 몇 걸음 물러섰다. 허리가 잘린 병사의 몸이 상체는 옆으로, 하체는 뒤로 나눠져서 쓰러지는 모습이 눈에 들어왔다. 그는 한 걸음 더 물러섰다. 바닥에 쓰러진 병사의 몸에서 흐른 피와 내장이 주변을 피바다로 만들었다.

그때, 급히 돌아선 이준성 앞에 그의 등을 베어 오는 조명연합군 병사의 칼이 나타났다. 그는 재빨리 왼손에 쥔 왜도로 막아 내곤 위로 치켜든 언월도를 병사의 머리에 내려쳤다.

9

병사는 머리부터 사타구니까지 일자로 잘려 두 동강이 났다. 이번 역시 잘린 병사의 몸에서 피와 내장이 엄청나게 쏟아져 나왔기 때문에 그는 옆으로 걸음을 옮겨 피해야 했다.

이준성은 그런 식으로 그에게 덤벼드는 조명연합군 병사 10여 명을 눈 깜짝할 사이에 해치웠다. 그 모습에 겁에 질린 조명연합군 병사들이 그를 슬슬 피했다. 덕분에 그는 그를 괴롭히는 심각한 문제를 고민할 여유를 잠시 얻을 수 있었다.

방금 전, 얼굴이 하얗게 질린 권율이 그를 찾아와서는 작년에 동맹을 맺은 야인여진 족장 노토가 배신해 함경도로 쳐들어왔다는 비보를 전해 주었다.

그가 전한 나쁜 소식은 그게 다가 아니었다. 권율은 왜군이 수군을 이용해 강원도 해안에 상륙했다는 비보를 추가로 전했다. 즉 북쪽과 동쪽, 양쪽에서 예상치 못한 상대에게 예기치 못한 기습을 당한 셈이었다.

거기다 서쪽에서 인제로 쳐들어온 조명연합군 8만 명을 더하면 그는 동서북 세 방향에서 적의 협공을 받는 상황이었다. 그렇다면 남쪽으로 탈출하는 게 가장 이상적일 테지만 남쪽엔 태백산맥이 있어 막다른 골목과 같았다.

쉽게 말해 그는 지금 사면초가에 빠진 상황이었다.

지금 이 절체절명의 위기에서 빠져나갈 수 있는 거의 유일한 방법은 그가 가진 모든 영토를 일단 적에게 내준 다음 태백산맥의 깊은 숲 속으로 들어가 유격전과 같은 비정규전을 수행해 권토중래를 노리는 방법이었다.

비정규전은 그가 가장 자신 있어 하는 분야였다. 4, 5년 안에 빼앗긴 영토는 물론이거니와 한반도 전체를 다시 점령할 자신이 있었다.

그러나 그가 생각하기에 4, 5년은 너무 길었다. 단순히 오래 걸리기 때문만은 아니었다. 왜군이란 강적이 있는 상황에서 내전까지 장기간 이어질 경우, 백성의 삶은 지금보다 훨씬 궁핍해질 가능성이 아주 농후했다.

그런 상황에서 한반도를 다시 차지한다 한들 망가진 국토와 궁핍해진 백성의 삶을 복구하는 데 몇 년이 걸릴지 알 수 없는 노릇이었다.

이는 그가 절대 원하지 않는 시나리오였다. 이런 이유로 인해 그가 취할 수 있는 최선의 대처는 사실 하나밖에 없었다.

바로 정면 돌파였다.

적이 얼마가 몰려오든 상관없이 다 쳐부숴 없애 버리는 것이다.

그가 다시 현실에 집중하기 시작했을 때는 전투가 이미 막바지로 치닫는 중이었다. 곧 그가 있는 장소로 장수들이 보낸 전령이 속속 도착했다. 처영은 그가 지휘하는 금강여단이 방금 전 치른 전투에서 오유충 부대 후군을 완전히 박살 냈을 뿐만 아니라 후군이 가진 야포와 화약, 군마, 군량, 무기 등 엄청난 양의 전리품을 노획했단 기쁜 소식을 전해 왔다.

오유충 부대의 선봉을 친 황진 역시 흡사한 보고를 보내왔다. 황진은 그가 이끄는 자유여단으로 오유충 부대의 선봉을 기습해 천 명 단위의 포로를 잡는 쾌거를 올리는 데 성공했다.

그렇다면 이제 남은 적은 오유충이 직접 이끄는 중군밖에 없었다. 비룡여단의 일제 사격에 처참히 패한 오유충의 중군은 반대편 벼랑으로 밀려나 최후의 발악을 하는 중이었다.

이준성은 인드라망으로 전장을 재빨리 훑어보았다. 곧 오른쪽 100미터 지점에 조명연합군 병사 몇백 명이 뭉쳐 있는 모습이 시야에 들어왔다. 그는 한명련이 이끄는 흑룡대대와 그곳으로 달려갔다. 조명연합군의 저항이 아주 거셌다.

"저항이 거셀수록 그 안에 뭐가 들었는지 더 궁금해지는 법이지."

이준성은 언월도로 막아서는 조명연합군 병사 세 명을 동시에 가른 다음, 안으로 뛰어들어 왜도를 현란하게 휘둘렀다. 조명연합군 병사 두 명이 자기 목을 틀어쥐며 쓰러졌다.

옆에서는 한명련이 창으로 적을 찌르는 중이었다. 한명련은 창의 고수인 듯했다. 그가 창을 번개같이 찌를 때면 어김없이 조명연합군 병사 한 명이 몸에 구멍이 뚫려 자빠졌다.

잠시 후, 이준성과 한명련의 흑룡대대는 양파껍질 벗기듯 조명연합군을 차례차례 제거하며 적진 중심부로 진입했다. 저항은 거셌지만 분노한 이준성을 막아 낼 만큼 실력 있는 적은 없었다. 그가 휘두르는 언월도는 갑옷과 사람의 뼈를 통째로 잘라 냈으며 왜도는 눈으로 따라잡기 힘들 만큼 빨라 막으려 들었을 때는 이미 핏물이 허공을 수놓은 후였다.

양파는 까다 보면 언젠가는 속심이 드러나기 마련이었다. 조명연합군 역시 이런 법칙에서 벗어나지 못했다. 이준성과 한명련이 사이좋게 조명연합군 병사 한 명씩을 더 해치웠을 때였다. 마침내 적이 필사적으로 보호하던 비밀이 드러났다.

그 비밀은 다름 아닌 오유충의 존재였다.

오유충은 항복할 생각이 전혀 없어 보였다.

이준성을 본 오유충이 큰 칼을 휘두르며 덤벼들었다. 이준성은 왜도로 오유충의 칼을 막아 낸 다음, 언월도로 반격했다.

오유충은 노름으로 그 자리에 오른 게 아니라는 듯 칼을 끌어당겨 이준성의 언월도를 막아 냈다. 그러나 막았다는 말이 상대의 공격을 저지했다는 말과 항상 일치하진 않았다.

카앙!

오유충은 언월도에 밀려 지상 위로 1, 2센티미터 가량 떠올랐다. 이준성의 언월도에 실린 힘을 감당하지 못한 탓이었다.

푸욱!

이준성은 허공에 뜬 오유충의 가슴에 왜도를 찔러 넣었다. 오유충은 허우적거리다가 왜도의 날카로운 끝이 자신의 갑옷을 자르며 들어오는 모습을 그저 지켜볼 수밖에 없었다.

왜도는 오유충의 가슴으로 들어가 등 뒤로 빠져나왔다. 이준성은 오유충의 가슴에 박힌 왜도를 이용해 그를 위로 번쩍 들어 올린 다음 오른손에 쥔 언월도를 옆으로 베어 갔다.

오유충의 잘린 머리가 투구를 쓴 상태 그대로 둥실 떠올랐다.

한명련은 물론이거니와 그 근처에 흩어져 있던 장수와 병사들 모두 두려움 가득한 표정으로 이준성과 공중에 뜬 상태에서 처참하게 목이 잘려 나간 오유충의 시체를 바라보았다.

이는 사람이 사람에게 할 수 있는 일이 아니었다. 단순히 잔인하다는 의미가 아니었다. 갑옷을 입어 7, 80킬로그램이 훌쩍 넘어가는 오유충을 한 손으로 번쩍 들어 올린 다음 20킬로그램이 넘는 언월도를 휘둘러 목을 치는 것은 그들이 지닌 상식을 완전히 무너트리는 행동이었다.

한명련은 그제야 사람들이 이준성을 대역귀라 부르며 두려워하는 이유를 알 수 있었다. 평범한 사람은 절대 하지 못하는 행동을 이준성은 쉽게 해내기 때문에 귀신이란 소문이 돈 것이다.

그러나 정작 이준성은 머릿속이 다음 작전으로 가득 차 있는 상태이기 때문에 부하들이 어떤 시선으로 그를 보는 중인지 알지 못했다. 어쨌든 오유충의 죽음은 적의 패배를 뜻했다.

그때까지 살아남은 병사 대부분이 도주와 항복 두 가지 중 하나를 선택했다. 이준성은 부하들이 도주하는 적을 쫓지 못하게 했다. 물과 식량이 없는 그들은 강원도의 산속을 헤매다가 탈진해 죽을 확률이 최소 50퍼센트 이상이었다.

오유충을 처리한 이준성은 처영과 황진에게 전령을 보내 전장을 수습하란 명령을 내린 다음 비룡여단만 대동한 상태에서 남쪽으로 급히 내달렸다. 몇 시간 후, 그들 앞에 양원의 지휘를 받으며 행군 중인 조명연합군 2만 명이 나타났다.

한데 양원이 택한 경로는 오유충이 택한 경로보다 훨씬 수월한 편이었다. 제법 널찍한 길 두세 개가 붙어 있다가 떨어지길 반복하는 지점이어서 오유충을 상대할 때처럼 선봉, 중군, 후군을 나눠 기습하는 작전을 진행할 수 없었다.

양원의 병력을 상대하기로 한 부대는 유응수의 백랑여단과 조광의 절강여단이었다. 그러나 두 부대가 같이 움직이지는 않았다. 맡은 역할이 다르기 때문이었다.

유응수의 백랑여단은 하얀 늑대란 이름에 걸맞게 양원의 병력을 끈질기게 괴롭혀 그들을 함정으로 몰아넣는 역할을 맡았다. 반면, 조광의 절강여단은 함정을 파 놓은 상태에서 백랑여단이 유인해 올 양원의 병력을 치기 위한 준비를 하는 중이었다.

이준성은 곧 백랑여단장 유웅수를 만나 보고를 받았다.

"상황이 어떤가?"

유웅수가 좋지 않다는 듯 고개를 살짝 저었다.

"양원은 성격이 아주 신중한 자 같습니다. 백랑여단이 몇 번 기습을 가해 함정으로 몰아넣으려 해 봤는데 통하질 않습니다. 오히려 속도를 늦추며 더 경계하는 모습을 보였습니다."

어차피 작전은 작전일 뿐이었다.

지금은 컴퓨터 AI를 상대하는 싱글게임이 아니었다. 컴퓨터는 패턴이 있어 똑같은 변수가 주어지면 같은 행동을 반복하지만 사람은 컴퓨터가 아니어서 예측하기 훨씬 어려웠다.

이준성은 지도를 살펴보다가 명령을 수정해 전달했다.

"지금 즉시 조광의 절강여단에게 매봉산을 내려와 냇강마을 왼쪽 산기슭 사이에 함정을 다시 설치하라 전해라. 안이 꽤 넓기 때문에 2만 명쯤은 충분히 가둬 둘 수 있을 것이다."

이준성의 명령을 받은 전령이 매봉산으로 부리나케 달려갔다.

얼마 후, 이준성은 절강여단이 냇강마을에 도착해 함정을 다시 설치했단 보고를 받았다. 이젠 그들이 움직일 차례였다.

이준성은 비룡여단, 백랑여단 두 여단만을 대동한 상태에서 매복지를 빠져나와 양원의 병력이 있는 장소로 이동했다.

양원은 두 갈래 길 앞에서 오른쪽 길로 막 들어서던 참이었다. 오른쪽은 이여송의 주력부대와 이어진 길이기 때문에 그들이 오른쪽 길로 가게 놔두면 각개 격파할 방법이 없었다.

속도를 높인 이준성은 오른쪽 길이 보이는 고지로 올라갔다. 양원의 선봉부대 4,000명이 길 입구에 막 모습을 드러냈다.

"궁병 부대는 오른쪽 길 입구에 불화살을 퍼부어라!"

이준성의 명령을 받은 병사들은 흙바닥에 기름과 화약을 뿌려 만든 불꽃으로 불화살을 제작해 오른쪽 길에 발사했다.

불화살 수백 발이 점차 어두워져 가던 하늘을 대낮처럼 밝히며 오른쪽 길에 막 들어선 양원의 선봉부대 머리에 떨어졌다.

◆ ◈ ◆

이준성은 사실 화공을 별로 선호하지 않았다. 시작은 사람이 하지만 어떻게 마무리를 짓느냐는 결국 자연의 뜻에 달려 있기 때문이었다. 인간이 자연을 100퍼센트 통제하는 기술을 만들어 내지 못하는 한, 화공은 다른 어떤 작전보다 실패할 확률이 높은 도박적인 작전으로 계속 남아 있을 것이다.

비록 원주읍성에서 바람의 방향을 미리 읽은 덕분에 큰 성과를 거두긴 했지만 바람의 방향을 읽지 못해 낭패를 보는 경우 역시 적지 않았다. 지금이 바로 그런 경우에 해당했다.

양원의 선봉부대 머리 위에 떨어진 불화살은 화재를 일으켜 적이 오른쪽 길로 가지 못하도록 차단하는 데 성공을 거두었다. 그러나 문제는 그 다음이었다. 바람의 방향이 갑자기 바뀌어 길을 태우던 불길이 그들이 있는 산으로 번져 왔다.

이준성은 모든 것을 집어삼킬 것처럼 입을 쩍 벌린 화마가 강풍을 촉매 삼아 그들을 향해 덮쳐 오는 모습을 보았다. 그야말로 순식간이어서 반응할 틈이 없었다. 어렸을 때 부모님이 불장난하지 말라던 이유를 그제야 알 수 있었다.

"모두 왼쪽으로 피해라! 빨리!"

이준성은 급히 병력을 왼쪽으로 우회시켜 불길이 병사들을 덮치지 못하게 조치했다. 그러나 이번에는 절대 봐줄 생각이 없다는 듯 불길이 순식간에 산 위로 번져 왔다. 반면 그가 대피시켜야 할 인원은 비룡여단, 백랑여단을 합쳐 7,000여 명에 이르렀다. 결국 3,400명의 병사가 불길을 피하지 못해 목숨을 잃었다. 희생자 중에는 유응수와 함께 함흥삼걸로 불리던 한인제가 끼어 있어 더 안타까움을 자아냈다.

그러나 이준성은 예상치 못한 사고에 당황해 머뭇거리지 않았다. 우회한 병력으로 재빨리 조명연합군 뒤를 기습했다.

물론 이번 역시 이준성 본인이 직접 선두를 맡았다. 날이 이미 어두워진 탓에 다른 병사들은 야간 교전에 어려움을 겪었지만 인드라망 덕분에 그럴 필요가 없는 이준성은 물 만난 고기처럼 적진을 헤집었다. 언월도가 달빛을 받아 번쩍거릴 때마다 검붉은 핏물이 오로라처럼 밤하늘을 물들였다.

이준성은 그에게 덤벼드는 조명연합군 병사들을 해치우는 틈틈이 야간 작전 지휘에 어려움을 겪는 부하 장수들을 도왔다.

"지금 즉시 유응수 장군에게 전령을 보내 백랑여단 중군과 우군을 뒤로 50보 후퇴시키란 명령을 전해라! 그들이 위로 너무 많이 올라가는 바람에 적진에 고립당할 위험이 있다!"

"예!"

주변 소음에 묻히지 않도록 큰 소리로 대답한 흑룡대대 전령 세 명이 급히 백랑여단이 위치한 좌측 전선으로 달려갔다. 세 명을 보낸 이유는 전령이 가다가 죽을 수 있기 때문이었다. 만약 세 명이 다 죽는다면, 그건 하늘의 뜻일 터였다.

이준성은 또 다른 전령을 불러 다음과 같은 명령을 내렸다.

"너희들은 하구로 장군에게 가서 두 개 중대를 우측 전선 끝에 배치해 그쪽으로 올 가능성이 높은 적을 분쇄하라 전해라!"

"예!"

대답한 전령들은 우측 전선에 있는 비룡여단을 찾아 달려갔다.

잠시 후, 백랑여단과 비룡여단이 그가 내린 명령에 따라 움직이는 모습이 보였다. 백랑여단장 유웅수는 백랑여단 중군과 우군을 50보 뒤로 후퇴시켜 전선 균형을 맞추었다. 또 비룡여단장 하구로는 적룡대대와 황룡대대를 우측 전선 끝에 추가 배치해 그쪽에 있는 병력 숫자를 늘렸다.

어둠 속에서 은밀하게 이루어진 기동이기 때문에 조명연합군은 이를 전혀 눈치 채지 못했다. 실제로 조명연합군은 몇 분 전까지 방어가 가장 헐겁던 우측에 주력을 집결시켰다.

그러나 조명연합군이 우측 전선에 주력을 집결시켰을 때는 이미 비룡여단 적룡대대와 황룡대대 병사들이 도착해 그쪽 방어를 단단히 굳혀 놓은 상태였다. 즉 조명연합군은 비룡여단이 미리 파 놓은 함정으로 알아서 기어들어 간 셈이었다.

적룡대대와 황룡대대 병사들은 조명연합군을 에워싸며 맹렬한 공격을 퍼부었다. 전선 좌우 끝에서 날아든 조총 탄환과 화살이 쉴 새 없이 교차해 화망을 구성했으며 우측 전선 가운데선 보병이 천뢰 2호를 던지며 들어온 적을 요격했다.

퍼퍼퍼펑!

적룡대대, 황룡대대 병사들이 던진 천뢰 2호가 조명연합군 머리 위에서 불꽃놀이 할 때처럼 쉼 없이 폭발하는 모습을 지켜보던 이준성은 중앙으로 시선을 돌려 정면을 응시했다.

비룡여단이 있는 우측 전선에 조명연합군이 주력을 배치하는 바람에 그가 있는 중앙 전선 방어가 헐거워진 상태였다.

이준성은 이런 기회를 놓칠 사람이 결코 아니었다.

"흑룡대대는 나를 따라와라!"

명령을 내린 이준성은 헐거워진 중앙 전선 안으로 가장 먼저 뛰어들었다. 곧 조명연합군 병사들이 창으로 그를 찔러 왔다.

타타타탕!

이준성은 언월도로 창 네 개를 동시에 막아 낸 다음 왜도를 위로 베어 갔다. 목과 얼굴에 상처를 입은 조명연합군 병사 네 명이 도미노가 무너지듯 차례로 쓰러졌다. 이준성은 쓰러진 병사들을 훌쩍 뛰어넘어 안으로 계속 달려 들어갔다.

이번엔 방패와 칼을 든 병사들이 그를 에워쌌다. 그들은 두꺼운 방패를 다닥다닥 이어 붙여 마치 성벽처럼 만들었는데, 견고하기 이를 데 없어 찌르거나 베는 방식으론 뚫기 힘들 듯했다. 그러나 이준성은 상식이 통하지 않는 사내였다.

이준성은 왜도를 바닥에 꽂은 다음, 언월도를 양손으로 잡아 휘둘렀다. 언월도는 방패에 막혀 빗나갔지만 효과가 전혀 없진 않았다. 방패를 쥔 병사들이 언월도에 실린 힘을 이기지 못해 취객처럼 비틀거렸다. 그는 언월도를 빙글 돌려 날 방향을 반대로 잡은 다음 그대로 발목 쪽을 베어 갔다.

발목이 잘린 병사 대여섯 명이 비명을 지르며 바닥에 나뒹굴었다. 바닥에 꽂아 둔 왜도를 다시 집어든 이준성은 발목이 잘려 고통스러워하는 병사들 틈을 재빨리 통과했다.

그런 식으로 다섯 번 연달아 공격한 이준성은 순식간에 30미터를 전진했다. 이준성 혼자라면 적에게 에워싸여 갇힐 수 있는 무모한 행동이었지만, 다행히 그는 혼자가 아니었다. 그 옆에는 한명련이 이끄는 흑룡대대 병사들이 있었다. 흑룡대대 병사들은 사방에서 덤벼드는 적을 막아 내며 이준성을 지켰다.

이준성은 말을 탄 명나라 기병 하나가 큰 칼을 빙빙 돌리며 달려드는 모습을 보았다. 처음에는 기병을 바닥으로 떨어트리기 위해 말의 다리를 잘라 버릴 생각이었다. 하지만 기병의 속도가 예상보다 빨라 언월도를 휘두를 틈이 없었다. 그는 재빨리 상체를 밑으로 숙여 칼을 피했다. 머리 위로 기병이 휘두른 큰 칼이 쌩하는 바람 소리를 내며 지나갔다.

공격을 피한 이준성은 뒤를 돌아보았다. 기병이 재차 공격하기 위해 방향을 바꾸는 모습이 보였다. 이준성은 기병이 방향을 완전히 바꾸기 전에 재빨리 왼손에 쥔 왜도를 던졌다.

쉬익!

빨랫줄처럼 날아간 왜도가 기병의 얼굴로 짓쳐 갔다. 그러나 기병 역시 순발력이 있어 급히 상체를 앞으로 숙여 피했다.

그러나 왜도를 피한 기병이 다시 상체를 세웠을 땐 이미 이준성이 그의 앞에 당도해 있었다. 이준성은 기병의 다리를 잡아 바닥으로 끌어내린 다음, 언월도로 목을 내리쳤다.

이준성은 목이 잘려 죽어 가는 기병을 힐끗 본 다음, 주인을 잃은 군마에 올라타 앞으로 달려갔다. 지상에 있을 때조차 무적이었던 그가 이젠 말까지 올라탄 상황이었다. 그를 상대해야 하는 적 입장에서는 이보다 더 최악이 없을 듯했다.

이준성이 순식간에 10여 명의 적을 베어 가며 전진했을 때였다. 갑자기 주위가 밝아졌다는 느낌이 들기 무섭게 매캐한 화약 냄새가 풍겨 왔다 물론, 양측 다 조총병을 운용하기 때문에 화약 냄새를 계속 맡았지만 이번엔 농도가 달랐다.

이준성은 화약 냄새가 나는 방향으로 고개를 돌리지 않았다. 고개를 돌렸을 땐 이미 늦기 때문이었다. 그는 말목을 양팔로 끌어안은 다음, 왼쪽으로 몸을 날렸다. 말이 목에 가해진 무게를 이기지 못해 왼쪽으로 호선을 그리며 쓰러졌다.

쿵!

바닥에 떨어진 이준성은 말 뒤에 바짝 누워 소리쳤다.

"산개해라! 흑룡대대 병사들은 즉시 산개해라!"

흑룡대대가 이준성의 명령에 따라 급히 산개에 나섰을 때였다.

평평평평평!

천둥이 울리는 것 같은 포성과 함께 시커먼 우박 같은 덩어리들이 이준성이 엄폐해 있는 방향으로 쏜살같이 날아왔다.

이 시커먼 덩어리들이 우박과 다른 점이라면 우박은 하늘에서 내리지만 이 덩어리들은 옆에서 날아온단 점이 달랐다. 또 우박은 차갑지만 이 덩어리들은 뜨거운 데다 다른 물체와 충돌하면 부서지는 게 아니라 틀어박힌단 점이 달랐다.

검은 덩어리의 정체는 바로 조명연합군 포병부대가 야포로 발사한 조란환이었다. 새의 알처럼 생긴 외형 때문에 조란환이란 이름이 붙은 이 포탄은 보통 야포 한 문에 수십 개를 장전해 발사하기 때문에 커다란 산탄총에 더 가까웠다.

산탄총으로 쏜 산탄처럼 이 조란환 역시 태생적인 한계 때문에 멀리 날아가지 못했다. 대신 근거리에서 적에게 발사할 경우, 그 일대 전체를 죽음의 지대로 만드는 효과가 있었다.

파파파팟!

조란환이 그가 엄폐하는 데 쓴 군마에 틀어박힐 때마다 몸이 크게 출렁거렸다. 그러나 조란환이 군마의 두꺼운 몸통까지는 관통하지 못했기 때문에 그는 전혀 피해를 입지 않았다.

이준성은 고개를 돌려 흑룡대대 병사들을 살펴보았다.

이준성이 시기적절한 타이밍에 산개하란 명령을 내린 덕분에 흑룡대대의 피해는 그다지 크지 않았다. 오히려 흑룡대대보다는 그들을 상대하던 조명연합군 피해가 훨씬 심했다. 조란환에 머리와 팔다리가 날아간 처참한 모습으로 바닥에 쓰러진 사상자 대부분이 조명연합군 소속 병사들이었다.

이 시기의 야포는 발사하면 재장전에 몇 분이 걸렸으며 조란환처럼 장전이 쉽지 않은 포탄은 거기서 시간이 더 걸렸다.

이준성은 그 틈에 벌떡 일어나 앞으로 질주했다. 재장전을 서두르던 조명연합군 포병은 혼비백산해 도망쳤다. 그들을 지켜 줘야 할 보병은 방금 전 발사한 조란환에 거의 다 당해 버린 상태였다. 포병 뒤에는 보급부대가 위치해 있었다. 보급부대 역시 포병만큼이나 무장이 빈약하기 때문에 이준성과 한명련의 흑룡대대와 싸워 볼 엄두를 내지 못했다.

포병과 보급부대의 퇴각은 양원이 이끄는 조명연합군 전체의 퇴각을 불러왔다. 그러나 퇴각 역시 그리 쉽지만은 않았다.

이준성이 개전 초기에 조명연합군 앞에 놓인 두 갈래 길 중 오른쪽으로 이어진 길에 화공을 펼쳤기 때문에 그곳은 이미 불바다와 다름없었다. 조명연합군은 하는 수 없이 비어 있는 왼쪽 길로 퇴각했는데 이는 이준성이 의도한 대로였다.

이준성은 비룡여단과 백랑여단을 직접 통솔해 양원의 조명연합군이 냇강마을에 있는 산기슭으로 도망치게 유도했다.

그로부터 10분쯤 지났을 때였다.

이준성은 전 병력을 그 자리에 멈춰 세웠다.

"여기에 저지선을 펼쳐라!"

이준성의 명령을 받은 병사들이 나무말뚝을 땅에 박아 저지선을 구축했다. 말이 저지선이지, 가축을 가두는 우리에 더 가까웠다. 병사들이 저지선을 펼치는 모습을 지켜보던 이준성은 고개를 돌려 인드라망으로 조명연합군을 찾아보았다.

그들은 400미터 떨어진 곳에서 탈출방법을 모색하는 중이었다.

"이제 절강여단에 신호를 보내라!"

곧 궁수 몇 명이 앞으로 나와 북서쪽으로 불화살을 발사했다.

"와아아아!"

잠시 후, 함성을 크게 지른 절강여단 병사들이 매복지에 뛰쳐나와 산기슭의 오목한 부분에 갇힌 조명연합군에게 탄환과 불화살을 미친 듯이 쏟아부었다. 저지선을 펼친 비룡여단과 백랑여단 병사들 또한 불화살을 쏴 공격을 지원했다.

산기슭 오목한 부분에 갇혀 버린 조명연합군 병사들은 앞과 뒤 양쪽에서 쏟아지는 탄환과 불화살에 무수히 죽어 나갔다.

이준성은 내일 해가 뜨기 전에 양원이 이끄는 조명연합군을 제거할 생각으로 비룡여단과 함께 저지선 안으로 진입했다.

저녁부터 지금까지 이어진 야간교전으로 양원이 이끄는 조명연합군은 병력이 2만에서 1만 7천으로 줄었다. 그러나 1만 7천이란 병력 역시 아직 대단하기는 마찬가지였다. 양원이 만약 1만 7천에 달하는 자기 휘하의 병력을 어디 한군데에 집중해 돌파를 시도하면 성공할 가능성이 아주 없진 않았다.

더구나 포위에 나선 이준성의 병력은 적보다 훨씬 적은 데다 냇강마을 전체를 에워싸야 하는 이중고까지 겪는 중이었다.

이준성이 생각하기에 현재 조명연합군을 이끄는 양원이 선택할 수 있는 방법은 크게 네 가지였다. 첫 번째는 백랑여단이 펼친 바깥 저지선 쪽으로 병력을 집중해 돌파하는 방법이었다. 두 번째는 산기슭에 주둔한 절강여단을 돌파해 산 위로 탈출하는 방법이었다. 물론 이 두 번째 방법엔 가져온 야포와 보급품이 든 수레를 버려야 한단 단점이 존재했다.

세 번째는 어느 특정한 시점에서 항복하는 방법이었으며, 네 번째는 둘 중 한쪽이 전멸할 때까지 싸우는 방법이었다. 그러나 이준성은 양원이 세 번째와 네 번째 방법을 선택하지는 않을 거라 내다보았다. 반란군에 항복하는 선택은 자존심이 상하는 일이었다. 천자의 황명을 받드는 귀한 신분인 양원이 반도의 하찮은 조선인이 이끄는 반란군에게 항복하는 것은 자존심에 금이 갈 수밖에 없는 노릇이었다.

또 어느 한쪽이 전멸할 때까지 싸우는 방법은 조명연합군이 반란군에게 이길 확률보다 패할 확률이 높기 때문에 꺼려할 터였다. 반란군이 선점한 위치가 원체 좋은 탓에 싸우면 싸울수록 조명연합군이 막대한 손실을 볼 가능성이 높았다.

더구나 이번 전쟁은 양원의 조국인 명나라와 별 상관이 없는 전쟁이었다. 이는 한반도를 차지하기 위해 조선인 사이에서 벌어진 내전이었다. 사실 둘 중 누가 이기든 상관없었다.

누가 이기든 조선이 그랬던 것처럼 승자 역시 결국에는 상국인 명나라에 머리를 수그리며 복종할 테니까. 양원은 이런 싸움에서 장절한 죽음을 맞을 생각이 없을 게 분명했다.

그렇다면 양원은 백랑여단과 절강여단 두 부대 중 하나를 치든가, 아님 두 곳을 동시에 쳐서 더 약한 쪽으로 탈출하는 방법을 모색할 가능성이 현재로선 99퍼센트 이상이었다.

이준성은 비룡여단과 함께 저지선 안으로 들어가 조명연합군의 다음 선택을 기다렸다. 양원의 조명연합군이 어떻게 나오는지 지켜보다가 그에 맞는 대응을 하기 위해서였다.

이준성은 절강여단과 백랑여단이 그들을 적으로 오인하지 않도록 조심하며 산기슭 안에 있는 공터 쪽으로 이동했다. 산기슭에 있는 바위와 나무가 짙은 그림자를 만들어 준 덕에 적은 그들이 공터로 이동했단 사실을 전혀 눈치 채지 못했다.

사실, 이런 야간 작전에서는 적보다 아군이 더 위험한 법이었다. 실제로 아군을 적으로 오인해 공격하는 사고는 아주 흔했다. 특히 말이 통하지 않는 절강여단의 사정거리 안에 들어가지 않도록 조심하며 조명연합군의 동태를 감시했다.

다행히 양원은 결정을 내리는 데 많은 시간을 쓰지 않았다. 양원은 산기슭에 있는 절강여단을 돌파해 산 위로 도망치는 방법을 택했다. 3,000명의 병력으로 몇 킬로미터에 달하는 산기슭 전체를 감당해야 하기 때문에 절강여단의 방어선은 헐거운 상태였다. 물론 절강여단 역시 유리한 점은 있었다.

조명연합군이 산기슭에 주둔한 절강여단을 공격하려면 낮은 곳은 1미터, 높은 곳은 2, 3미터에 달하는 비탈을 올라가야 했다. 또 적과 싸우며 비탈을 올라가야 하기 때문에 그들이 가져온 야포와 보급품을 실은 수레 역시 가져갈 수 없단 단점이 생겼다. 그러나 양원은 일단 이 함정을 빠져나가는 것에 집중할 생각인 듯 병력을 산기슭 쪽에 집중시켰다.

"드디어 우리 차례가 왔군."

이준성은 숨어 있던 공터에서 나와 산기슭 쪽으로 올라가는 조명연합군 뒤를 들이쳤다. 활과 조총을 쏘는 병사들을 전선 좌우측 끝에 배치해 교차사격하게 한 다음 중앙에서 보병과 함께 돌파해 들어갔다. 물론 그냥 돌파하진 않았다.

"천뢰 2호를 던져라!"

명령을 내린 이준성 또한 품에서 천뢰 2호를 꺼낸 다음, 부하가 가져온 횃불로 불을 붙여 조명연합군 머리 위로 던졌다.

다른 병사들이 던진 천뢰 2호는 기껏해야 3, 40미터 날아가는 데 그쳤지만 이준성이 투척한 천뢰 2호 다섯 개는 거의 100미터를 날아가 조명연합군 깊숙한 위치에서 폭발했다.

조명연합군은 천뢰 2호가 남긴 피해를 미처 수습하기 전에 득달같이 달려드는 비룡여단 병사들의 맹공을 받아야 했다.

이준성을 따라다니며 수십 번의 전투를 치른 비룡여단은 이제 완전히 물이 올라 전력이 최고조에 달해 있었다. 까다롭기 짝이 없는 대규모 야간전투를 치르는 중이지만 당황한 지휘관의 모습을 거의 찾아볼 수 없다는 게 그 증거였다.

비룡여단은 현재 크게 두 가지 전술로 조명연합군을 몰아붙이는 중이었다. 첫 번째는 전선 좌우 양끝에 배치한 조총병과 궁병이 중앙을 향해 그들이 보유한 원거리 무기를 모두 쏟아붓는 전술이었다. 날이 어두운 탓에 조준이 정확하진 않았지만 불화살이 예광탄 역할을 해 주어 터무니없이 빗나가는 불상사는 일어나지 않았다. 무연화약 광사 1호로 발사한 탄환과 예광탄의 역할을 대신해 주는 불화살이 절묘한 조화를 이뤄 조명연합군에게 막대한 손실을 강요했다.

두 번째는 이준성이 직접 이끄는 일반 보병이 적진을 돌파하는 전술이었다. 천뢰 2호를 던지며 뛰어든 다음 비룡여단 병사들이 가장 자신 있어 하는 백병전으로 전투를 유도했다.

물론 가장 두드러진 활약을 펼치는 사람은 이준성이었다. 그는 어둠 속에서 날아드는 창을 정확히 포착한 다음, 왼손을 섬전처럼 뻗어 창대를 틀어쥐었다. 그에게 창을 잡힌 조명연합군 창병은 믿을 수 없다는 눈으로 그를 쳐다보았다.

창병은 그가 찌른 창을 상대방이 맨손으로 잡을 수 있을 거란 상상을 전혀 해 보지 못한 것 같았다. 더구나 지금처럼 주위가 어둑한 상황에서라면 더더욱 못 해 봤을 게 분명했다.

그러나 이준성은 창병이 정신을 차릴 때까지 기다려 줄 만큼 친절하지 않았다. 그는 왼손으로 잡은 창대를 당긴 다음 오른손의 언월도를 휘둘렀다. 언월도가 창병의 가슴을 갈랐다.

창병은 가슴이 거의 반 이상 잘려 나가 허물어지듯 쓰러졌다. 그러나 양손에 쥔 창은 끝까지 놓지 않았다. 뇌가 감당할 수 있는 범위를 넘어선 쇼크로 인해 근육이 경직된 것이다.

이준성은 언월도를 내리쳐 창병의 양 팔목을 자른 다음, 창을 집어 들어 앞으로 던졌다. 빗살처럼 날아간 창이 조명연합군 병사 두 명의 가슴을 연달아 관통한 후에야 멈춰 섰다.

이준성은 창에 꼬치처럼 꿰인 조명연합군 병사 두 명의 시신을 건너뛰어 앞으로 뛰어갔다. 이번에는 창병 세 명이 동시에 창을 찔러 왔다. 그는 한 손으론 자루를, 다른 한 손으론 언월도 날 뒤를 받친 다음 위로 비스듬히 밀어 올려 막았다.

그를 찔러 오던 창 세 자루가 언월도에 막혀 위로 빗나갔다. 공격이 실패한 창병 세 명은 급히 물러서며 빗나간 창을 회수하려 들었다. 그러나 이를 그냥 지켜볼 그가 아니었다.

그는 양손으로 언월도 자루를 다시 틀어쥔 다음 밑으로 힘껏 베어 갔다. 언월도가 창병 세 명의 가슴과 배를 가르며 지나갔다. 창병 세 명은 곧 피와 내장을 쏟아 내며 쓰러졌다.

쉬익!

이준성은 시야가 미치지 않는 왼쪽 옆구리 뒤에서 무언가가 날아드는 소리를 들었다. 주변이 워낙 시끄러운 탓에 다른 사람들은 듣지 못했을 크기의 소리였지만 유진 덕분에 오감이 극도로 발달한 그는 본능적으로 상체를 틀어 피했다.

끼이익!

환도 한 자루가 가슴에 걸친 흉갑 등 부분을 긁으며 지나갔다. 고개를 돌린 이준성은 환도로 기습해 온 적의 정체가 두정갑을 입은 조선군 장수란 사실을 금세 알아볼 수 있었다. 두정갑은 명군 장수들 역시 애용하는 갑옷이지만 환도는 조선군이 주로 쓰는 칼이기 때문에 파악이 어렵지 않았다. 상대가 조선군 장수란 사실이 그를 동요시키지는 못했다. 지금은 조선군 장수 역시 그를 방해하는 적일뿐이었다.

이준성은 타자가 스윙하는 것 같은 자세를 잡은 다음, 허리를 힘차게 돌리며 양손으로 틀어쥔 언월도를 위로 후려쳤다.

조선군 장수는 급히 피하려 들었지만 프로 야구 선수보다 더 빠른 것처럼 보이는 스윙 앞에서는 큰 효과가 없었다.

조선군 장수는 언월도에 가슴팍이 비스듬히 잘려 나가며 뒤로 3미터를 날아갔다. 그나마 다행인 점은 공중에 떴을 무렵엔 이미 사망해 떨어질 때 고통을 느끼지 않았단 점이었다.

이준성은 날이 상한 언월도를 버리며 주위를 둘러보았다. 하구로가 이끄는 비룡여단이 조명연합군을 거세게 몰아붙이는 중이었다. 그는 시선을 돌려 조명연합군 뒤쪽을 보았다.

절강여단이 있는 산기슭을 공격해 가던 조명연합군 주력이 이젠 밑으로 내려와 그들이 있는 방향으로 돌아오는 중이었다.

조명연합군을 이끄는 양원은 지금처럼 절강여단이 있는 산기슭에 주력을 계속 밀어 넣다간 뒤를 노리는 비룡여단에게 완전히 박살날지 모른단 위협을 느낀 듯 공격 방향을 급히 바꾸었다. 우선 비룡여단부터 먼저 처리할 생각인 듯했다.

이준성은 손가락으로 휘파람을 길게 분 다음 급히 명령했다.

"퇴각해라! 비룡여단 병사들은 지금 즉시 저지선으로 퇴각해라!"

이준성의 목소리는 고성능 앰프를 이용해 증폭시킨 것처럼 웅웅 울리며 멀리까지 퍼져 나갔다. 비룡여단 병사들은 즉시 총사령관의 명령에 따라 차분하게 후퇴하기 시작했다.

조명연합군은 적을 이대로 돌려보낼 생각이 없다는 듯 급히 따라붙어 비룡여단 퇴각을 저지하려 들었지만 비룡여단의 퇴각전술이 원체 뛰어난 탓에 별다른 효과를 거두지 못했다.

비룡여단은 전 병력이 동시에 퇴각하지 않았다.

그들은 마치 소규모 특수부대가 작전지역을 이탈할 때처럼 가장 먼저 퇴각한 황룡대대가 30미터 뒤로 이동한 다음 그곳에서 조총과 각궁으로 퇴각하는 다른 부대를 엄호했다.

황룡대대 다음에는 적룡대대, 백룡대대, 청룡대대가 차례대로 퇴각했다. 마지막에는 흑룡대대와 금룡대대가 퇴각해 전선을 30미터 뒤로 완벽히 후퇴시키는 데 성공했다.

다음엔 반대로 청룡대대가 가장 먼저 퇴각했다. 50미터를 재빨리 물러난 청룡대대는 그 자리에 멈춰 서서 황룡대대가 했던 거처럼 조총과 각궁으로 다른 부대의 퇴각을 엄호했다.

청룡대대 다음엔 백룡대대, 적룡대대, 황룡대대가 퇴각했으며 마지막엔 역시 흑룡대대와 금룡대대가 아군을 보호하며 퇴각했다.

그런 식으로 세 차례 반복했을 무렵, 비룡여단 전체가 백랑여단이 펼쳐 놓은 저지선에 합류하는 데 성공했다.

이제 전투는 저지선 뒤에 위치한 비룡여단, 백랑여단과 병력이 그새 많이 준 조명연합군 사이의 공방전 형태로 바뀌었다.

조명연합군은 그날 자정부터 다음날 새벽까지 세 차례에 걸쳐 저지선 돌파를 시도했지만 번번이 저항에 막혀 실패했다. 그날 새벽엔 오유충 부대를 유린한 금강여단과 자유여단이 차례로 도착해 병력이 적은 절강여단 지원에 나섰다.

이준성은 다음날 오후에 6,000명으로 병력이 줄어든 양원의 항복을 받아들였다. 마침내 조명연합군 세 부대 중 오유충에 이어 양원의 부대마저 제압하는 쾌거를 거둔 셈이었다.

그러나 승리의 기쁨은 그리 오래가지 못했다. 권율이 전령을 보내 강원도를 수비하던 조경의 설악여단이 왜군에게 돌파당하는 바람에 왜군 5,000명이 배후에 나타났단 정보를 알려 준 것이다. 전장은 또 한 번 광풍에 휩싸일 조짐을 보였다.

독재자

2장. 카르타고의 한니발

이준성은 포로로 잡은 양원과 조명연합군 6,000명의 처리를 황진의 자유여단에 맡겼다. 황진은 곧 자유여단 병사들을 지휘해 포로로 잡은 조명연합군을 인제에 만들어 둔 포로수용소로 후송했다. 오유충 부대에서 잡은 포로 2,000명을 더하면 이번 전투에서 사로잡은 포로만 거의 8,000명에 달했다.

자유여단 병사들이 포로를 후송한 후에는 처영이 지휘하는 금강여단에게 전장을 수습하게 했다. 금강여단 병사들은 곧 싸움이 벌어진 전장을 차례차례 돌며 전사자를 찾아내 화장 또는 매장했으며, 부상자는 산속으로 옮겨 치료했다.

마지막엔 조명연합군이 버린 화포, 군마, 군량, 화약, 각종 무기 등을 수습해 신세준이 이끄는 철우여단에 넘겨주었다.

이준성은 자유여단과 금강여단이 전장을 수습하는 동안, 비룡여단, 백랑여단, 절강여단과 함께 한석산 방면으로 이동했다.

현재 한석산에선 아시온 군단장 강문우를 비롯해 원충서의 천마여단, 명회의 흑표여단이 그를 기다리는 중이었다.

이준성은 한석산으로 이동하는 틈틈이 은호원장 강태봉에게 조명연합군과 배후에 침투한 왜군 정보를 전해 받았다.

강태봉은 먼저 조명연합군에 관해 보고했다.

"조명연합군은 작전 계획대로 원충서 장군의 천마여단에게 유인당해 소양강을 따라 한석산 방면으로 이동 중에 있습니다."

"오유충과 양원이 당했다는 소식을 이여송이 들은 것 같은가?"

강태봉은 잠시 생각한 후에 대답했다.

"다른 부대와 소식이 끊겨서 불안해하곤 있지만, 정확한 사실은 모르는 것 같았습니다. 불과 이틀 만에 총 4만에 달하는 대군이 전멸했을 거라고는 쉽게 생각하기 어려우니까요. 아마 오유충과 양원이 길을 잘못 들었을 거라 생각할 겁니다."

"그렇겠지."

이준성은 그 의견에 동의한다는 듯 고개를 끄덕였다.

이준성은 불과 이틀 전에 오유충이 이끄는 조명연합군 2만 명을 비룡여단, 금강여단, 자유여단 세 부대로 기습해 완전히 궤멸시켰다. 또 어제 저녁부터 오늘 새벽에 이르는 기간 동안에는 비룡여단, 백랑여단, 절강여단 세 부대로 양원이 지휘하는 조명연합군 2만 명을 산기슭에 가두어 전멸시켰다.

이 모든 일이 불과 이틀 사이에 벌어졌다. 말이 달리기 힘든 지형이 많단 점을 고려하면 이여송이 보낸 전령조차 이틀 사이에 오유충과 양원의 행적을 파악한 다음 그들이 완전히 궤멸했단 소식을 이여송에게 보고하기 어려운 시간이었다. 지금은 유선통신, 무선통신, 인공위성이 없기 때문이다.

강태봉은 이어서 왜군의 소식을 전했다.

"배후에 있는 왜군을 이끄는 자는 와키자카 야스하루였습니다."

이준성은 미간을 살짝 찌푸리며 물었다.

"와키자카 야스하루는 수군을 상대하는 중이 아니었나?"

"얼마 전까진 그랬던 것 같은데 육군이 번번이 깨지니까 열이 받은 도요토미 히데요시가 그를 이쪽으로 파견한 듯합니다. 어차피 경상도 남해안을 출발해 강원도 동해안으로 오려면 와키자카 야스하루가 보유한 수군 함대가 필요했을 테니 그가 왜군을 이끄는 게 그다지 이상한 일은 아닐 겁니다."

와키자카 야스하루는 사실 별 볼 일 없는 영주였다. 도요토미 히데요시의 심복인 칠본창에 속해 있기는 하지만 가토 기요마사, 후쿠시마 마사노리의 명성에는 턱없이 미치지 못했다.

　한데 그런 와키자카 야스하루를 일약 스타덤에 오르게 해 준 전투가 있었는데 바로 용인전투였다. 왜국 입장에선 용인 대첩이라 부를 만한 엄청난 성과지만 당한 조선군 입장에선 한반도 전쟁사 3대 패전에 꼽힐 만큼 치욕적인 대패였다.

　임진왜란 초기, 파죽지세의 기세로 막아서는 조선군을 연파한 왜군은 선조가 평양성으로 몽진하는 바람에 거의 비어 있던 도성을 쉽게 함락했다. 그 후, 조선은 전라도와 경상도, 충청도에서 근왕군이란 이름으로 8만에 달하는 대군을 모은 다음, 도성을 수복하기 위해 경기도로 진격했다.

　한데 근왕군이 용인과 수원 경계에 있는 광교산 인근에 진채를 내렸을 때, 왜군 선봉을 맡은 와키자카 야스하루가 1,600명에 불과한 적은 병사로 급습을 가했다.

　문제는 근왕군이 숫자만 많을 뿐 병력 대부분이 평범한 농민인 데다 그들을 지휘해야 할 장수들의 능력 역시 형편없었다는 점이었다.

　근왕군이 왜군을 보기 무섭게 병사를 지휘할 책임이 있는 장수부터 도망치기 시작했다. 그 다음이야 뻔했다. 왜군과 싸우다 죽은 병력보다 도망치다가 자기들끼리 뒤엉켜 죽은 병력이 더 많을 게 분명했다. 말 그대로 머릿수만 많은 오합지졸이 적은 숫자의 적에게 대패하는 전형적인 전투였다.

이 패배로 근왕군이 얼마만큼의 피해를 입었는지는 확실치 않았다. 그러나 많아 봐야 몇 천 명을 넘지 않을 거라는 게 학계의 중론이었다. 와키자카 야스하루가 동원한 병력이 원체 적어 그 이상의 전과를 올리기가 쉽지 않은 것이다.

그러나 어쨌든 용인전투의 대패로 인해 빼앗긴 도성을 수복하겠다며 기세 좋게 진격하던 근왕군은 뿔뿔이 흩어졌고, 그 이후 조선은 다시는 그런 규모의 대군을 동원하지 못했다.

돌아가는 상황을 봐서는 연이은 패전에 분노한 도요토미 히데요시가 임진왜란의 초기 판세를 결정지은 용인전투에서 뛰어난 활약을 펼친 와키자카 야스하루에게 강원도 동해안에 상륙해 이준성의 뒤통수를 갈기란 명령을 내린 듯했다.

강태봉이 보고를 이어 갔다.

"와키자카 야스하루는 적당히 거리를 둔 상태에서 정찰부대를 대거 내보내 우리의 움직임을 면밀히 감시하는 중입니다. 제 생각엔 우리가 조명연합군과 붙으면 우리 배후를 치려는 의도 같습니다. 분석관들 역시 저와 같은 생각입니다."

고개를 끄덕여 동의를 표한 이준성이 지도를 펼치며 물었다.

"조명연합군과 왜군의 현재 위치가 정확히 어디쯤인가?"

강태봉은 먼저 손가락으로 소양강에 있는 아미산을 가리켰다.

"조명연합군은 현재 이 아미산 부근을 통과하는 중일 겁니다."

"그럼 왜군은?"

강태봉은 손가락 위치를 아미산에서 북동쪽으로 조금 옮겼다.

"왜군은 여기 가리봉에 진채를 세웠단 보고를 받았습니다."

이준성은 아미산과 가리봉 사이에 있는 한석산을 바라보았다.

"천마여단과 흑표여단은 작계에 따라 이 한석산에서 우리를 기다리는 중일 테니 꼼짝없이 갇힌 셈이로군. 남서쪽엔 조명연합군, 북동쪽엔 왜군이 있어 도망칠 데가 마땅치 않아."

강태봉 역시 걱정스러운 표정을 감추지 못했다.

"지금으로선 그럴 가능성이 아주 높아 보입니다."

강태봉을 돌려보낸 그는 머릿속으로 그가 계획한 작전을 다시 한 번 점검해 보았다. 지금까지 그는 작전을 거의 수정하지 않은 상태에서 두 차례 전투를 승리로 이끌었다.

다만 양원을 칠 때는 작전에 수정을 가한 적이 한 번 있었다. 오유충과 달리 아주 신중한 성격을 지닌 것으로 보이는 양원은 행군 속도가 거북이보다 더 느렸을 뿐 아니라, 그가 처음 예상한 매봉산 방향으로 가는 게 아니라, 이여송이 가는 중인 옥녀탕계곡 방향으로 움직일 기미까지 보였다.

그는 매봉산에 양원을 몰아넣은 다음, 사방에서 협공하는 작전을 세웠지만 앞서 얘기한 이유로 인해 포기할 수밖에 없었다. 양원이 매봉산에 도착하길 기다리다간 이여송을 놓칠 위험이 있었다. 또 양원이 아예 매봉산이 아닌, 옥녀탕계곡으로 간다면 양원과 이여송이 거기서 합류할 수 있었다.

둘 다 그에겐 마음에 드는 결과가 아니었다.

이준성은 급히 작전을 수정해 매봉산에 대기하던 절강여단을 더 아래쪽인 냇강마을로 불러들여 함정을 다시 설치했다.

함정 설치가 끝난 다음에는 이준성이 직접 비룡여단, 백랑여단 두 부대를 통솔해 양원의 조명연합군을 기습한 다음 그들이 옥녀탕계곡이 아닌 냇강마을로 가게 유도했다. 그 덕분에 양원과 포로 6,000명을 잡는 대승을 거둘 수 있었다.

한데 마지막 남은 이여송의 조명연합군을 상대할 때는 일부를 수정하는 게 아니라 작전 전체를 수정해야 할 상황에 처했다. 와키자카 야스하루가 그의 배후에 진을 치는 바람에 원래 작전대로 진행할 경우, 함정에 빠질 가능성이 높았다.

그가 처음 세운 작전은 이여송의 대군을 한석산의 깊은 골짜기로 유인한 뒤, 그곳에서 총공격을 가하는 작전이었다.

그러나 한석산은 조명연합군과 왜군 사이에 위치해 있기 때문에 양 진영 모두에게 공격당할 가능성이 높은 위치였다.

이준성은 유진을 불렀다.

"인드라망에 이여송이 있는 소양강, 우리가 가기로 했던 한석산, 왜군이 진채를 내린 가리봉 세 곳을 입체지도로 띄워 줘."

-알겠습니다.

대답한 유진은 인드라망에 그 세 곳 지도를 출력했다. 이준성은 곧 입체지도를 보며 작전을 처음부터 다시 구상했다.

"으음, 쉽지 않군."

가장 먼저 떠오른 작전은 숫자가 적은 왜군을 먼저 치는 방법이었다. 그러나 왜군이 주둔한 가리봉은 지형이 험해 봉우리 정상에 진채를 내린 적을 치기가 쉽지 않아 보였다. 아니, 쉽지 않은 수준을 넘어 이길 수 있는지조차 의문이었다. 그만큼 와키자카 야스하루가 차지한 위치가 아주 좋았다.

"일단 왜군을 먼저 치는 작전은 제외하는 게 좋겠군."

결단을 내린 이준성은 소양강에 있는 조명연합군을 먼저 치는 작전을 고려해 보았다. 가리봉을 직접 치진 못하지만 가리봉에서 배후로 쳐들어올 왜군을 차단할 수는 있었다. 그렇다면 왜군을 차단한 상태에서 전 병력을 동원해 소양강에 있는 조명연합군을 먼저 친다면 승산이 없진 않았다.

이준성이 그 작전을 한창 구상 중일 때였다.

강태봉이 급히 돌아와 비보를 하나 더 전했다.

"이여송이 오유충과 양원에게 일어난 일을 안 듯합니다. 갑자기 전진을 멈춘 다음 강변에 배수진을 치기 시작했습니다."

"이여송이 우리 배후에 왜군이 있단 사실까지 아는 것 같은가?"

"그건 잘 모르겠습니다만, 여기서 시간을 더 지체하면 알 수 있을 거라 생각합니다. 조명연합군과 왜군이 내보낸 정찰부대가 어느 시점에서는 서로 만날 게 분명하기 때문입니다."

"그렇겠지. 알았다. 넌 그만 나가 봐라."

"예."

강태봉을 내보낸 이준성은 꽉 쥔 주먹을 책상 위에 내리쳤다.

제법 큰 소리가 났기 때문에 한명련이 급히 안으로 들어왔다.

"무슨 일이십니까?"

이준성은 호랑이 가죽을 입힌 의자에 등을 묻으며 히죽 웃었다.

"개새끼들이 우릴 아주 엿 먹이려 작정한 모양이야."

한명련은 그쯤은 이미 예상했다는 듯 심드렁한 표정을 지었다.

"그렇습니까?"

이준성은 갑자기 화제를 바꾸며 물었다.

"흑룡대대는 분위기가 좀 어때? 병사들이 불안해하진 않던가?"

한명련은 고개를 저었다.

"아직까지는 괜찮습니다. 저흰 벌써 두 번이나 이겼으니까요."

이준성은 마치 한명련의 대답에 큰 깨달음을 얻은 사람처럼 이번엔 두 주먹으로 책상을 쾅 내리치며 벌떡 일어나 외쳤다.

"그래, 우린 벌써 두 번이나 이겼어! 사기는 우리가 훨씬 높아! 까짓것 한바탕 시원하게 쓸어버리면 끝나는 일을 뭐 하러 고민했는지 모르겠군! 자네는 가서 전령들을 불러오게!"

이준성은 철우여단장 신세준에게 전령을 보낸 다음 한석산으로 이동해 그곳을 지키던 천마여단, 흑표여단과 합류했다. 이를 테면 호랑이 굴속으로 자진해서 들어간 셈이었다.

이준성은 한석산에서 사흘을 주둔하며 정비를 마친 다음, 조명연합군이 배수진을 친 소양강으로 전 병력을 이동시켰다.

◆ ◈ ◆

이준성이 한석산에서 사흘을 소비한 이유는 무장을 새로 갖추기 위해서였다. 지금까지는 경보병 위주의 작전을 펼쳤지만 이번 전투에서는 중기병이 필요한 탓에 병사와 군마가 사용할 장비를 한석산으로 나르는 데 꼬박 사흘이 걸렸다.

강변에서 3킬로미터쯤 떨어진 들판 위에 진채를 내린 이준성은 지휘관들을 대동한 상태에서 적진을 정찰하러 출발했다.

잠시 후, 소양강이 보이는 300고지 정상에 도착한 이준성은 재빨리 적진을 훑었다. 강 안개가 걷힌 시점이어서 2킬로미터 전방에 위치한 적진이 생각보다 선명하게 보였다. 물론 그에게는 인드라망이 있어 안개가 끼든 거리가 멀든 크게 문제가 될 게 없었지만 같이 온 지휘관들은 그렇지 않았다.

이준성은 적진을 살펴본 후에야 4만이란 병력이 얼마나 많은 숫자인지 제대로 실감했다. 좌우 폭이 거의 3킬로미터에 달하는 적진 안에는 목책과 막사가 끝없이 펼쳐져 있었다.

이준성은 고개를 돌려 같이 온 지휘관들의 표정을 살폈다. 다들 긴장한 기색이 역력했다. 그들은 지금까지 적게는 1, 2만 명, 많을 땐 7, 8만 명의 적을 상대로 싸운 적이 있었다.

그러나 지금까진 거의 모든 적이 그들이 있는 곳을 공격해 오며 벌어진 싸움이었다. 즉 농성 혹은 고지를 방어해야 하는 수비적인 상황에서 벌어진 전투였지, 지금처럼 개활지에 주둔한 4만이란 대군에게 돌격해야 하는 전투는 아니었다.

원래 공격이 방어보다 훨씬 어렵다는 것이 통설이었다. 더구나 지금은 적보다 2만이나 적은 숫자로 공격해야 하는 상황이었다. 지휘관에게는 가장 끔찍한 상황이 아닐 수 없었다.

이준성은 강문우의 어깨를 툭 치며 물었다.

"오기 전에 밤일이 시원찮아서 마나님에게 한 소리 들은 거요?"

강문우가 눈을 껌뻑거리며 물었다.

"예?"

"밤일이 시원치 않아서 마나님에게 된통 바가지를 긁힌 게 아니면 대체 왜 아침부터 그렇게 울상인 얼굴로 서 있는 거요?"

"험험."

강문우가 헛기침을 하며 다른 장수들을 둘러보았다.

다른 장수들은 급히 얼굴을 옆으로 돌려 그의 시선을 피했지만 웃음을 참는 듯 끅끅거리는 소리가 간헐적으로 들렸다.

얼굴이 벌게진 강문우가 다시 헛기침을 하며 대답했다.

"어험! 소장은 지금까지 밤일 때문에 바가지를 긁혀 본 역사가 없습니다. 오히려 밤일 덕에 아침밥을 잘 먹은 적이 많지요."

이준성은 껄껄 웃었다.

"하하, 강 장군이 헛소리할 사람이 아니란 사실은 내가 더 잘 알지만 이거 확인해 볼 방법이 없으니 알 수가 있어야지."

이준성의 짓궂은 농담에 긴장이 풀린 지휘관들이 방금 전보다 더 크게 웃었다. 강문우는 여전히 얼굴이 벌게져 있었지만 그 역시 긴장이 풀린 듯 전처럼 표정이 굳어 있진 않았다.

이준성은 사내들이 좋아하는 농담으로 지휘관들의 긴장을 푼 다음, 인드라망으로 조명연합군 진형을 자세히 관찰했다.

이준성이 한석산에서 재정비를 하던 3일 동안, 조명연합군 역시 그 기간을 허투루 보내지 않은 모양이었다. 조명연합군은 소양강을 뒤에 둔 상태에서 커다란 반원 형태의 단단한 진형을 구축한 상태였다. 중앙에는 중장보병을, 좌우 측면에는 경기병을 배치해 파고들 틈이 보이지 않았다.

이준성은 고개를 약간 들어 조명연합군 뒤에 있는 소양강을 보았다. 한동안 비가 내리지 않은 탓에 소양강의 수위가 많이 줄어들긴 했지만 여전히 가운데는 꽤 깊을 듯했다. 즉 이제부턴 조명연합군에게 후퇴는 있을 수 없단 뜻이었다. 후퇴하다간 소양강에 빠져 물귀신 신세를 면치 못할 테니까.

"정말 배수진을 쳤군."

이준성은 고개를 절레절레 저었다.

배수진은 원래 득보다 실이 많은 진법으로 유명했다. 군사학을 연구하는 학자들 역시 실전에서 배수진을 치는 행동은 금기라며 누누이 강조해 왔다. 그러나 실전을 치르는 장수들은 그런 조언을 무시한 채 간혹 배수진을 사용하곤 하였다.

용인전투의 예처럼 훈련을 받지 못한 징집병은 적을 보면 도망칠 확률이 아주 높기 때문에 아예 퇴로를 차단해 도망칠 길을 끊은 다음 죽기 살기로 싸우게 하려는 목적이었다.

배수진은 크게 두 사례로 나눌 수 있었다. 첫 번째는 회음후 한신이 배수진을 써서 오합지졸 3만으로 조나라 대군 20만을 격파한 성공 사례와 신립이 탄금대 일대에서 배수진을 친 상태에서 왜군과 싸워 대패한 탄금대 전투의 실패 사례였다.

물론 성공 사례로 꼽히는 한신의 경우에는 단순히 배수진만 쓴 게 아니라 조나라 거점을 복병으로 급습한 작전이 대성공을 거둬 적을 패닉 상태로 만든 덕에 성공할 수 있었다.

또 배수진의 실패 사례로 흔히 꼽히는 신립의 경우에는 정보력의 부재로 인해 이해하기 힘든 결정이 연이어 이어졌기 때문에 당시 패배의 원인을 배수진에 국한해서는 안 될 일이었다.

그러나 이준성이 생각하기에 배수진은 어쨌든 득보다 실이 많은 작전이었다. 이는 인간의 심리가 아주 복잡하기 때문에 미리 예측할 수 없단 점에 기인했다. 퇴로가 끊길 경우, 이판사판이란 생각에 죽을 때까지 적과 싸울 거라 생각하기 쉽다. 하지만 오히려 퇴로가 끊어진 데서 오는 원초적인 두려움으로 인해 병사들이 더 빨리 무너질 가능성 역시 존재했다.

이준성은 이여송이 배수진을 친 진짜 이유를 생각해 보려 애썼다. 그러나 마땅히 생각나는 게 없었다. 이여송은 초짜가 아니었다. 또 그가 데려온 4만 병력 역시 오합지졸까진 아니었다. 배수진을 치면서까지 퇴로를 끊을 이유가 없었다.

이여송은 어렸을 때부터 아버지 이성량 옆에서 여진족 반란을 제압하며 경험을 쌓은 무장이었다. 또 불과 얼마 전엔 몽골 영하에서 일어난 보바이 반란을 성공적으로 진압해 명장이란 칭호까지 들었다. 그런 사람이 초짜처럼 이판사판이란 심정으로 배수진을 쳤을 것 같지는 않았다. 그때, 그의 머릿속을 스쳐 지나가는 어떤 생각이 하나 있었다. 그는 즉시 은호원을 호출해 그가 한 생각이 맞는지를 확인해 보았다.

잠시 후, 강태봉이 직접 고지로 올라와 보고했다.

"말씀하신 대로 매복이 있었습니다."

"어디에 있던가?"

"지도에 표시해 두었습니다."

강태봉이 지도를 꺼내 바닥에 내려놓았다. 강문우를 비롯한 다른 장수들 역시 매복이 있단 소리에 놀라 지도로 모였다.

강태봉은 소양강을 중심으로 제작한 소형 작전지도에서 현재 이여송의 조명연합군이 배수진을 친 지점을 가리켰다.

"여기가 이여송이 주둔한 덕산이란 곳입니다."

강태봉은 뒤이어 덕산에서 남동쪽으로 4킬로미터 가량 떨어진 장소를 가리켰는데 지도엔 가리산이란 지명이 적혀 있었다.

"여기 이 가리산 안자락에 경기병 5,000기가 숨어 있었습니다."

이준성은 짧게 자른 턱수염을 문지르며 고개를 살짝 끄덕였다.

"우리가 덕산에 있는 이여송을 치면 가리산에 있는 경기병 5,000기가 우리 후위를 기습할 생각이로군. 역시 배수진은 함정이었어. 우릴 강변으로 끌어들여 앞뒤로 포위할 셈이야."

이준성은 즉시 강태봉에게 명령했다.

"매복이 있단 말은 매복이 더 있을 수 있단 뜻과 같다. 은호원은 이 일대를 샅샅이 뒤져 매복부대가 더 있는지 찾아봐라."

"예."

대담한 강태봉은 급히 부하들을 인솔해 고지를 내려갔다. 이준성은 다시 몸을 돌려 덕산에 있는 조명연합군을 보았다.

강문우가 다가와 물었다.

"어떻게 하시겠습니까?"

이준성은 강문우를 보며 씩 웃었다.

"이번엔 한니발 장군의 전략을 좀 훔쳐야 할 것 같군."

강문우가 고개를 살짝 갸웃하며 물었다.

"소장이 지금까지 읽어 본 병법서에는 한니발이라는 이름을 가진 장군이 없었는데 혹시 개인적으로 잘 아시는 분입니까?"

이준성은 껄껄 웃었다.

"하하, 그렇소. 개인적으로 잘 아는 분이오. 어렸을 때 많은 가르침을 받았지. 아마 강 장군 역시 곧 만날 수 있을 거요."

강문우는 진심으로 기대한단 표정을 지었다.

"그렇게 대단한 분이라면 꼭 만나 뵙고 싶군요."

이준성은 그를 보며 슬쩍 웃은 다음, 한니발 장군의 전략을 약간 변형해 만든 새로운 작전을 지휘관들에게 가르쳐 주었다.

고지에서 정찰과 작전회의를 모두 마친 이준성은 날이 어슴푸레해졌을 때 부대로 돌아가 내일 벌어질 회전을 준비했다.

이준성은 자정이 막 지났을 무렵, 은호원에 추가로 비룡여단 정예병 500명을 딸려 진채 밖으로 내보냈다. 이준성이 덕산에 있는 조명연합군 진채를 정탐했듯이 조명연합군 역시 정찰부대를 내보내 그들의 진채를 정탐 중일 것이 뻔했다. 전투에 앞서 적진을 정찰하는 행위는 전쟁의 기본이었다.

은호원이 맡은 임무엔 적의 정보를 캐내는 정찰, 수색, 첩보활동뿐 아니라 적이 보낸 정찰부대를 찾아내 먼저 제거하는 방첩활동 역시 포함되어 있었다. 은호원은 자정부터 다음 날 새벽까지 그들을 감시하는 조명연합군 정찰부대를 찾아낸 다음, 비룡여단의 지원을 받아 제거하는 임무를 수행했다.

이준성은 일단 은호원이 적 정찰부대를 대부분 제거했다는 가정하에서 두 번째 작전을 시작했다. 그는 우선 원충서의 천마여단에서 중기병 1,500기를 지원받아 흑룡대대를 2,000기로 늘렸다. 천마여단은 현재 병력을 5,000기까지 늘려 놓은 상태이기 때문에 1,500기를 빼오는 데 큰 문제는 없었다.

흑룡대대를 2,000기로 늘려 연대급 규모로 키운 다음엔 그가 어제 낮에 정찰하는 데 썼던 300고지로 은밀히 이동했다.

고지로 이동하는 중에 소리가 나면 조명연합군 정찰부대에 발각될 우려가 있어 어두운 색으로만 차출한 군마에 재갈과 신발을 착용시켜 소음을 최대한 줄였다. 또 기병들은 밖으로 드러난 살에 재와 먹물을 발라 위장했으며 빛을 반사할 위험이 있는 무기와 갑옷엔 진흙을 꼼꼼히 발랐다.

지휘관에겐 이동 중에 잡담을 나누거나 큰 소리가 날 법한 행동을 하는 기병을 현장에서 처형하란 명령을 내렸다. 이번에

하는 기동이 작전의 성패를 가를 수 있기 때문이었다.

짙은 산안개 덕에 큰 사고 없이 300고지에 무사히 도착한 이준성은 고지 뒤편 숲 속으로 이동했다. 관목이 빽빽하게 자란 곳이라 짧은 시간 동안 은폐하기에는 안성맞춤이었다.

관목 숲에 도착한 이준성은 가져온 군마를 옆으로 눕게 한 다음, 그 위에 풀과 나뭇가지를 덮어 완벽히 위장시켰다. 기병들 역시 땅을 파서 그 안에 들어가 숨었다. 한두 시간만 발각되지 않으면 성공이기 때문에 힘든 점은 없었다.

이준성은 군마와 기병들을 관목 숲에 은폐시킨 다음 한명련과 포복으로 고지 정상으로 기어올라 밑을 내려다보았다.

동쪽에서 해가 막 떠오르는 중이기 때문에 덕산에 주둔한 조명연합군 진채를 덮은 강안개가 서서히 흩어지는 중이었다.

이준성은 고개를 돌려 뒤를 바라보았다.

잠시 후, 2만 명이 넘는 아시온 군단 대군이 군단장 강문우의 지휘를 받아 덕산 쪽으로 빠르게 이동하는 모습이 보였다.

이준성은 다시 조명연합군을 바라보았다.

적이 온단 사실을 파악한 조명연합군은 아침밥을 짓다만 상태에서 서둘러 갑옷과 무기를 챙기느라 분주한 모습이었다.

아시온 군단은 이른 새벽에 아침밥을 배불리 먹은 상태에서 출발한 반면, 조명연합군은 아직 아침을 먹기 전이었다.

스코어로 따진다면 아시온 군단 1, 조명연합군 0이었다.

물론 조명연합군이 한 번에 10점을 난다면 스코어 따윈 계산할 필요 없었다. 그는 초조한 표정으로 전장을 지켜보았다.

◆ ◆ ◆

강문우는 조명연합군과 500미터 떨어진 지점에 부대를 멈춰 세운 다음, 병사들에게 가져온 나무 말뚝으로 대기병용 방책을 세우게 하였다. 또 말뚝을 박지 않는 병사들에게는 지급받은 삽과 곡괭이로 참호를 파라는 명령을 내렸다.

탕탕탕탕!

이준성은 말뚝을 박는 망치 소리가 쉴 새 없이 들려오는 아시온 군단을 지켜보다가 고개를 돌려 조명연합군을 관찰했다.

조명연합군 역시 지금쯤 말뚝을 박는 망치 소리를 들으며 아시온 군단의 의도를 눈치 챘을 게 분명했다. 아시온 군단은 장기전이 벌어지는 상황에 대비해 진채를 세우는 중이었다.

이준성은 여기서 이여송이 두 가지 방법 중 하나를 택할 거라 예상했다. 첫 번째는 아시온 군단이 진채를 구축하게 두는 선택이었다. 후위 기습을 맡은 가리산의 기병 5,000기가 당도하려면 시간이 필요하기 때문에 사전에 세운 계획대로 매복부대가 도착하길 기다리다가 협공하는 것이다.

두 번째는 아시온 군단이 진채를 완전히 구축하기 전에 먼저 달려 나와 전투를 유도하는 선택이었다. 진채를 구축하게 두면 공격할 때 불리한 상황에 놓일 가능성이 다분했다. 더욱이 기습을 맡은 가리산 기병 5,000기가 대기병용 방책에 막혀 저지당하면 전황이 어찌 흘러갈지 모를 노릇이었다.

주위를 둘러본 한명련이 목소리를 낮춰 그에게 물었다.

"장군께선 이여송이 어떻게 나올 거라 보십니까?"

"여기선 이여송이 어떤 선택을 하던 우리에게는 남는 장사야."

"그렇습니까?"

"놈이 진채에 죽치는 선택을 하면 우린 대 기병용 방책을 뒤에 세워 가리산에 있는 경기병 5,000의 기습을 걱정할 필요가 없어지지. 반대로 놈이 우리가 진채를 구축하지 못하도록 싸움을 먼저 걸어오면 우린 작전대로 진행할 수 있겠지."

한명련은 감탄한 표정으로 대꾸했다.

"과연 묘안입니다. 그러나 두 선택 사이에 차이는 있지 않겠습니까? 우리에게 더 유리한 결과가 나오는 선택 말입니다."

이준성은 한명련을 힐끗 본 다음, 고개를 끄덕였다.

"맞아. 이여송이 어떤 선택을 하든 우리에게 유리하지만 더 유리한 결과가 나오는 선택은 있기 마련이지. 내 생각엔 우리가 전장을 주도하기 쉬운 후자가 그렇단 생각이 드는군."

한명련은 급히 물었다.

"후자라면 놈이 먼저 싸움을 걸어오는 선택 말입니까?"

"그렇지."

"그럼 놈이 빨리 나와 우릴 공격해 주기를 바라야겠군요."

그때, 이준성이 히죽 웃으며 고개를 저었다.

"다행히 오래 기다릴 필욘 없겠어. 놈이 나오려는 모양이니까."

이준성의 말을 들은 한명련이 급히 고개를 돌려 조명연합군이 있는 진채를 바라보았다. 이준성의 말대로였다. 목책에 있는 모든 문을 개방한 조명연합군이 진채 밖으로 나왔다.

둥둥둥둥!

잠시 후, 사람의 심장박동을 연상시키는 전고의 북소리가 전장을 흔드는 가운데 조명연합군 4만 명이 진채 밖으로 나와 도열을 갖추며 공격할 채비를 서두르기 시작했다.

한명련은 긴장한 표정으로 침을 꿀꺽 삼켰다. 4만 명이 동시에 진군하는 모습은 장관이 따로 없었다. 도열을 마친 조명연합군이 아시온 군단을 향해 걸음을 옮길 때마다 그 울림이 한명련이 숨어 있는 300고지 정상까지 전해지는 듯했다.

두 진영의 거리가 약 200미터로 줄어들었을 무렵, 천천히 걸음을 옮기던 조명연합군이 갑자기 속도를 높여 덮쳐 왔다.

강문우 역시 적의 접근을 그냥 지켜보고 있을 생각은 없는 듯했다. 그는 전면에 배치한 조총병과 궁병에게 공격을 명했다. 잠시 후, 콩 볶는 것 같은 총성이 울리며 조총 탄환 수백 발이 적진을 갈랐다. 방패를 앞세워 전진하던 조명연합군 보병 수십 명이 탄환에 맞아 나뒹굴었다. 또 조총병 뒤에 도열한 궁병이 쏜 화살은 포물선을 그리며 날아갔다. 전진하던 조명연합군 보병이 또다시 우르르 쓰러졌다.

조명연합군 궁병과 조총병 역시 즉시 반격을 가했다. 그러나 아시온 군단에게 입은 피해를 되갚기에는 역량이 부족했다.

이유는 여러 가지가 있었다. 우선 아시온 군단 병사들의 실력이 조명연합군 병사들보다 월등하다는 점을 들 수 있었다. 아시온 군단 조총병과 궁병은 모두 베테랑으로 한 명, 한 명이 지옥과 같은 혈전에서 끈질기게 살아남은 정예 병사였다.

또 사용하는 무기의 성능 역시 아시온 군단 쪽이 좀 더 뛰어났다. 아시온 군단 궁병은 각궁을, 조총병은 광사 1호를 쓰는 조총을 사용했다. 반면 조명연합군은 명군과 조선군이 섞인 탓에 통일이 이루어지지 않아 화력을 집중하는 데 애를 먹었다. 무기마다 사거리가 달라 탄착점이 흩어져 있었다.

양측의 원거리 교전을 지켜보던 이준성은 곧 그 두 가지 이유 외에 한 가지 이유가 더 있다는 사실을 깨달았다. 아시온 군단 조총병은 조명연합군 조총병보다 5초에서 10초 먼저 재장전을 마쳤다. 1초 만에 생과 사가 결정되는 전장에서 상대보다 10초 먼저 장전을 마칠 수 있단 말은 적이 두 발을 쏠 때, 이쪽은 세 발, 네 발을 쏠 수 있다는 의미였다.

아시온 군단 조총병이 재장전을 10초나 빨리 할 수 있는 이유는 최근에 새로운 장전 기술 익히는 데 성공했기 때문이었다. 바로 타치바나 무네시게가 가르쳐 준 하야고우법이었다.

하야고우는 조총 재장전 시간을 획기적으로 단축해 주는 혁신적인 방법이었다. 전에는 총구에 탄환과 화약을 따로 장전해야 했다. 탄환이야 하나만 장전하면 간단히 끝나지만 화약은 그렇지 않았다. 화약을 너무 많이 집어넣으면 총신이 터져 나갈 가능성이 존재했다. 반대로 너무 적게 넣으면 탄환을 발사하는 데 필요한 가스가 덜 만들어져 불발이 생길 위험이 있었다. 이런 이유로 조총병은 장전할 때마다 화약 양을 계량도구로 일일이 계산하는 번거로움을 겪어야 했다.

한데 하야고우는 죽통에 1회분에 해당하는 탄환과 화약을 넣은 뒤, 장전할 상황이 생겼을 때 죽통에 든 탄환과 화약을 총구에 통째로 부어 한꺼번에 장전을 마치는 방식이었다.

1회분을 미리 계산해 죽통에 넣기 때문에 화약의 양을 일일이 계산할 필요가 없으며 탄환과 화약을 동시에 장전하기 때문에 두 번 해야 하는 작업을 한 번으로 줄일 수 있었다. 덕분에 장전시간이 예전에 비해 배 이상 빨라져 있었다.

서양에선 하야고우와 같은 방식을 12사도란 이름으로 불렀다.

타치바나 무네시게는 장인 타치바나 도세쓰에게서 하야고우를 배워 여러 전장에서 쏠쏠하게 써먹었다. 천룡의 성에서 타치바나 무네시게가 이준성을 엿 먹일 때 쓴 방법 역시 이 하야고우였다. 이준성은 타치바나 무네시게를 사로잡아 원주로 데려온 다음, 하야고우를 아시온 군단 조총병에게 가르치게 했다. 덕분에 그 효과를 톡톡히 보는 중이었다.

이여송은 픽픽 쓰러지는 조명연합군 조총병과 궁병을 보며 더 이상 참지 못하겠다는 듯 총공격을 명령했다. 곧 좌우 양편에 위치한 기병이 먼저 아시온 군단 좌우 양편을 지키는 기병 쪽으로 돌진했다. 또 가운데 위치한 보병은 아시온 군단 가운데 위치한 보병에게 달려들었다. 양측의 진형이 거의 똑같아 마치 쌍둥이가 서로 싸우는 광경처럼 보였다.

기병은 기병끼리, 보병은 보병끼리 싸우는 형태였다. 더 놀라운 점은 보병의 배치 역시 두 부대가 거의 똑같단 점이었다.

선두엔 칼과 방패를 든 보병이 위치했으며 2열에는 장창을 든 창병이, 3열에는 도끼와 철퇴를 든 도부수가 자리했다.

사실 이는 철저한 계산하에서 이루어진 행동이었다.

그는 전날 정찰할 때, 인드라망으로 조명연합군의 배치를 상세히 파악한 다음, 똑같은 방식으로 아시온 군단 병력을 배치했다. 마치 상대의 수를 따라하는 흉내바둑과 같은 식이 었다.

보병끼리의 전투는 줄다리기를 하듯 팽팽하게 흘러갔다. 방패와 방패를 든 병사끼리 부딪치면 승부가 나지 않기 마련 이었다. 조명연합군은 전황을 바꾸기 위해 1열에 있던 방패 병을 뒤로 물린 다음, 2열에 있던 창병을 앞으로 내보냈다.

강문우 역시 재빨리 방패병을 물리며 2열에 있는 창병을 앞으로 내보내 조명연합군과 똑같은 형태로 진형을 바꿨다. 마치 일부러 무승부를 내기 위해 노력하는 것 같았다.

보병끼리의 전투가 지지부진할 때, 기병은 나름대로 전투 다운 전투를 하는 중이었다. 조명연합군 기병은 두 종류로 나뉘어져 있었다. 조선군 기병은 경무장에 활을 쏘는 궁기 병이 대부분인 반면, 명나라 기병은 중갑주를 걸친 상태에서 철퇴, 편곤과 같은 타격무기를 주로 사용하는 중기병이었다.

반면 원충서가 이끄는 천마여단 기병부대는 전부 중기병 으로 화살 몇 대 맞아서는 쓰러지지 않는 강인함을 자랑했 다.

숫자는 조명연합군 기병이 두 배 이상 많았지만 무장과

실력은 천마여단 기병이 더 좋아 서로 치열한 공방을 주고받았다.

이준성은 다시 인드라망으로 보병 쪽 전투를 지켜보았다. 아시온 군단 맨 앞에 선 부대는 황진의 자유여단, 조광의 절강여단, 처영의 금강여단이었다. 즉 아시온 군단 내에서 전투력이 가장 떨어지는 세 여단이 최전방을 맡은 상황이었다.

이준성은 고개를 돌려 조명연합군 보병 쪽을 살펴보았다. 조명연합군의 전력을 정확히 파악할 수는 없었지만 그들 역시 제일 강한 부대는 예비전력으로 남겨 둔 상태로 보였다

그때, 보병끼리의 전투에서 변화가 일 조짐이 보였다. 참다못한 이여송이 예비전력으로 남겨 둔 가장 강한 부대들을 내보내며 자유여단, 절강여단, 금강여단을 강하게 압박해 왔다.

곧 자유여단, 절강여단, 금강여단 병사들의 피해가 속출했다. 그러나 강문우는 지친 세 여단을 빼지 않은 상태에서 계속 버텼다. 그 바람에 자유여단, 절강여단, 금강여단 병사들은 점점 밀려나다가 결국 조명연합군에게 돌파를 허용했다.

렌즈의 형태로 따지면 조명연합군은 가운데가 튀어나와 있는 볼록렌즈였다. 반면 아시온 군단은 가운데가 오목하게 들어가 있는 오목렌즈였다. 기병 간의 전투는 아직 승부가 나지 않았기 때문에 볼록렌즈는 점점 더 가운데가 튀어나오는 중이었으며 오목렌즈는 가운데가 점점 더 오목해지는 중이

었다. 다시 말해 아시온 군단이 불리한 상황에 처해 있었다.

이준성은 급히 뒤를 돌아보았다.

동쪽으로 1킬로미터 떨어진 곳에 있는 어느 봉우리 위에 검은색 깃발이 올라와 있었다. 은호원 병사들이 올린 검은색 깃발의 의미는 가리산에 매복한 조명연합군 별동대가 마침내 아시온 군단 후위를 기습하기 위해 출발했단 뜻이었다.

이준성은 한명련의 등을 세게 내려치며 명령했다.

"가서 흑룡대대를 데려오게! 이젠 우리가 나설 차례야!"

한명련이 씩 웃으며 벌떡 일어났다.

"그 말씀만 기다렸습니다."

대담한 한명련은 급히 고지 반대편으로 달려가 그곳에 매복해 있던 흑룡대대 기병 2,000명을 고지 정상으로 데려왔다.

이준성 역시 강주봉이 데려온 군마에 오른 다음, 얼굴을 가리는 바이저를 밑으로 확 내렸다. 전에는 바이저에 그림이 없었지만 지금은 해골을 그려 놓아 공포심을 한층 더 자극했다.

그때, 가리산에서 출발한 조명연합군 기병 5,000명이 아시온 군단 후위로 돌격하는 모습이 보였다. 이준성은 지체 없이 말을 몰아 고지를 내려가며 적 매복 부대의 요격에 나섰다.

3장. 절정으로

　강주봉은 죽은 흑표를 대신할 만한 군마를 찾았다. 그러나 이준성의 요구조건을 모두 충족시키는 군마를 찾는 일은 말처럼 쉽지 않았다. 우선 무거운 중갑옷을 착용한 이준성의 체중을 오랜 시간 견딜 수 있는 힘과 체력이 있어야 했다.

　또 흑표처럼 영특해 간단한 신호로 이준성이 원하는 동작을 수행할 줄 알아야 했다. 강주봉은 보급품을 담당하는 철우여단장 신세준과 함께 거의 1만 마리에 달하는 군마를 찾아본 후에야 간신히 그 조건에 맞는 군마를 찾아낼 수 있었다.

　바로 조명연합군 소속 명나라 장수가 죽기 전에 타던 네 살짜리 수말 흑왕이었다. 이준성이 보기에 이 멋들어진 검은색 갈기를 지닌 흑왕은 명마를 많이 산출한 중앙아시아에서 온 것 같았다. 동양말의 특징인 지구력과 서양말의 특징인 순발력을 두루 갖춰 그야말로 이상적인 군마에 가까웠다.

흑왕은 앞을 막아선 나무를 포뮬러카처럼 재빨리 피한 다음, 앞으로 점프하여 1미터가 넘는 관목 숲을 단숨에 통과했다.

그사이 그가 한 일이라곤 오른손에 쥔 언월도를 어깨에 걸친 상태에서 흑왕의 놀라운 솜씨를 감상하는 것뿐이었다.

어쨌든 흑왕 덕에 300고지를 바람처럼 질주한 이준성은 기수를 오른쪽으로 꺾어 조명연합군 기병부대 측면으로 돌아갔다.

잠시 후, 조명연합군 기병부대가 만든 흙먼지가 돌개바람처럼 일어나 그를 덮쳐 왔다. 그는 흑왕 뒤로 고개를 숙여 먼지를 피한 다음, 마지막 남은 풀숲을 나는 듯이 관통했다.

풀숲을 관통한 그 앞에 정신없이 말을 모는 조명연합군 기병부대 측면이 고스란히 드러났다. 말발굽 소리와 고함치는 소리, 병기 부딪치는 소리가 뒤섞여 도떼기시장에 있는 듯했다.

콰콰쾅!

흑왕이 머리와 가슴으로 조명연합군 기병 두 기의 옆구리를 차례로 들이받았다. 마치 코뿔소가 뛰어든 듯했다. 옆구리를 들이받힌 군마 두 마리가 옆으로 쓰러지며 배를 드러냈다.

당연히 군마와 함께 쓰러진 조명연합군 기병 두 명은 동료 기병의 군마에 짓밟혀 피와 내장을 쏟아 내며 죽어 갔다.

이준성은 조명연합군 기병부대의 측면을 가르다가 어깨에 걸친 언월도를 양손으로 잡아 크게 휘둘렀다. 언월도가 기병과 군마를 동시에 가르며 피가 분수처럼 솟아올랐다.

쿠웅!

그때, 뒤에서 달려오던 조명연합군 기병의 군마가 흑왕의 옆구리를 들이받았다. 그러나 흑왕은 잠깐 움찔했을 뿐 쓰러지지 않았다. 강주봉이 군마를 제대로 고른 모양이었다.

"이 새끼가!"

이준성은 욕을 하며 흑왕을 들이받은 군마의 머리에 언월도를 내리쬈었다. 언월도가 군마의 머리를 수직으로 갈랐다.

잠시 후, 이준성은 조명연합군 기병부대 앞을 막아선 다음 수문장처럼 서서 적 기병이 덤벼드는 족족 재빨리 해치웠다.

조명연합군 기병이 찌른 창은 몸을 옆으로 젖혀 피한 다음, 언월도를 위로 올려쳤다. 언월도가 조명연합군 기병의 왼쪽 다리부터 자르며 위로 솟구치다가 몸통을 반으로 갈랐다.

"씨발!"

이준성은 오른발로 흑왕의 배를 걷어찼다. 흑왕은 펄쩍 뛰어 앞으로 피했다. 흑왕이 있던 자리로 조명연합군 기병 두 명이 찌른 창이 지나갔다. 그는 재빨리 언월도를 옆으로 휘둘렀다. 언월도가 이번에는 기병 두 명의 몸통을 갈랐다.

잠시 후, 조명연합군 기병 세 명이 양쪽에서 그를 향해 돌격해 왔다. 이준성은 그들이 다가올 때까지 기다리지 않았다. 흑왕 안장에 달아둔 단창을 뽑아 맨 왼쪽 기병에게 던진 다음, 말배를 차서 앞으로 달려가 언월도로 남은 두 명의 목을 잘라 냈다. 또 한 번 핏물이 그와 흑왕을 덮어씌웠다.

  이준성과 흑왕이 착용한 갑옷의 색은 원래 검은색에 가까웠지만 피를 흠뻑 뒤집어쓴 지금은 거의 붉은색처럼 보였다.

  단순히 갑옷에 피칠갑만 한 상태라면 두려움을 주기 힘들지만 이준성과 흑왕 양쪽 다 체구가 유달리 커서 위압감을 발산했다. 또 이준성이 얼굴 전면을 가리기 위해 쓴 바이저에 해골그림이 그려져 있기 때문에 조명연합군 기병은 공포에 질려 그를 피했다. 마치 역병에 걸린 사람을 본 것처럼 조명연합군 기병이 그를 피해 다른 방향으로 도망쳤다.

  "휴우."

  이준성은 그 틈에 참았던 숨을 크게 내쉬며 뒤를 돌아보았다. 한명련이 이끄는 흑룡대대 기병 2,000기가 조명연합군 기병부대 측면을 쐐기처럼 파고들어 상당한 전과를 올렸다.

  그는 기병들이 뒤에 있던 조명연합군 기병을 에워싸 차례차례 해치우는 모습을 보고는 흑왕의 기수를 돌렸다. 반대쪽엔 아시온 군단 후위를 공격 중인 조명연합군 기병이 있었다.

  이준성은 그쪽으로 흑왕을 몰며 소리쳤다.

"이번 전투에서 두당 열 놈 이상 처리하지 못한 놈들은 사타구니 사이에 붙어 있는 쓸모없는 물건을 떼어 내야 할 것이다!"

초전의 승리로 사기가 잔뜩 오른 흑룡대대 기병들은 너털웃음을 터트리며 그를 쫓아왔다. 이번엔 조선군 기병이 많은 듯 화살이 먼저 날아왔다. 예로부터 활을 중시한 조선군은 기병조차 활을 쏘는 궁기병 위주로 운용하는 중이었다. 일부는 타격무기를 사용했지만 숫자가 그렇게 많지 않았다.

이준성은 커다란 덩치를 흑왕의 뒤로 대충 꾸겨 넣은 다음, 말배를 차서 속도를 높였다. 흑왕은 아직 체력이 충분한 듯했다. 콧김을 연신 뿜어내며 네 다리를 미친 듯이 놀렸다.

파파팟!

화살이 날아와 흑왕의 얼굴과 가슴에 박혔지만 두꺼운 마갑을 관통하는 데 실패했는지 흑왕의 속도는 전혀 줄어들지 않았다.

화살 몇 발은 포물선을 그리며 날아와 이준성의 머리, 어깨, 등에 박혔다. 그러나 이준성 역시 흑왕처럼 두꺼운 중갑옷으로 온몸을 무장한 터라, 살이 약간 따끔거릴 뿐이었다.

그러나 다른 기병은 그렇지 못했다. 이준성처럼 무지막지한 무게의 중갑옷을 착용하면 말 위에서 아예 몸을 움직일 수 없기 때문에 그들이 입은 갑옷은 그렇게 두껍지 않았다.

"으아악!"

"크윽!"

흑룡대대 기병 수십 기가 조선군 기병의 필사적인 반격에 막혀 군마와 함께 바닥을 굴렀다. 그러나 흑룡대대 기병들은 땅에 떨어진 동료를 구하기 위해 속도를 늦추지 않았다.

기병은 속도가 만들어 낸 충격력이 생명이기 때문에 동료를 살리기 위해 속도를 줄이는 법이 없었다. 그들은 방금 전까지 친구, 혹은 전우였던 동료를 짓밟으며 계속 전진했다.

"이랴!"

이준성 역시 흑왕의 속도를 더 높였다. 어떻게 해서든 궁기병으로 이루어진 조선군 기병과의 거리를 빨리 좁혀야 했다.

그사이 조선군 기병이 쏜 화살이 그에겐 두 대, 흑왕에겐 석 대가 더 꽂혔지만, 그는 고통을 참으며 연신 말배를 걷어찼다.

그는 마침내 조선군 기병과의 거리를 좁히는 데 성공했다. 이제부터는 사실상 일방적인 전투나 다름없었다. 조선군이 운용하는 궁기병은 주 무장으로 마상용 각궁을, 부 무장으로 끝이 앞으로 오게 차는 환도를 주로 사용했다.

한데 환도는 길이가 아주 짧기 때문에 말 위에서 휘두르긴 편할지 모르지만 적 기병을 베기에는 무리였다. 그런 이유 때문에 조선군 기병들 사이에서는 환도가 막판까지 몰렸을 때 스스로 목숨을 끊기 위한 무기라는 씁쓸한 농담이 돌곤 하였다.

적을 베기보다는 자결하는데 더 유용한 무기란 뜻이다.

이준성은 언월도로 왼쪽을 먼저 벤 다음, 재빨리 방향을 바꿔 오른쪽을 베어 갔다. 조선군 기병 다섯 명이 피를 뿌리며 나가떨어졌다. 그때, 장수로 보이는 조선군 기병이 환도로 등을 베어 왔다. 그는 언월도를 뒤로 뻗어 환도를 막아 낸 다음, 흑왕의 기수를 재빨리 돌렸다. 그가 기수를 뒤로 돌리는 동안, 장수가 환도로 재차 이준성의 어깨를 내리쳤다.

"어딜!"

이준성은 어깨에 떨어지는 환도를 언월도로 막아 낸 다음, 힘을 주어 위로 밀어 올렸다. 환도가 조선군 장수의 손을 떠나 허공으로 날아갔다. 조선군 장수의 눈빛에 두려움이 찾아들 때, 그는 언월도를 휘둘러 장수의 목을 잘라 버렸다.

콰콰쾅!

그때, 한명련의 흑룡대대가 돌진해 와 조선군으로 이루어진 조명연합군 궁기병 부대를 들이받았다. 군마와 군마가 충돌할 때마다 고통에 몸부림치는 구슬픈 울음소리가 울려 퍼졌다. 그러나 충돌로 쓰러진 기병은 대부분 조선군 쪽이었다.

이후 전황은 그의 예상대로 흘러갔다.

궁기병으로 이루어진 조선군 기병이 활약하기 위해서는 공간이 필요했다. 공간이 있어야 기동하며 화살을 쏠 수 있었다.

그러나 지금은 앞과 뒤가 반란군에게 막힌 상태라 기동할 공간이 부족했다. 그런 상태에서 백병전에 유리한 중기병으로 이루어진 흑룡대대와의 전투는 일방적일 수밖에 없었다.

"거기 있었군!"

이준성은 조선군 기병을 지휘하는 장수를 찾아내 돌진했다. 장수는 부하들의 호위를 받으며 도망치려 했지만 이준성을 완벽히 떼어놓지는 못했다. 그는 막아서는 기병을 연신 베어 가며 접근해 장수의 머리 위로 언월도를 내리찍었다.

장수는 급히 환도를 쳐올려 막아 왔지만, 언월도는 환도의 도신을 박살 낸 다음 그대로 떨어져 장수의 머리를 쪼갰다.

지휘관을 잃어버린 조선군 궁기병들은 중구난방으로 움직이다가 결국 흑룡대대 기병에게 에워싸여 차례차례 죽어 갔다.

그렇게 일방적인 학살이 몇 분가량 이어졌을 때, 항복하는 기병이 생겼다. 첫 번째 기병이 항복하기까지 30분이 걸렸지만 두 번째 기병이 항복하는 데는 1초가 채 걸리지 않았다.

이준성은 순식간에 조선군 궁기병 500기를 포로로 잡았다. 그는 아시온 군단 후위에 있는 병사들을 부른 다음, 그들에게 포로들을 무장 해제해 진채로 호송하란 명령을 내렸다.

이준성은 날이 무뎌져 더 이상 사용하기 힘든 언월도를 새 언월도로 교체한 상태에서 전장 주위를 재빨리 둘러보았다.

이여송이 가리산에 매복시킨 기병 5,000기의 7할 가까이가 피를 흘리며 바닥에 누워 있었다. 이런 결과라면 완승이라 부르기에 충분할 듯했다. 즉 그는 이여송이 그에게 가한 회심의 일격을 정보력을 바탕으로 완벽히 분쇄한 셈이었다.

이젠 후방에서의 기습을 염려할 필요가 없어졌다.

"목 한번 드럽게 마르군."

이준성은 물통에 든 물을 반쯤 마신 다음, 나머지 반은 붉은색 땀을 비 오듯이 흘리는 흑왕의 입에 털어 넣었다. 흑왕은 갈증이 조금 풀렸는지 앞다리를 높이 치켜들며 좋아했다.

"이 다음엔 소양강 물을 먹여 주마!"

이준성은 흑왕을 몰아 전선 왼쪽으로 달려갔다.

도착한 전선 왼쪽에서는 원충서가 지휘하는 천마여단 기병들이 조명연합군 기병부대와 팽팽한 접전을 벌이는 중이었다.

그러나 이준성은 그들을 지원하지 않았다. 그는 흑룡대대와 함께 전선을 더 크게 돌아 아예 소양강 강변 쪽으로 향했다.

마치 조명연합군 전체를 에워싸려는 것 같은 움직임이었다.

천마여단을 이끄는 원충서는 그 옆을 크게 돌아가는 이준성과 흑룡대대를 보며 자기 허벅지를 소리 나게 찰싹 때렸다.

"마침내 우리 실력을 제대로 보여 줄 때가 왔군!"

원충서가 주위에 있는 천마여단 기병들을 독려하며 소리쳤다.

"천마여단 병사들은 들어라! 지금부터는 뭉그적거릴 틈이 없다! 각자 앞에 있는 적을 빨리 해치워 주군의 뒤를 따르라!"

"예!"

천마여단 기병들은 기다렸다는 듯 큰 소리로 대답하며 앞으로 달려가 그들을 막아선 조명연합군 기병을 맹렬히 공격했다. 단순히 공격만 더 맹렬해진 것은 아니었다. 기병들은 횃불로 불을 붙인 천뢰 2호를 적이 있는 장소에 투척했다.

퍼퍼퍼펑!

천뢰 2호가 폭발하며 사방으로 날카로운 쇳조각이 날아갔다.

조명연합군 기병부대는 당황해 어찌할 바를 몰랐다. 천뢰 2호 폭발음에 놀란 군마들이 제멋대로 날뛰는 바람에 천뢰 2호가 쏟아 낸 쇳조각을 막거나 피하는 일이 쉽지 않았다.

"지금이다!"

그 틈에 앞으로 돌진한 원충서는 그가 자랑하는 철퇴 실력을 마음껏 뽐냈다. 애기 머리만 한 철퇴가 붕붕 소리를 내며 날아들 때마다 조명연합군 기병이 피를 쏟으며 쓰러졌다.

천마여단의 다른 기병들 역시 마찬가지였다. 철퇴, 편곤,

도끼 등을 미친 듯이 휘둘러 당황한 적을 더 당황하게 만들었
다.

개전 이래 1시간가량은 치열한 공방을 주고받으며 균형을
맞췄지만 거기서 30분이 더 지났을 땐 천마여단이 숫자가 두
배인 조명연합군 기병부대를 완벽히 제압했다. 이 말은 천마
여단이 그동안 실력을 감춰 왔단 뜻이나 마찬가지였다.

거칠어진 숨이 좀 가라앉기를 기다리던 원충서는 철퇴에
묻은 머리카락과 살점을 손으로 떼어 내며 주위를 둘러보았
다. 끝까지 저항하는 조명연합군 기병이 몇몇 보였지만 곧 득
달같이 달려든 천마여단 기병들에 의해 세상을 하직했다.

그는 기다렸다는 듯 철퇴를 쥔 오른팔을 번쩍 치켜들며 외
쳤다.

"우리가 이겼다!"

원충서의 외침에 천마여단 기병들이 일제히 환호성을 질
렀다.

천마여단은 사기가 하늘을 찌를 듯했지만 측면을 지키는
조명연합군은 그런 천마여단을 지켜보며 사기가 뚝 떨어졌
다.

측면을 맡은 조명연합군 보병부대는 그들을 지켜 주던 기
병부대가 박살 나는 바람에 무방비나 다름없는 상태였다. 그
들은 지금부터 보병의 천적이라 할 수 있는 기병과 맞서야 했
다.

한데 그때 생각지 못한 일이 일어났다.

원충서가 갑자기 말의 기수를 돌려 소양강 강변으로 내달린 것이다. 천마여단 기병들 역시 그런 원충서의 뒤를 쫓아가는 바람에 갑자기 그 일대 전체가 쥐 죽은 듯 조용해졌다.

측면을 지키던 조명연합군 보병들은 천마여단이 떠나는 모습을 지켜보며 가슴을 쓸어내리다가 서로의 얼굴을 쳐다보았다. 그러나 그들 중에 천마여단이 손쉬운 먹잇감이라 할 수 있는 그들을 잡아먹지 않은 이유까지 아는 사람은 없었다.

다행히 그들의 궁금증은 오래지 않아 풀렸다. 그게 다행인지는 잘 모르겠지만 어쨌든 천마여단이 그들을 내버려 둔 이유가 곧 밝혀졌다. 바로 후방에서 체력과 전력을 100퍼센트 비축한 하구로의 비룡여단이 올라와 그들을 상대한 것이다.

천마여단은 어쩔 수 없어 그들을 내버려 둔 게 아니었다. 뒤에 올라올 비룡여단에게 넘겨주기 위해 그들을 내버려 둔 것이다.

"공격하라!"

비룡여단은 천뢰 2호를 던지며 돌격해 측면을 지키는 조명연합군 보병부대를 거세게 몰아붙였다. 항왜로 이뤄진 비룡여단은 그들이 백병전에서 다른 부대보다 강하단 사실을 증명하려는 것처럼 조명연합군 보병부대를 매섭게 몰아쳤다.

후방에 있던 하구로의 비룡여단이 좌측 측면으로 올라가 그곳을 지키던 조명연합군 보병부대를 밀어붙일 무렵, 전선 중앙에서는 명회의 흑표여단이 서서히 움직일 채비를 하였다.

"비켜라! 지금부터 전선 중앙은 우리 흑표가 맡겠다!"

흑표여단장 명회가 큰 소리로 외치며 앞으로 달려갔다.

명회가 외치는 소리를 들은 듯 금강여단과 자유여단 병사들이 급히 거리를 벌려 흑표여단이 지나갈 공간을 만들었다.

조명연합군 정예 보병의 맹렬한 공격을 거의 30분 가까이 막아 내는 동안, 막대한 병력손실과 체력손실을 겪은 금강여단, 자유여단 병사들은 그들을 대신해 적을 막아 가는 흑표여단 병사들을 보며 기쁨의 환호성을 질렀다. 이는 전선 중앙 맨 끝에 위치한 조광의 절강여단 역시 마찬가지였다. 뒤로 후퇴하여 위로 올라오는 흑표여단과 임무를 교대했다.

비룡여단이 그러했듯 흑표여단 또한 체력과 전력을 100퍼센트 비축한 상태이기 때문에 천뢰 2호를 던지며 돌격해 안으로 깊숙이 들어온 조명연합군 정예 보병을 밖으로 밀어냈다.

전선 좌측은 비룡여단이, 중앙은 흑표여단이 전세를 뒤집는 동안, 전선 우측에서는 천마여단 부여단장 이유일의 지휘를 받는 기병 700기가 세 배가 넘는 조명연합군 기병으로 인해 고전을 면치 못하고 있었다. 이유일 등은 전력을 다해 조명연합군 기병을 몰아붙였지만 병력 차이가 심해 극복이 쉽지 않았다.

애초에 이유일 등은 적을 밀어내기보다는 균형을 맞추는 선에서 수비적으로 임하라는 명령을 받았지만 다른 전선에서는 아군이 우세를 점하는데 그들이 맡은 우측 전선만은 여전히 열세에 처한 터라 자존심에 금이 잔뜩 간 상태였다.

참다못한 이유일은 결국 부하들을 독려하며 적진으로 돌진하는 선택을 하였다. 그러나 숫자가 많은 조명연합군 기병은 돌진해 들어온 이유일 등을 재빨리 에워싼 다음 맹렬한 공격을 가해 격퇴했다. 그 과정에서 이유일은 조명연합군 기병이 쏜 화살을 여러 발 맞아 군마 위에서 즉사했다.

부하들이 가까스로 이유일의 시신을 수습해 퇴각했을 때는 이미 동원한 700기 중 상당수가 죽거나 다쳐 사실상 전선을 유지하기가 어려워진 상태였다. 기세가 오른 조명연합군 기병은 더 전진해 들어와 흑표여단 측면을 공격해 갔다.

전선 중앙에 있는 조명연합군 정예 보병을 몰아내는 데 전력을 다하던 흑표여단은 갑자기 측면을 덮쳐 온 조명연합군 기병부대를 만나 우수수 쓸려 나갔다. 전투를 시작한 이래, 아시온 군단 입장에서는 가장 위험한 순간이 도래한 셈이었다.

그때, 전장과 조금 떨어진 위치에서 흑표여단 측면이 조명연합군 기병부대에 당하는 모습을 지켜보는 부대가 하나 있었다.

바로 유웅수가 이끄는 백랑여단이었다.

백랑여단은 흑표여단과 함께 아시온 군단에 가장 먼저 생긴 부대로 병력의 숫자와 질에서 흑표여단과 투톱을 형성했다.

한데 지금은 흑표여단이 당하는 모습을 지켜볼 뿐 나설 생각을 하지 않았다. 부하들이 여단장 유응수에게 재차 공격할 것을 청했지만 유응수는 냉정한 표정으로 고개를 저었다.

"아직 때가 아니다."

부장 하나가 답답하다는 듯 소리쳤다.

"지금 적을 공격하지 않으면 아군이 당할 때 수수방관했다는 이유를 들어 장군님을 음해하는 세력이 생길 수 있습니다!"

유응수는 다시 고개를 저었다.

"상관없다. 주군께선 각 지휘관에게 재량권을 주셨다. 이번 일은 내 재량으로 결정한 일이니 주군께서 이해해 주실 것이다. 주군께서 이해해 주지 않으신다면 그 또한 내 운명이겠지."

이번엔 다른 부장이 나섰다.

"방금 전에 천마여단 부여단장 이유일 장군이 적의 손에 전사하셨다는 급보를 받았습니다. 장군께서는 이유일 장군과 생전에 깊은 교분을 나누시어 함흥삼걸이라 불렸단 말을 들었는데 어찌 친우를 위해 복수에 나서지 않으시는 겁니까?"

유웅수는 다시 고개를 저었다.

"공사는 구분해야 한다. 친우가 적의 손에 죽었다는 이유로 무턱대고 공격하면 군대의 기강이 어찌 바로 설 수 있겠는가."

유웅수가 이렇게 나오니 부장들 역시 더는 권할 수 없었다.

잠시 후, 이유일의 기병부대를 박살 낸 조명연합군 기병부대가 흑표여단 측면을 깊숙이 파고들어 상당한 전과를 올렸다.

그때, 유웅수가 앞으로 달려 나가며 소리쳤다.

"지금이다! 전 병력은 대기병용 전법으로 적 기병을 공격해라!"

"예!"

한참 전부터 싸우고 싶어 몸이 근질근질하던 백랑여단 병사들은 대기병용 무기를 앞세워 달려갔다. 방패로 조명연합군 기병의 공격을 막은 병사들은 도끼와 낫으로 군마의 발목을 집중적으로 노렸다. 또 다른 쪽에서는 구겸창과 갈고리로 군마에 탄 기병을 밑으로 끌어내렸다.

발목이 잘린 군마는 구슬픈 비명소리를 토해 내며 바닥으로 쓰러졌다. 그 군마에 타고 있던 기병들은 군마와 함께 바닥에 쓰러지거나 군마가 쓰러지기 직전 먼저 바닥으로 몸을 날려 피했다. 군마에 탄 기병은 보병의 천적이지만 땅으로 내려온 기병은 그리 위협적이지 않은 상대였다.

백랑여단 병사들은 쓰러진 기병을 밟은 다음 도끼와 낫으로 목을 잘라 숨통을 끊었다. 구겸창과 갈고리에 걸려 바닥에 떨어진 기병 역시 비슷한 운명을 겪었다. 그들은 버둥거리다가 창에 꿰여 고슴도치로 변하는 신세를 면치 못했다.

유응수는 백랑여단을 맡는 순간부터 여단을 전천후 부대로 키울 생각을 했기 때문에 부하들에게 혹독한 훈련을 강요했다. 볼멘소리가 적지 않았지만 지금처럼 까다로운 대기병용 전술을 펼치는 순간엔 그 효과를 톡톡히 볼 수 있었다.

잠시 후, 백랑여단은 흑표여단 측면을 공격하던 조명연합군 기병부대를 큰 피해 없이 궤멸시킨 다음 2단계 작전으로 넘어갈 수 있었다. 2단계 작전은 비룡여단, 흑표여단이 한 것처럼 그동안 비축한 체력을 바탕으로 조명연합군 측면을 재빨리 공격해 적이 빠져나갈 틈을 주지 않는 작전이었다.

한편, 소양강 강변에 도착한 이준성은 강변에 자리한 커다란 바위 위에 올라가 인드라망으로 전장을 재빨리 훑어보았다.

비룡여단이 좌측을, 흑표여단이 중앙을, 백랑여단이 조금 늦긴 했지만 어쨌든 우측을 몰아붙여 안으로 깊숙이 들어온 조명연합군 전체를 포위해 들어가는 모습이 눈에 들어왔다.

여기까지는 계획대로였다.

이제 작전의 성패는 그와 흑룡대대, 천마여단 손에 달려 있었다.

이준성은 다시 흑왕 위에 올라타 강변을 따라 내달렸다.
곧 그의 뒤로 한명련의 흑룡대대가 따라붙었다. 그는 강변을
따라 달리다가 조명연합군 후위 중앙 앞에서 방향을 틀었다.

"가자!"

소리친 이준성은 언월도를 휘두르며 조명연합군 후위 중
앙으로 뛰어들었다. 조명연합군 후위는 전력이 아주 약했다.
비전투원과 부상을 당해 뒤로 빠진 병력이 대부분이어서 이
준성과 흑룡대대의 기세가 오른 돌격을 견디지 못했다.

이준성은 언월도를 미친 듯이 휘두르며 후위를 공격해 들
어가다가 조명연합군 중군에게 돌진을 차단당했다. 중군 숫
자가 워낙 많아 소수인 흑룡대대로서는 버티기 쉽지 않았다.

"주군! 소장이 도와 드리러 왔습니다!"

한데 그때 원충서가 천마여단과 함께 도착해 그를 지원했
다.

거세게 저항하던 조명연합군 중군은 그때부터 손쓸 틈 없이
무너져 내려, 전투라기보다는 일방적인 학살에 더 가까웠다.

"이제 거의 다 왔다! 계속 몰아붙여라!"

그의 외침을 들은 병사들이 더 힘을 내 적을 몰아붙였다.
이는 조명연합군 후위를 들이친 흑룡대대, 천마여단뿐만 아
니라, 좌측의 비룡여단, 중앙의 흑표여단, 우측의 백랑여단
역시 마찬가지였다. 마치 그물을 당겨 조명연합군 전체를 쥐
어짜는 것 같은 형세였다. 그야말로 완벽한 포위였다.

◆ ◈ ◆

　이준성은 카르타고의 명장 한니발 바르카가 당시 세계 최강이던 로마군 8만을 섬멸한 제 2차 포에니전쟁의 칸나이전투에서 사용한 전략을 차용해 조명연합군 포위에 성공했다.

　여기서 말하는 섬멸은 그냥 하는 수사적인 표현이 아니었다. 실제로 섬멸했기 때문에 섬멸이란 표현을 사용했다. 한니발은 칸나이전투에서 로마군 8만 명 중 6만에 가까운 병력을 죽였으며 거의 2만에 달하는 포로를 잡았다. 즉 로마가 동원한 8만 명 중 대부분 죽고 사로잡혔단 뜻이었다. 이런 이유 때문에 전쟁사학자들은 한니발의 칸나이전투를 일컬어 역사상 가장 완벽한 섬멸전이라 부르길 주저하지 않았다.

　이준성은 전날 300고지에 올라가 소양강 강변에 배수진을 친 조명연합군을 보는 순간, 바로 이 칸나이전투가 머릿속에 떠올랐다. 이여송은 당시 로마군처럼 중앙에 보병을, 좌우 측면에 기병부대를 배치했다. 물론 이여송은 로마군과 달리 가리산에 복병을 배치해 두긴 했지만 은호원을 통해 미리 파악해 둔 덕에 복병에 휘둘리는 일은 일어나지 않았다.

　이준성은 전투 초반에 기병은 기병끼리, 보병은 보병끼리 싸우게 만들었다. 그러나 초반에 정예병을 투입해 온 조명연합군과 달리, 아시온 군단은 주력이라 할 수 있는 비룡여단과 흑표여단, 백랑여단을 끝까지 투입하지 않아 전력을 아꼈다.

물론 이렇게 하면 상대적으로 최전방을 오래 지켜야 하는 자유여단, 금강여단, 절강여단의 피해가 늘어날 테지만 이번 작전을 완벽히 성공시키기 위해 감수해야 하는 부분이었다.

처음엔 이여송의 의도대로 흘러갔다. 그가 개전 초기에 투입한 정예 보병부대가 아시온 군단 최전방을 지키는 자유여단, 금강여단, 절강여단을 몰아붙여 빠르게 승기를 잡아갔다.

이여송은 그 세 여단이 금세 무너질 거라 예상했다. 원래 패색이 짙어지면 병사들은 살길을 찾아 움직이기 마련이었다. 특히 반란군처럼 기강이 약한 부대는 그런 면이 더 강했다. 한데 그의 예상과 달리 그 세 여단은 끝까지 버텼다.

이여송은 그때까지 반란군을 형편없는 오합지졸로 치부했기 때문에 그가 받은 충격은 이루 말할 수 없을 지경이었다.

그때, 가리산 매복 부대를 박살 낸 이준성이 흑룡대대와 함께 소양강 강변을 크게 우회해 조명연합군 후위를 들이쳤다.

그뿐만이 아니었다.

원충서의 천마여단은 먼저 조명연합군 좌측 측면을 방어하던 기병부대를 박살 낸 다음, 이준성과 흑룡대대의 뒤를 받쳤다. 천마여단이 떠난 자리에는 체력을 비축한 비룡여단이 올라와 조명연합군 좌측 측면을 지키던 보병을 협공했다.

또 흑표여단은 지친 자유여단, 금강여단, 절강여단과 임무를 교대해 전선 중앙으로 깊숙이 들어온 조명연합군 정예 보병부대를 밀어내며 천천히 전진하기 시작했으며, 전선 우측에선 백랑여단이 올라와 그곳을 지키던 기병부대를 박살 낸 다음 조명연합군 우측 측면을 에워싸 포위망을 완성했다.

즉 중앙은 흑표여단, 좌측은 비룡여단, 우측은 백랑여단, 후위는 흑룡대대, 천마여단이 에워싸 조명연합군 3만여 병력을 완벽하게 가두어 섬멸전의 기틀을 마련하는 데 성공했다.

이준성은 전선을 돌아다니며 병사들을 계속 독려했다.

"더 압박해라! 놈들이 숨을 쉬지 못하게 만들어야 한다!"

병사들은 이준성의 명령을 즉각 수행했다. 적을 끊임없이 압박해 조명연합군 병사들이 다닥다닥 붙어 서도록 만들었다.

이 역시 한니발이 로마군에게 썼던 전술이었다. 카르타고군의 포위망에 갇힌 로마군은 움직일 수 있는 공간이 점점 줄어들어 끝내는 무기를 휘두르기 힘든 지경까지 이르렀다.

그러한 광경이 조명연합군 병사들에게 똑같이 일어났다. 조명연합군 병사들은 움직일 수 있는 공간이 줄어들어 칼을 휘두르거나 창을 찌르는 데 필요한 공간을 확보하지 못했다.

조명연합군 병사들의 비명과 울부짖는 소리가 끊임없이 들려와 신경을 자극했지만 이준성은 부하들에게 계속 몰아붙이란 명령을 내렸다. 아시온 군단에 밀린 조명연합군 병사들은 점점 가운데로 몰리다가 결국 일부는 적과 싸우다가 죽는 게 아니라 압사해서 죽는 불운까지 겹치기 시작했다.

이준성은 전선 중앙으로 달려가 황진, 처영, 조광을 불렀다.

"휴식들은 취했나?"

세 여단장은 동시에 고개를 끄덕였다.

"예!"

"그럼 다시 전투에 복귀해라! 곧 물이 끓어 흘러넘칠 것이다!"

"예!"

대답한 세 여단장은 휴식을 취하던 부하들에게 돌아가 전투에 복귀하란 명령을 내렸다. 곧 절강여단은 흑표여단을 지원해 전선 중앙을, 자유여단은 백랑여단을 도와 전선 우측을, 금강여단은 비룡여단을 도와 전선 좌측을 각각 강화했다.

흑표여단을 비롯한 보병부대의 임무는 전선을 고착화하는 데 있었다. 그들은 알렉산드로스 대왕이 완성시킨 망치와 모루 작전에서 모루에 해당해 조명연합군이 포위망을 빠져나가지 못하도록 강하게 압박해 포위망의 크기를 점차 줄여나갔다.

이준성은 다시 소양강 쪽으로 돌아가 조명연합군 후위를 들이치는 흑룡대대, 천마여단 기병들과 합류했다. 보병이 모루라면 흑룡대대, 천마여단 기병들은 망치에 해당했다. 즉 적을 모루 쪽으로 밀어 가며 때려부수는 임무를 수행했다.

이준성은 창을 번개같이 놀려 보병 서너 명을 순식간에 해치운 흑룡대대장 한명련 옆으로 달려가 그에게 물었다.

"병사들의 체력은 어떤가?"

한명련은 투구 밑으로 뚝뚝 떨어지는 땀을 닦으며 대답했다.

"간당간당하지만 버틸 순 있을 것 같습니다."

이준성은 한명련의 어깨를 세게 치며 명령했다.

"오늘밤이 가기 전에 이 전역을 마무리 지어야 한다. 힘든 건 알지만 부하들을 계속 독려해 놈들이 절망하도록 만들어라!"

"예!"

대답한 한명련은 흑룡대대 기병들을 독려해 가며 적진을 계속 돌파했다. 그러나 흑룡대대 역시 사람인지라 지칠 수밖에 없었다. 2,000기이던 병력이 지금은 1,300기로 줄어든 상황이었다. 이준성은 흑룡대대와 천마여단의 위치를 바꾸었다.

원충서가 지휘하는 천마여단은 지금까지 흑룡대대 뒤를 받치며 흑룡대대가 미처 처리하지 못한 적을 사냥하는 임무를 맡았지만 이번엔 반대였다. 천마여단이 적을 밀어붙이는 동안, 운 좋게 살수를 피한 적을 흑룡대대가 마저 처리했다.

이준성은 병사들을 돕기 위해 다시 전장으로 뛰어들었다. 오늘만 벌써 세 번째 교체한 언월도를 단단히 쥔 상태에서 적 틈으로 흑왕을 돌진시켜 사방에 죽음의 손길을 뻗었다.

언월도가 한낮의 뜨거운 햇살을 받아 번쩍이는 섬광을 토해 낼 때마다 조명연합군 병사의 수급과 팔다리가 공중으로 떠올랐다. 이준성은 그렇게 30여 분 동안 적진을 제집처럼 드나들며 적을 베어 기병 열 사람이 할 몫을 혼자서 해냈다.

한차례 맹공격을 가한 다음에 적진을 유유히 빠져나온 이준성은 천천히 숨을 골랐다. 그는 여전히 체력에 여유가 있는 상태였지만 흑왕과 언월도는 그렇지 못했다. 흑왕은 점점 지친 기색을 드러냈으며 언월도는 날이 빠져 제대로 잘리지 않았다. 이젠 베는 게 아니라 후려치는 수준에 가까웠다.

이준성은 흑왕 위에서 몸을 날려 지상으로 내려온 다음, 흑왕의 몸 곳곳에 박혀 있는 화살을 천천히 뽑았다. 모두 합쳐 일곱 대였다. 그중 반은 화살촉이 마갑을 관통해 살과 근육에 박혀 있었지만 흑왕은 아픈 티를 전혀 내지 않았다. 흑왕 역시 얼마 전에 죽은 흑표 못지않은 영물임에 분명했다.

이준성은 흑왕의 엉덩이를 살짝 치며 소리쳤다.

"다시 부를 때까지 넌 가서 목이나 축이도록 해라!"

흑왕은 알아들은 듯 앞다리를 높이 쳐들다가 곧장 소양강 강변으로 달려갔다. 흑왕을 떠나보낸 이준성은 날이 뒤틀려 더 이상 쓸 수 없는 언월도를 대신할 창을 집어든 다음 근처에 돌아다니는 주인 잃은 군마를 하나 붙잡아 올라탔다.

군마는 버거워하는 기색이 역력했지만 어쨌든 이준성이 이끄는 대로 움직였다. 이준성은 다시 전선을 한 바퀴 돌며 조명연합군 동태를 관찰했다. 아시온 군단이 모든 전선에서 조명연합군을 밀어붙이는 중이지만 그는 안심하지 않았다.

이대로 주저앉기에는 이번 회전에 걸려 있는 전리품이 너무 거대했다. 또 적이 보유한 병력 역시 2만여 명이 훌쩍 넘어 전략적인 판단을 뒷받침하기에 부족함이 없는 숫자였다.

이준성은 장수들에게 이번 작전을 설명할 때, 조명연합군이 해 올 최후의 공세를 가리켜 물이 끓는단 표현을 사용했다.

즉 솥에 물을 넣어 끓일 때, 일정 온도가 넘어가면 물이 솥 밖으로 흘러넘치는 경우가 있는 것처럼 조명연합군 역시 포위망을 뚫기 위해 사방을 찔러 볼 거라는 의미였다.

이준성이 전선 중앙에 도착했을 때, 마침내 물이 끓어 넘쳤다.

그의 눈에 조명연합군이 커다란 파도처럼 뭉쳐 백랑여단과 자유여단이 틀어막은 전선 우측으로 몰려가는 모습이 보였다.

이준성은 급히 전선 우측으로 이동해 명령했다.

"남은 화력을 전부 퍼부어라! 이젠 아낄 필요 없다!"

곧 뒤쪽에 있던 병사들이 바닥에 기름과 화약을 뿌려 불이

흐르는 고랑을 만들었다. 불 고랑을 완성한 다음엔 헝겊을
감은 화살에 불을 붙여 조명연합군 머리 위로 발사했다.

불화살이 비처럼 쏟아지며 조명연합군 병사들을 불태웠
다. 워낙 간격이 촘촘해 빗나가는 화살을 찾아보기 쉽지 않
았다.

그러나 생존욕구는 그보다 훨씬 강했다. 조명연합군 병사
들은 불화살을 맞아 가며 계속 전선 우측을 돌파하려 시도했
다.

불화살을 쏘던 궁병들이 이번에는 천뢰 2호에 불을 붙여
힘껏 던졌다. 빙글빙글 돌며 아군 머리 위를 지나간 천뢰 2호
가 공중과 지상에서 연달아 폭발해 조명연합군을 쓰러트렸
다. 이번엔 조명연합군 역시 더는 버티기 힘이 드는지 급히
뒤로 후퇴했다. 위험했던 전선이 점차 안정을 찾아갔다.

그러나 조명연합군의 돌파 시도가 완전히 멈춘 것은 아니
었다. 그 다음엔 전선 중앙을, 또 그 다음엔 전선 좌측으로
번갈아 공격하며 어떻게든 포위망을 벗어나려 들었다. 이준
성은 그때마다 전선을 돌며 불화살과 천뢰 2호를 쏘라 명령
했다.

돌파가 무위로 돌아갈 때마다 조명연합군의 사기는 눈에
띄게 가라앉았다. 이젠 거의 자포자기에 가까운 단계에 와
있었다.

이준성은 소양강으로 돌아가 휴식을 취하던 흑왕으로 군

마를 다시 교체한 뒤 천마여단과 합류해 후위를 들이쳤다.

이젠 전투를 마무리 지을 때였다.

창으로 사방을 찔러 가며 전진하던 이준성의 눈에 이여송으로 보이는 장수가 눈에 들어왔다. 이준성은 원충서, 한명련이 이끄는 기병의 지원을 받아 그쪽으로 돌파를 시도했다.

그러나 조명연합군 역시 사령관 이여송을 지키기 위해 전력을 다했다. 저지하지 못할 때는 몸으로 막아 사령관을 지켰다.

마치 파도가 치듯 이여송과 가까워지다가 멀어지기를 세 차례 반복했을 무렵, 이준성은 더 이상 참을 수 없어 흑왕 뒤에 매단 단창을 모두 뽑아 이여송을 향해 차례로 던졌다.

첫 번째 단창은 옆으로 크게 빗나갔다. 두 번째 단창은 이여송의 부하에게 맞았으며 세 번째 단창은 이여송의 어깨를 스치듯이 빗나갔다. 그러나 네 번째 단창은 도망치는 이여송의 등에 정확히 박혔다. 이여송이 쓰러지는 바람에 조명연합군 진형이 한차례 술렁거릴 때였다. 이준성은 그 틈에 재빨리 돌진해 쓰러진 이여송의 목에 단창을 찔러 넣었다.

피를 한 사발 토한 이여송은 뭍으로 막 올라온 물고기처럼 몸을 허우적거리다가 움직임을 멈추었다. 마침내 조명연합군 수장 요동 총병 이여송을 쓰러트리는 데 성공한 것이다.

그때였다.

뿌우우우!

동쪽 하늘에서 뿔 나팔 소리가 길게 울려 퍼졌다.

이준성은 급히 소리가 난 방향으로 흑왕을 몰아갔다.

뿔 나팔 소리는 와키자카 야스하루가 이끄는 왜군 별동대 5,000명이 전장에 접근할 때 은호원이 보내기로 한 신호였다.

마침내 왜군이 어부지리를 노리기 위해 당도한 것이다.

"개새끼들, 드디어 왔군!"

이준성은 이를 부드득 간 다음, 왜군을 향해 짓쳐 갔다.

4장. 신장의 강림

이준성은 왜군이 어부지리를 노릴 거라는 사실을 진작 알고 있었다. 그러나 왜군을 신경 쓰다가는 더 큰 물고기인 조명연합군을 놓칠 수 있기 때문에 작전을 강행하기로 결정했다.

처음에는 가리봉에 진채를 세운 왜군을 먼저 치는 작전을 고려해 보기도 했었다. 하지만 천혜의 요새라 할 수 있는 가리봉을 점령하는 데 얼마만큼의 시간이, 또 얼마만큼의 병력 손실이 있을지 알 수 없었다. 더구나 왜군은 이런 식의 농성전에 도가 튼 자들이었다. 아마 왜군은 굶어 죽기 직전까지 버틸 가능성이 높았다.

이런 이유로 인해 가리봉에 주둔한 왜군부터 치는 작전은 결국 쓰레기통행을 면치 못했다. 대신 보다 큰 물고기인 조명연합군을 어떻게 하면 빨리 제압할 수 있을지를 고민했다.

정찰을 위해 소양강이 내려다보이는 300고지에 올라간 이준성은 강변에 배수진을 친 조명연합군 배치를 보기 무섭게 칸나이전투에서 한니발이 쓴 전략을 써야겠단 생각이 들었다.

한니발의 도움을 받으면 조명연합군은 어찌어찌해서 제거할 수 있을 듯했다. 그렇다면 이젠 어부지리를 노릴 게 분명한 왜군을 상대할 대책을 생각해 둬야 했다.

한데 조명연합군이 만만치 않은 상대라 예비전력을 남겨 놓긴 쉽지 않았다. 왜군을 상대할 예비전력을 남겨 뒀다가 조명연합군과의 전투에서 패하면 그보다 바보 같은 짓은 아마 없을 것이다.

이준성은 결국 최악의 방법을 쓰기로 했다.

바로 비전투원을 전투원으로 끌어다 쓰는 방법이었다.

이준성은 전투가 벌어지는 덕산으로 오는 길목에 천궁포병여단, 철우여단, 은호원 병사들을 총동원해 화망을 구성했다.

이준성은 흑왕을 몰아 300고지를 나는 듯이 올라갔다. 경사가 완만하기 때문에 흑왕은 별 어려움 없이 정상에 도달했다.

고지 정상에 도착한 이준성은 그곳에 있던 은호원장 강태봉, 천궁포병여단장 김국신, 철우여단장 신세준을 만났다. 세 사람은 이준성에게 병력 배치 상황을 보고했다. 그러나 시간이 부족한 탓에 화망이 촘촘하지 않았다. 즉 왜군을 끝장내려면 지상에서 힘을 쓸 전투병이 필요했다.

이준성은 고개를 돌려 덕산 쪽에 있는 전장을 바라보았다. 총사령관 이여송이 죽긴 했지만 조명연합군은 항복할 기미를 보이지 않고 있었다. 여전히 탈출할 수 있으리란 희망을 버리지 않은 상태에서 맹렬히 저항하는 중이었다. 특히 조선군의 저항이 거셌다. 그들은 자신들이 여기서 무너지면 조선 왕실 역시 끝이란 사실을 알기 때문에 쉽게 포기하지 않았다. 그들 역시 언젠가는 항복하겠지만 지금은 아니었다.

그렇다는 말은 포위망에서 많은 병력을 빼내기가 어렵단 뜻이었다. 이준성은 하는 수 없이 한명련에게 전령을 보내 흑룡대대에게 이쪽으로 합류하란 명령을 내렸다. 흑룡대대가 빠지면 포위망 후위가 상대적으로 헐거워질 위험이 있지만 천마여단이 잘 메워 주기를 기도하는 수밖에 없었다.

흑룡대대가 도착했을 때, 동쪽 하늘에 먼지가 올라왔다. 마침내 와키자카 야스하루가 이끄는 왜군이 도착한 모양이었다.

그는 한명련과 흑룡대대 기병들을 살펴보았다. 전투 초기엔 2,000기를 상회하던 기병이 지금은 800기로 줄어 있었다.

전열에서 이탈한 1,200기 전부가 전사한 것은 아니었지만 부상 또는 탈진으로 전열을 이탈한 기병 숫자가 적지 않은 듯했다.

물론 남은 800기의 상태 역시 좋은 점수를 주긴 어려웠다. 몇십 킬로그램에 달하는 무거운 중갑주를 걸친 상태에서 세 시간이 넘는 시간 동안 치열한 사투를 치렀으니 사람과 군마 모두 지칠 대로 지쳐 퍼지기 직전이었다. 심지어 어떤 기병은 150구로 노히트 게임을 달성한 투수처럼 팔을 어깨 위로 들어 올리는 일조차 버거워하는 상태였다.

이래선 싸울 수가 없었다.

이준성은 흑룡대대 병사들을 돌아보며 한심하다는 듯 물었다.

"고작 이 정도인가?"

병사들은 무슨 뜻인지 몰라 멍한 표정으로 이준성을 보았다.

이준성은 고개를 흔들어 가며 한숨을 푹 쉬었다.

"내가 아는 흑룡대대 기병은 이 세상 최고의 전사들이다. 그렇기에 그대들에게 내 호위를 맡긴 거지. 한데 고작 세 시간 싸운 걸로 죽을상을 하다니 내가 착각을 한 모양이군."

이준성이 생각하기에 세상에는 세 가지 성향의 전사들이 있었다. 첫 번째는 상관에게 싫은 소리를 들으면 바로 의기소침해져 풀이 죽는 경우였다. 아니면 아예 반대로 싫은 소리를 한 상관에게 불만을 품어 일부러 엇나가는 경우였다. 그는 아마 대부분이 이런 성향을 가졌을 거라 생각했다.

그러나 세 번째 성향을 가진 전사들은 달랐다. 세 번째 성향을 가진 전사들 역시 상관에게 싫은 소리를 들으면 분노했다. 그러나 세 번째 성향을 가진 전사들은 그 분노를 상관에게 불만을 품거나 상관을 험담하는 데 소비하지 않았다. 그들은 투지를 끌어올리는 데 그 분노를 사용할 줄 알았다.

흑룡대대는 그중 세 번째 성향을 가진 전사들이었다.

즉 상관에게 싫은 소리를 들으면 자존심에 상처를 입었다는 생각이 들어 오히려 전보다 더 투지를 불태우는 쪽이었다.

이준성은 흑룡대대 병사들의 눈빛이 다시 살아나는 모습을 보며 고개를 천천히 끄덕였다. 그는 평소에 근성을 앞세우는 사람들을 싫어하는 편이지만 지금은 흑룡대대의 지기 싫어하는 악착같은 근성에 기댈 수밖에 없는 상황이었다. 그만큼 상황이 좋지 않았다.

그때, 강태봉이 다가와 속삭였다.

"왜군이 도착했습니다."

이준성은 고개를 돌려 동쪽 길목을 바라보았다. 기병 500여 기를 포함한 왜군 5,000명이 깃발을 앞세워 진격 중이었다.

이준성은 천궁포병여단장 김국신에게 물었다.

"완구는 얼마나 배치했나?"

"시간이 부족한 탓에 10문만 간신히 배치를 마친 상태입니다."

"내 명령 기다릴 거 없이 사정거리에 들어오면 바로 발포해라."

"예."

대답한 김국신은 300고지 산기슭에 배치한 완구 쪽으로 급히 내려갔다. 잠시 후, 완구 10문이 유성 2호를 쏘아 올렸다. 포물선을 높이 그린 유성 2호가 왜군 머리 위에 떨어지며 주황색 불꽃과 흙먼지를 피워 올렸다. 왜군은 갑자기 날아든 포탄세례에 잠시 당황한 듯 우왕좌왕하는 모습을 보였지만 와키자카 야스하루를 비롯한 노련한 지휘관들이 독려한 끝에 다시 전열을 갖추어 덕산 방면으로 진격해 왔다.

유성 2호를 모두 소진한 천궁포병여단 병사들은 완구를 버린 뒤 조총과 활, 칼과 창으로 무장한 상태에서 산기슭으로 내려갔다. 산기슭엔 이미 무장을 갖춘 철우여단 병사 1,000명과 은호원 병사 300명이 대기 중이었다. 뒤늦게 합류한 천궁포병여단 포병을 합치면 이제 병력은 2,000명으로 늘었다. 물론 왜군에 비하면 아직 턱없이 부족한 숫자였다.

강태봉, 김국신, 신세준 세 사람 역시 갑옷을 입은 상태에서 산기슭으로 내려가 부하들을 지휘했다. 강태봉과 김국신이야 아직 젊어서 괜찮다지만 신세준은 고령인 관계로 처음에는 철우여단의 지휘를 부여단장에게 맡길 생각이었는데 신세준이 자기가 하겠다며 고집을 피우는 통에 어쩔 수 없었다.

그들이 매복한 지점을 왜군 중군이 막 통과했을 무렵이었다.

"모두 나를 따르라!"

신세준이 소리치며 가장 먼저 달려 나가 왜군 앞을 막아섰다. 나이가 가장 많은 신세준이 그럴진대 다른 사람들이야 두말할 나위 없었다. 신세준의 행동에 자극받은 그들은 각자 함성을 지르며 밖으로 뛰쳐나가 왜군 앞을 막아섰다.

또 매복지에 남은 병사들은 조총과 활로 왜군 측면을 기습했다. 처음에는 앞과 옆 양쪽에서 기습을 받은 왜군이 당황하는 모습을 보였지만 그런 모습은 그리 오래가지 않았다.

전열을 정비한 왜군은 곧장 거센 반격을 해 왔다. 조총병과 궁병을 내보내 화력에서 아군을 압도하는 한편, 그들이 자랑하는 장창병으로 길목을 막아선 아군 보병을 제압해 나갔다.

역시 비전투원은 비전투원이란 생각이 들게끔 하는 전투였다. 훈련 때 배우기는 했지만 훈련과 실전은 다르기 마련이었다. 얼마 전까지 포를 쏘던 병사와 보급품을 나르던 병사에게 노련한 왜군을 막으라 하는 것은 처음부터 무리가 따르는 주문이었다. 다만, 은호원 병사 300명은 평소에 비정규전을 수행한 경험이 많아 제법 괜찮은 활약을 펼쳤다.

비정규전과 정규전이 같을 수는 없지만 사람이 사람을 상대한단 점에서는 크게 다르지 않기 때문에 형편없이 당하진 않았다. 그러나 은호원 병사의 수는 고작 300에 불과하다 보니, 그들만으론 기울어진 전세를 뒤집기가 쉽지 않은 상황이었다.

이준성은 흑왕에 올라탄 자세로 산 밑에서 벌어지는 전투를 지켜보았다. 천궁포병여단, 철우여단, 은호원을 모아 급조한 부대가 왜군 정예병에게 속수무책으로 당하는 중이었다.

그러나 이준성은 냉정한 시선으로 지켜볼 뿐, 움직일 생각을 하지 않았다. 그가 생각하기에 이 싸움을 한 방에 끝내기 위해서는 왜군이 좀 더 공격적으로 나와 줄 필요가 있었다.

이준성은 강주봉이 건넨 언월도를 등 뒤에 비껴 찬 뒤 양손에 횃불과 천뢰 2호 다섯 개를 쥐었다. 다른 사람들은 한 손에 천뢰 2호 두 개를 쥐는 게 고작이지만 손이 남들보다 훨씬 큰 그는 한 손으로 다섯 개를 쥐는 게 가능했다.

그때, 왜군이 풀숲에 매복해 있는 아군 조총병과 궁병을 제압하기 위해 보병을 투입하는 모습이 보였다. 단단한 껍질처럼 본진을 보호하던 주력이 마침내 밖으로 나온 상황이었다.

"가자!"

소리친 이준성은 흑왕의 말배를 차 산 밑으로 달려 내려갔다.

그 뒤를 한명련을 위시한 흑룡대대 기병들이 급히 쫓았다.

왜군 얼굴의 확인이 육안으로 가능할 때쯤 이준성은 횃불로 불을 붙인 천뢰 2호 다섯 개를 힘껏 던졌다.

투수가 몸을 풀기 위해 롱 토스할 때처럼 낮은 포물선을 그리며 날아간 천뢰 2호 다섯 개가 왜군 머리 바로 위쪽에서 폭발했고, 폭발 반경에 있던 왜군이 비명을 내지르며 바닥을 굴렀다. 흑룡대대 병사들 역시 거리를 좁히며 천뢰 2호를 던져 그들이 돌격해 들어갈 수 있는 공간을 마련하는 데 성공했다.

가장 먼저 왜군을 돌파한 이준성은 검은색 깃발에 흰 원 두 개를 교차하듯 그린 군기가 있는 방향으로 흑왕을 몰아갔다.

즉시 왜군이 그 앞을 막아섰지만 이준성이 휘두른 언월도에 의해 속절없이 잘려 나갔다. 사람과 무기는 물론이거니와 심지어는 군마까지 그가 휘두른 언월도에 잘려 날아갔다.

이준성은 남은 에너지를 이번 공격에 전부 소진할 생각이었다. 순식간에 100미터를 전진한 그는 마침내 흰 원 두 개가 그려져 있는 군기 앞에 당도했다. 그 군기는 바로 와키자카 야스하루의 군기였다. 이준성은 재빨리 주변을 훑었다.

"거기 있었군."

곧 뒤로 도망치는 와키자카 야스하루의 모습이 보였다. 흑왕의 속도를 높여 따라붙은 그는 언월도를 힘껏 내리쳤다. 와키자카 야스하루 옆을 지키던 가신들이 무기를 뻗어 막았지만 언월도는 가신들의 무기를 박살 낸 뒤 밑으로 떨어져 와키자카 야스하루를 수직으로 갈랐다. 와키자카 야스하루는 곧 머리부터 사타구니까지 일자로 잘려 죽었다.

이준성은 피가 잔뜩 묻은 언월도를 치켜들며 승리의 포효를 터트렸다. 포효가 얼마나 컸던지 일대 전체가 울리는 듯했다. 마치 사람이 아니라 호랑이가 울부짖는 것처럼 들렸다.

◆ ◈ ◆

이준성 주위를 몇 겹으로 에워싼 왜군은 호랑이의 포효를 들은 사슴처럼 움찔하며 겁에 질린 눈빛으로 그를 쳐다보았다. 그러나 모든 왜군이 사슴처럼 겁이 많진 않은 듯했다.

잠시 후, 이준성의 손에 주군을 잃은 와키자카 가문 가신들이 복수하기 위해 벌떼처럼 덤벼들었다. 흑룡대대가 그가 있는 지점까지 돌파해 들어오지 못한 상태였기 때문에 당분간은 그 혼자 주변을 에워싼 왜군을 상대해야 하는 상황이었다.

쉬이익!

이준성은 언월도로 왼쪽을 크게 베어 갔다. 오후의 따가운 햇살을 받은 언월도의 날이 물비늘처럼 반짝거릴 때, 왜군 서너 명이 피를 뿌리며 나가떨어졌다. 그는 흑왕의 기수를 돌리며 이번엔 오른쪽을 베어 갔다. 뒤쪽에서 기습해 오던 왜군 두 명이 가슴과 배가 잘려 동시에 뒤로 넘어갔다.

이준성은 그때부터 흑왕과 함께 죽음의 춤을 추었다. 피를 뒤집어쓴 거대한 사내 하나와 그런 거대한 사내를 지탱하기 위해 근육을 철갑처럼 두른 육중한 군마 한 마리가 환상의 조합을 이루어 메마른 대지를 피로 적셔 가기 시작했다.

왜군은 와키자카 야스하루를 죽인 그를 살려 둘 생각이 전혀 없는 듯했다. 그 한 명을 향해 수십, 수백 명이 달려들었다.

칼과 창이 번득이며 날아들었다. 집중력이 최고조에 달한 그는 눈으로 따라잡기 힘들 만큼 빠른 속도로 언월도를 휘둘러 거의 모든 공격을 막아 냈다. 왜군의 칼과 창은 마치 보이지 않는 어떤 막에 막혀 뒤로 튕겨 나는 것처럼 보였다.

챙챙챙챙!

쇠와 쇠가 충돌할 때마다 연주자가 서투른 솜씨로 악기를 연주하는 것 같은 소리가 흘러나왔다. 이준성을 직접 공격하는 데 실패한 왜군은 방법을 바꾸어 흑왕을 노렸다. 그들은 칼과 도끼로 흑왕의 다리와 발목을 집중적으로 공격했다.

이럴 경우를 대비해 흑왕의 다리에 두꺼운 갑주를 씌워 놓기는 했지만 열 번 찍어 안 넘어가는 나무 없다는 속담처럼 찍다 보면 언젠간 흑왕의 다리가 잘려 나갈 공산이 높았다. 이에 대항하기 위해 그 역시 왜군을 상대하는 법을 바꿨다.

왜군이 흑왕의 다리를 노리지 못하도록 끊임없이 움직이며 사방에 언월도를 찔러 갔다. 흑왕의 예측할 수 없는 움직임에 언월도의 긴 사정거리가 더해짐에 따라 왜군의 시도는 다시 무위로 돌아갔다. 오히려 왜군 쪽의 피해가 늘었다.

왜군은 또 한 번 방법을 바꾸었다.

이번에는 조총병과 궁병을 데려왔다. 이준성 주변에 그를 노리는 왜군이 수두룩한 탓에 조총과 활을 쏘면 왜군 역시 적지 않은 피해를 입을 가능성이 높았지만 복수에 눈이 먼 와키자카의 가신들은 조총병과 궁병에게 사격을 명령했다.

이준성은 왜군 조총병과 궁병이 정확히 조준하지 못하도록 정신없이 흑왕을 몰아가다가 조총병과 궁병이 재장전하는 틈을 노려 그쪽으로 돌진해 들어갔다. 조총병과 궁병은 깜짝 놀라 급히 보병 뒤로 숨었지만 이준성이 휘두른 언월도가 섬광처럼 날아들어 조총병과 궁병의 몸통을 난자했다.

급한 불을 끈 이준성은 와키자카 가문의 가신들을 집중적으로 노렸다. 가신단이 아직 건재하기 때문에 왜군이 계속 저항하는 거라 판단한 그는 손속에 사정을 두지 않았다.

가신이 하나둘 죽어 갈 때마다 왜군의 사기가 급격히 떨어졌다. 더구나 거센 저항을 뚫어 낸 흑룡대대가 이준성과의 거리를 좁히는 중이기 때문에 사기가 더 떨어질 수밖에 없었다.

결국 전장 가장 바깥쪽에 있는 왜군부터 동쪽으로 도주하기 시작했다. 패색이 짙어진 전장에서 도주보다 더 빨리 번지는 전염병은 없었다. 왜군은 곧 너 나 할 것 없이 동쪽으로 내뺐다.

흑룡대대가 이준성과 합류했을 때는 이미 전투가 끝난 상황이나 마찬가지였기 때문에 거의 이준성 혼자 왜군을 물리친 것과 다름없었다.

한명련 등은 믿을 수 없다는 눈으로 이준성을 바라보았다. 그럴 수밖에 없는 게 그들은 한 명이 수천에 이르는 적을 물리쳤단 말을 들어 본 역사가 없었다.

오늘 이준성의 모습은 그야말로 하늘에서 강림한 신장이나 다름없었다. 병사들은 경외의 시선으로 이준성을 응시했다.

한편, 이준성은 다소 피곤한 표정으로 투구를 벗어 안장 위에 올려놓았다. 투구에 해골 그림을 그려 넣은 바이저가 달려 있기 때문에 밖으로 드러난 눈가에만 피가 잔뜩 묻어 있었다.

이준성은 수건으로 피가 묻은 눈가를 닦으며 조명연합군 쪽을 바라보았다. 조명연합군은 여전히 저항 중이었지만 전보다는 기세가 한풀 꺾인 듯했다. 곧 항복할 분위기를 풍겼다.

이준성은 김국신, 신세준, 강태봉 세 명에게 전장을 수습하게 한 뒤 본인은 흑룡대대와 함께 소양강으로 돌아갔다.

조명연합군이 왜군의 존재를 인지했는지의 여부는 모르겠지만 이준성이 흑룡대대와 돌아오는 모습을 보고는 본능적으로 그들이 기대를 걸어 볼 수 있는 마지막 희망이 물거품으로 돌아갔다는 사실을 느낀 듯했다. 결국 하나둘 바닥에 무기를 버리더니 앞에 있는 아시온 군단 병사에게 항복해 왔다.

"휴우."

이준성은 긴 한숨을 토해 내며 하늘을 올려다보았다. 따가운 햇살을 뿌리던 해가 어느새 서산 쪽으로 많이 기울어 있었다.

이른 아침에 전투를 시작했던 점을 생각하면 한나절 동안 쉬는 시간 없이 전투를 치른 셈이었다. 몸이 물먹은 솜처럼 무거워 갑옷을 벗는 일조차 귀찮았지만 어쨌든 최후의 승자는 그였다. 결과야 어떻든 패자보다 나쁠 순 없으니까.

강문우에게 전장 정리를 지시한 이준성은 강주봉이 그를 위해 300고지 정상에 세워 둔 막사에 들어가 휴식을 취했다.

이준성은 강주봉의 도움을 받아 피가 묻은 갑옷을 하나씩 벗겨 냈다. 그저 갑옷을 벗었을 뿐인데 마치 헤라클레스 덕분에 족쇄에서 풀려난 프로메테우스 같은 기분을 느껴야 했다.

이준성의 몸은 엉망진창이었다. 그가 걸친 중갑옷이 치명상을 입지 않게 막아 주기는 했지만, 갑옷을 뚫고 화살촉이 박힌 부위에서는 피가 흘러내렸으며 칼과 창 같은 냉병기에 당한 부위는 피멍이 들어 살이 파랗다 못해 시커멓게 죽어 있었다.

옷을 모두 벗은 이준성은 의자에 앉아 상처를 살펴보며 물었다.

"유진, 내 몸 상태가 어때?"

-으음.

이준성은 미간을 찌푸리며 물었다.

"대답이 왜 그래?"

-별로 좋지 않군요.

컴퓨터인 유진이 사람처럼 행동할 린 없었지만 이준성의 귀에는 마치 유진이 한숨을 깊이 내쉬며 대답하는 것처럼 들렸다.

이준성은 약간 걱정스러운 목소리로 물었다.

"그렇게 심해? 못 봐줄 정도야?"

-우선 상처를 치료하는 게 중요합니다. 치료한 다음엔 깨끗한 장소에서 충분한 영양을 공급받으며 장기간 휴식을 취해야 세균감염과 같은 상황에서 안전할 수 있습니다. 그렇게 하지 않으면 회복 중에 사용자가 사망할 가능성이 있습니다.

이준성은 이를 악물며 물었다.

"네가 좋아하는 확률로 따졌을 때는?"

-사용자가 사망할 확률 말인가요?

"그래."

유진은 한참 후에 대답했다.

-사용자의 상태와 의료기술 수준, 주변 환경 등을 종합해 고려했을 때, 사망할 확률이 50퍼센트에 이른단 계산이 나옵니다.

이준성은 애써 담담한 척하며 대답했다.

"50퍼센트면 그리 나쁘지 않은 것처럼 들리는데? 그렇지 않아?"

유진은 그게 아니라는 듯 서둘러 덧붙였다.

-사용자에게 조언을 하나 드리자면 오늘 같은 방식으로 전투를 지속할 경우, 사용자가 사망할 확률은 100퍼센트입니다.

"지금까진 그저 운이 좋았다 이거야?"

-그렇습니다.

피식 웃은 이준성은 고개를 살짝 저으며 말했다.

"내 건강은 내가 알아서 할 테니까 넌 내가 시킨 일이나 제대로 해 놔. 곧 네가 해야 하는 업무가 엄청나게 늘어날 테니까."

-사용자가 지시하신 일은 모두 원만한 진행 상태를 보이는 중입니다. 그러나 사용자가 사망하면 저 역시 오프 상태로 돌아가기 때문에 제가 작업 중인 일이 쓸모없어질 겁니다.

"알았어. 해야 할 일이 산더미처럼 쌓여 있지만 너를 오프 상태로 만들지 않기 위해 최선을 다해 볼게. 날 믿을 수 있겠지?"

-지금 비꼬시는 겁니까?

"아, 의원이 오는군. 넌 그만 들어가 있어. 너랑 얘기하는 걸 의원이 들으면 내 머리부터 검사하려 들지 모르니까. 하하."

유진을 돌려보낸 이준성은 의원에게 치료를 받았다.

그러나 사실 그에겐 의원이 필요 없었다.

그의 몸 상태를 본 강주봉이 놀라 급히 의원을 데려온 모양인데, 의원의 치료가 얼마나 효과적일지는 알 수 없는 일이었다.

16세기 말 지식으로 내과나 조금 다룰 줄 아는 의원보다는 의학에 관해선 문외한에 가깝지만 유진의 도움을 받을 수 있는 이준성의 실력이 월등히 높은 상황이었기 때문이다.

어쨌든 이준성은 의원의 도움을 받아 상처를 치료했다. 소주에서 추출한 알코올로 상처를 깨끗이 닦아 낸 뒤 소독한 바늘에 실을 묶어 벌어진 상처를 꿰맸다.

의원은 실을 바늘에 묶어 상처를 봉합하는 시술을 처음 해 보는 듯 손을 덜덜 떨었다. 고개를 절레절레 저은 그는 바늘이 엉뚱한 살을 찌를 때마다 알코올을 만들기 위해 가져다 놓은 독한 소주를 한 모금씩 마셨다. 의원이 재봉질에 가까운 봉합을 모두 마쳤을 때는 술병에 있던 술을 깨끗이 비운 후였다.

치료를 마친 이준성은 유진의 도움을 받아 알아낸 약초를 의원에게 가져다 달라 부탁했다. 대부분 부기와 멍을 가라앉혀 주는 데 효과가 있는 약초였다. 항생제를 구하면 가장 좋겠지만 자연적인 상태에서는 구하기가 힘들어 아예 꿈조차 꾸지 않았다.

그날 밤, 이준성은 고열을 동반한 엄청난 통증을 느끼며 자다 깨다를 반복했다. 유진의 경고처럼 감염으로 죽는 게 아닌가 하는 오싹한 생각이 들 정도로 위험한 순간까지 겪었다.

다음 날 아침, 이준성은 간신히 침상에서 일어나 몸을 움직여 보았다. 아프지 않은 데가 없어 유진의 말처럼 당분간은 쉬면서 회복에 전념해야 할 것 같았다. 그러나 불행하게도 그는 쉴 수 없었다. 일을 마무리 지으려면 그가 다시 나서야 했다.

"세상이 좀 조용해지면 의학 쪽에 관심을 가져 봐야겠군. 상처가 생길 때마다 죽을지 살지를 하늘에 맡기는 건 너무하잖아."

그날 아침, 전장 정리를 마무리한 강문우가 막사로 들어왔다. 소양강회전의 인명피해 현황을 먼저 보고한 강문우는 전체 전역의 결과를 합산한 내용을 따로 보고했다.

"이번 전투로 조명연합군 총병력 9만 중에 3만 4천 명이 전사했습니다. 또 부상자는 1만 명, 포로는 2만 7천 명이 발생했습니다. 잡은 포로 중에 1만 명은 조선군입니다. 다음으로 아군이 입은 피해를 말씀드리겠습니다. 아군은 전사 5,290명, 부상자는 6,740명입니다. 그중에 중상자는 1,200여 명가량입니다. 마지막으로 왜군은 2,000여 명의 사상자를 낸 상태에서 동쪽 해안 방향으로 퇴각한 것을 확인했습니다."

이준성은 강문우의 보고를 다 들은 후에 권율을 따로 불렀다.

그날 오후에 권율이 돌아와 전체적인 전황을 보고했다.

"전투에서 패한 왜군이 동쪽 해안가로 퇴각 중임을 은호원 병사들이 확인해 보고해 왔습니다. 또 6진을 점령한 노토는 경성까지 내려왔다가 그곳을 지키던 강준구 장군의 백두여 단과 한 차례 교전을 벌인 뒤 6진으로 돌아간 상태입니다."

늦은 시간까지 앞으로의 일을 권율과 논의한 이준성은 다음날 해가 떠오르기 무섭게 경무장으로 장비를 교체한 흑룡대대, 천마여단과 함께 도성이 있는 서쪽 방향으로 출발했다.

계획대로 과실이 맺혔으니 이젠 수확에 나설 차례였다.

이준성은 걸음을 서둘렀다. 그가 조명연합군 9만을 거의 궤멸시켜 대승을 거두긴 했지만 전쟁까지 이긴 것은 아니었다. 전쟁에서 이기려면 한 가지 조건이 더 필요했다. 바로 조선 왕실과 조정을 그의 통제하에 두어야 한단 조건이었다.

만약 소양강 전투의 패전 소식을 접한 조선 왕실과 조정이 명나라로 망명을 꾀한다면, 이는 앞으로 수년 간 그와 그가 건국할 나라를 괴롭힐 불씨로 남을 가능성이 아주 높았다.

조선 왕실과 조정이 명나라 망명에 성공한다면, 한반도 안에 남은 기득권세력에게 반란을 일으키도록 부추길 것이었다.

또한 한반도 안에 남은 기득권세력이 망명한 조선 왕실과 조정을 복권시킬 목적으로 반란을 일으킨다면, 한반도는 수년간 내전에 휩싸여 지옥과 같은 시간을 보낼 공산이 아주 높았다.

그렇다면 방법은 하나밖에 없었다. 조선 왕실과 조정이 망명하지 못하게 미리 차단하는 방법이었다. 이준성이 유진의 조언을 무시하면서 무리하는 데에는 이런 이유가 있었다.

이준성은 고열과 오한이 번갈아 찾아오는 바람에 흑왕 위에 거의 엎드린 자세로 앉아 서쪽으로 이동하는 중이었다. 한명련, 원충서 등이 재차 휴식을 권했지만 이준성은 고개를 저었다. 그들은 벌써 이틀을 지체한 상태였다. 만약 소양강 전투의 패전 소식이 조선 왕실과 조정의 귀에 바로 들어갔다면, 몽진하는 어가를 따라잡기 어려울 가능성이 있었다.

그런 상황에서 휴식을 취하는 행동은 천추의 한을 남길 수 있었다. 이준성은 고통을 참아 가며 계속 서쪽으로 말을 몰았다.

소양강을 벗어난 지 닷새쯤 지났을 무렵, 그들은 마침내 도성 인근에 도착하는 데 성공했다. 그때, 도성을 정찰한 강태봉이 돌아와 도성을 지키는 병력이 얼마 없단 소식을 전해 왔다.

원충서, 한명련 등은 도성이 욕심나는 눈치였다. 한 나라의 수도를 점령할 수 있는 기회는 자주 오지 않기 때문에 이해가 가는 일이지만 이준성은 고개를 저었다. 도성이 먹음직스럽기는 하지만 지금은 그저 껍데기에 불과했다. 즉 알맹이와 같이 먹지 않으면 빛 좋은 개살구나 마찬가지였다.

도성을 우회한 이준성은 개성을 지나 평양으로 올라갔다. 평양성이 보이는 대동강 강변에 도착한 이준성은 그곳을 지키던 조명연합군 소수를 제압한 뒤 성 근처로 진격했다.

잠시 후, 평양성에 들어갔던 강태봉이 돌아와 상황을 보고했다.

"평양성에 상주해 있던 은호원 병사들에 따르면 어젯밤 늦게 어가가 평양성을 나와 의주로 몽진하는 모습을 봤다 합니다."

"우리가 그렇게 늦은 건 아닌 모양이군."

고개를 끄덕인 이준성은 어가를 쫓아 의주 방면으로 북상했다.

어가가 어젯밤 늦게 평양성을 나왔다는 말은 조명연합군의 패전 소식을 전한 전령보다 그들이 10시간쯤 늦었단 소리였다. 몸을 추스르는 데 이틀을 쓰긴 했지만 이동을 서두른 덕에 다행히 10시간 차이로 어가 뒤에 따라붙는 데 성공했다.

관원과 궁인들 중에 도보로 어가를 쫓아가는 사람이 꽤 많을 거란 점을 감안하면 순수 기병으로 이루어진 그들에게 10시간이란 거리 차이는 문제로 작용하지 않을 공산이 높았다.

긴장이 약간 풀린 그는 강태봉을 불러 그에게 어가를 추적하는 은호원 병사를 만나서 어가가 있는 정확한 위치와 어가를 호위하는 병력의 숫자를 알아오라는 명령을 내렸다.

그로부터 2시간이 조금 지났을 때, 강태봉이 돌아와 보고했다.

"어가를 추적 중이던 병사들을 만나 어가가 현재 이곳에서 10여 리 앞을 지나가는 중이란 보고를 받았습니다. 또한 어가를 호위하는 병력은 기병과 보병을 합쳐 약 2,000명인 듯합니다."

"10리라…… 그리 멀리 가진 못했군."

고개를 끄덕인 이준성은 강태봉에게 지속적으로 어가의 위치를 확인해 보고란 명령을 내린 뒤 원충서와 한명련을 불렀다.

한명련이 식은땀을 흘리는 이준성을 보며 간곡하게 권했다.

"어가를 따라잡는 일은 소장들이 하겠습니다. 그동안 주군께서는 잠시 휴식을 취하며 몸을 돌보시는 게 어떻겠습니까?"

이준성은 단호한 표정으로 고개를 저었다.

"이 일은 내가 아니면 안 되네. 자네들을 믿지 못한다는 뜻이 아니야. 나밖에 할 수 없는 일이 있기 때문에 그러는 거지."

한명련은 한숨을 쉬며 고개를 끄덕였다.

"그러시다면 어쩔 수 없지만, 전투에는 참가하지 않으시는 게 좋겠습니다. 혹여 주군께서 전투 중에 또 다치시면, 사람들이 이를 말리지 못한 원 장군과 소장을 무척이나 원망할 테니까요."

"알았네."

고개를 끄덕인 이준성은 두 사람에게 각자 해야 할 일을 가르쳐 주었다. 잠시 후, 본대에서 떨어져 나온 천마여단 기병 3,000여 기가 길을 크게 우회하다가 북동쪽으로 북상했다.

천마여단이 시야에서 사라지는 모습을 본 이준성은 한명련이 이끄는 흑룡대대와 함께 어가가 있는 방향으로 움직였다.

그로부터 1시간쯤 지났을 때였다. 이준성은 마침내 언덕 위에 올라가 그 밑에 있는 길을 지나는 어가 행렬을 볼 수 있었다.

이준성의 시선이 가장 먼저 향한 곳은 어가를 호위하는 호위부대였다. 강태봉의 보고대로 기병 500기와 보병 1,500명가량이 어가 앞뒤를 호위한 상태에서 행군하는 중이었다.

이준성은 호위부대 다음으로 선조가 있을 만한 위치를 찾아보았다. 어가 행렬 가운데에 왕실 여자들이 탔을 것 같은 가마 10여 개가 있었다. 그는 시선을 좀 더 앞으로 옮겼다.

어가 행렬 맨 앞에는 비단도포를 걸친 사내 10여 명이 말을 탄 상태에서 이동 중이었다. 대부분 왕실 사람처럼 보였는데, 얼굴을 모르는 통에 그중 누가 선조인지는 알 수 없었다.

이준성은 시선을 행렬 맨 뒤로 옮겨 보았다. 맨 뒤에는 관원과 궁인들이 어가를 따라 터벅터벅 걸으며 이동하고 있었다.

몽진을 떠나는 사람들의 얼굴엔 절망감이 가득했다. 조명 연합군 9만이 패한 지금, 그들에겐 희망을 걸어 볼 데가 없었다.

지금은 그저 그나마 기댈 수 있는 언덕인 명나라로 도망쳐 어떻게든 왕조를 유지해 보려는 생각밖에 없을 듯했다.

이준성은 고개를 돌려 어가 행렬이 향하는 북쪽 방향을 보았다. 마치 그가 보길 기다렸다는 듯 북쪽 하늘 위로 뿌옇게 올라온 흙먼지 속에서 지축을 흔드는 말발굽 소리가 들렸다.

이준성은 고개를 끄덕였다.

"천마여단이 제시간에 도착한 모양이군."

적의 등장을 눈치 챈 듯 어가를 호위하던 병력 대부분이 북쪽으로 급히 이동해 방어진을 구성했다. 당연히 어가 역시 이동을 멈춘 뒤 북쪽의 상황을 예의주시하기 시작했다.

이준성은 고개를 끄덕이며 한명련에게 공격하라 명령했다. 한명련은 곧 흑룡대대 기병 1,000기와 함께 언덕을 달려 내려가 어가의 측면을 기습했다. 호위하던 병력 대부분이 북쪽으로 빠져나간 상황이라 흑룡대대를 막을 병력이 없었다.

언덕을 달려 내려간 흑룡대대는 당황해 흩어지는 왕실과 조정 인사들을 재빨리 에워싸 움직이지 못하게 한 뒤 깜짝 놀라 북쪽에서 급히 되돌아온 호위 병력과 전투를 치렀다.

그때, 원충서가 이끄는 천마여단이 북쪽에서 나타나 호위 병력 뒤를 기습했다. 앞뒤로 적을 맞은 호위 병력은 곧 얼마 가지 않아 허무하게 무너져 내리기 시작했다.

소양강 전투의 대승으로 사기가 오를 대로 오른 흑룡대대와 천마여단을 실전조차 거의 경험해 보지 못한 호위 병력만으로 상대하기엔 무리였다.

필사적으로 저항하는 조선군이 없지 않아 있었지만, 흑룡대대와 천마여단 기병에게 에워싸여 하나둘 목숨을 잃어 갔다.

그로부터 10분쯤 지났을 때, 조선군은 결국 항복을 선언했다.

가끔 관복을 입은 노인 몇몇이 삿대질을 하며 흑룡대대 기병에게 덤벼들었지만 흑룡대대 병사들은 그들을 철저히 무시하는 방법으로 대응했다. 공격하기 전에 왕족과 관원, 궁인은 건들지 말란 엄명을 받았기 때문이었다.

이준성은 머리가 어질어질해 당장 쉬었으면 좋겠단 생각이 간절했지만 이번 일을 마무리 짓기 위해서 자신이 꼭 해야만 하는 일이 있었다.

이준성은 부관으로 데려온 정충신에게 혹왕의 말고삐를 잡게 하여 언덕을 천천히 내려갔다. 정충신은 권율 밑에서 종군하다 이항복 제자로 들어간 소년인데, 그의 이력이 마음에 든 이준성은 그를 데려다 수발을 드는 부관으로 삼은 상태였다.

　　정충신은 걱정이 가득한 표정으로 조용히 물었다.

　　"괜찮으시겠습니까?"

　　이준성은 피식 웃으며 물었다.

　　"누굴 걱정하는 것이냐? 나냐, 아니면 조선 왕실이냐?"

　　정충신은 잠깐 고민해 본 후에 대답했다.

　　"솔직히 말씀드리면, 조선 왕실 쪽이 더 걱정스럽습니다."

　　이준성은 껄껄 웃으며 정충신의 더벅머리를 슬쩍 쓰다듬었다.

　　"솔직해서 더 마음에 드는구나. 하지만 걱정할 필요 없다. 난 나쁜 놈이지만 세상 사람들이 말하는 것처럼 아주 나쁜 놈은 아니니까. 네가 걱정할 만한 일은 일어나지 않을 것이다. 물론 저들이 내 제안을 따라 준단 가정하에서 말이다."

　　정충신은 급히 물었다.

　　"저들이 주군의 제안을 거절하면 그땐 어떻게 하실 생각입니까?"

　　"글쎄다. 그건 가 봐야 알겠지."

　　씩 웃은 이준성은 언덕을 내려와 어가 쪽으로 말을 몰았다.

그를 본 흑룡대대 병사들이 즉시 그가 안으로 들어갈 수 있게 길을 터 주었다. 흑룡대대 병사들만 이준성을 본 게 아닌 듯했다. 어가를 호종하던 왕족과 관원, 궁인, 호위병 등 모든 이들의 시선이 이준성 한 사람에게 쏟아져 떨어질 줄 몰랐다.

그들의 시선에 담긴 감정은 크게 두 가지였다. 하나는 분노와 경멸, 저주처럼 부정적인 감정이 가득 담긴 눈빛이었다. 다른 하나는 두려움이었다. 대역귀라 불리는 그가 그들을 전부 학살할지 모른다는 우려에서 오는 두려움이 눈빛에 가득했다.

옆 사람의 숨소리마저 들릴 정도로 조용한 가운데 흑왕이 땅을 디딜 때마다 나는 말발굽 소리만 울려 퍼졌다.

이준성은 가마꾼이 바닥에 내려놓은 가마들을 슬쩍 보며 지나갔다. 가마는 왕실 여자들이 탄 게 맞는 듯했다. 그가 가마 옆을 지나갈 때마다 지체가 높아 보이는 여자들이 급히 발을 내려 창문을 가렸다. 그러나 모든 여자가 발을 내리지는 않았다. 10대 후반으로 보이는 소녀 하나가 발을 내리지 않은 상태에서 호기심 가득한 시선으로 그를 바라봤다.

소녀는 외모가 무척이나 아름다웠다. 이 시대 미의 기준에선 어떨지 모르겠지만 그의 기준에선 그녀보다 더 아름다운 미인을 본 적이 없을 정도였다. 뚜렷한 이목구비와 백옥처럼 매끄러운 피부가 아주 인상적이었다. 무엇보다 동양인에게 흔하지 않은 짙은 쌍꺼풀 때문에 더 신비로운 매력을 풍겼다.

이준성은 피식 웃으며 그 옆을 천천히 지나갔다. 나이든 궁녀 하나가 깜짝 놀라 얼른 가마의 발을 밑으로 내려 창문을 가릴 때까지 소녀는 이준성의 모습에서 눈을 떼지 못했다.

가마행렬을 지난 이준성의 눈앞에 비단도포를 걸친 사내들이 보였다. 이준성은 그중 마흔쯤으로 보이는 사내를 향해 흑왕을 몰아갔다. 중년 사내는 수십 가지 감정이 복받쳐 오르는지 조금은 기괴한 표정으로 다가오는 이준성을 응시했다.

그가 바로 조선의 14대 임금 선조였다.

왕자로 보이는 젊은 사내들과 내관으로 보이는 수염 없는 노인들이 앞으로 나와 이준성이 가까이 오지 못하게 막아섰다.

히죽 웃은 이준성은 정충신의 부축을 받아 흑왕 위에서 내려온 뒤 한쪽 무릎을 꿇어 군례를 취하며 큰 소리로 외쳤다.

"신 이준성이 주상전하를 뵙습니다!"

독재자

5장. 개국

　장내에 있는 모든 사람이 깜짝 놀라 선조에게 군례를 취
한 이준성을 쳐다보았다. 왕실과 조정 사람만 그런 게 아니었
다. 흑룡대대와 천마여단 기병들 역시 그가 선조에게 군례를
취할 거라고는 예상하지 못한 듯 놀란 눈빛으로 쳐다보았다.

　그때, 선조가 갑자기 자기 앞을 막아선 왕자와 내관들을 손
짓으로 물리치더니 이준성 앞으로 걸음을 옮기기 시작했다.
잠시 후, 고개를 밑으로 숙인 이준성 앞에 용이 수놓인 가죽
신을 신은 선조의 두 다리가 나타났다.

　한편, 그 시각 선조는 자기 앞에 한쪽 무릎을 꿇은 자세로
앉아 있는 이준성을 내려다보며 복잡한 심경을 감추지 못하

는 모습을 보였다.

선조는 처음에 분노가 가득 담긴 눈빛으로 이준성을 쏘아보았다. 200년 가까이 이어진 조선 왕조가 그 앞에 있는 이 이준성이란 사내 하나 때문에 맥이 끊어지기 일보 직전이었다.

선조가 분노 다음에 드러낸 감정은 자괴감이었다. 그가 나라를 제대로 다스렸으면 오늘과 같은 참사가 일어나지 않았을 것이라 생각하는 듯했다. 자괴감이 가득한 표정으로 이준성을 내려다보던 선조가 피가 날 정도로 입술을 깨물었다.

선조가 마지막으로 드러낸 감정은 허탈함이었다. 마치 인간의 힘으론 어찌해 볼 수 없는 자연재해를 만나 목숨이 경각에 처한 사람처럼 허탈한 눈빛으로 이준성을 내려다보았다.

선조는 한반도 역사상 최강의 반란군을 이끄는 이 이준성이란 사내를 알면 알수록 놀라움을 감출 길이 없었다.

이준성은 조정의 지원을 전혀 받지 않은 상태에서 함경도와 강원도를 왜군의 수중에서 되찾아 오는 수완을 발휘했다.

또 정체를 숨긴 상태에서 참전한 평양성 전투와 행주대첩에선 전세를 뒤집는 전공을 세웠다. 이준성의 활약이 여기까지였다면 선조는 그를 인간으로 생각했을지 몰랐다.

그러나 이준성의 활약은 계속해서 이어졌다. 이준성은 또다시 조정의 지원을 전혀 받지 않은 상태에서 경상도 남해안에 주둔한 왜군을 궤멸 직전까지 몰아붙였다. 비록 선조가 그의 근거지가 있는 원주로 토벌군을 보내는 바람에 실패로 끝나기는 했지만 어쨌든 대단한 위업이 아닐 수 없었다. 그 다음엔 선조의 가슴이 아프다 못해 찢어지게 만드는 일들이 이어졌다.

선조는 반란군을 토벌하기 위해 모두 세 차례에 걸쳐 대군을 일으켰다. 처음엔 조선 최고의 장수라 할 수 있는 권율과 이일에게 3만여 병력을 주어 반란군을 토벌토록 하였다.

그러나 이준성은 권율과 이일을 상대로 아주 정교한 심리전을 벌여 토벌군이 스스로 물러가게 만드는 기적을 연출했다.

선조는 재차 도원수 권율에게 2만 명의 병력을 준 다음 반란군 거점인 원주읍성을 점령하란 명령을 내렸다. 그러나 결과는 또 실패였다. 아니, 이번엔 실패 수준을 넘어 꿈에서조차 생각하기 싫은 결과로 이어졌다. 이준성은 공성계로 반란군 2만 명을 포로로 잡았을 뿐만 아니라 선조와 권율 사이를 이간질해 권율이 결국 배신하게 만드는 데 성공했다.

반란군을 이대로 놔두면 조선이 망하는 건 시간문제란 생각에 선조는 직접 이여송을 찾아가 읍소하며 도와 달라 간청했다. 벽제관에서 왜군에게 한 방 제대로 얻어맞는 후에 평양성에서 좀처럼 움직일 기미가 없던 이여송은 한 나라의 임금이 울면서 간청하는 것을 외면할 수 없었던지 명나라군 6만에 선조가 박박 긁어모은 조선군 3만을 더한 9만 명으로 기세 좋게 이준성이 있는 원주읍성으로 나아갔다.

그러나 결과는 또 실패였다. 이여송은 원주읍성에서 조광에게 허리가 잘려 죽은 동생 이여백의 복수를 하겠다며 무리하게 대군을 험한 산속에 집어넣었다가 반란군에게 각개 격파당했다. 심지어 소양강에서 벌어진 회전에서는 이여송 자신이 이준성 손에 죽음을 맞는 참사까지 일어났다.

조명연합군 9만이 전멸했다는 소식을 접한 선조는 이준성을 더 이상 사람으로 여기지 않았다. 저잣거리에서는 이준성을 대역귀라 부르는 모양이지만, 선조에게는 이준성이 귀신이 아니라 그가 어찌해 볼 수 없는 자연재해처럼 느껴졌다.

인간이 자연을 통제할 수 없듯 그 역시 이준성을 통제할 수 없었다. 이런 이유로 인해 굴욕보다는 허탈감이 더 컸다.

선조는 이준성에게 할 말이 있는 듯 입술을 몇 차례 달싹였지만 목소리가 작아 알아들을 수 없었다. 마치 누군가가 입술에 풀을 잔뜩 발라 놓아 입을 떼지 못하는 사람처럼 보였다.

선조는 그로부터 한참이 지나서야 잔뜩 갈라진 탓에 마치 까마귀가 우는 것 같은 목소리로 이준성에게 명령을 내렸다.

"일어나라."

이준성은 고개를 살짝 끄덕인 다음 천천히 일어났다.

선조는 그 앞에서 천천히 몸을 일으켜 세우는 이준성을 지켜보며 약간 겁을 먹은 것 같은 표정을 지었다. 몇 발자국 떨어져서 봤을 땐 그렇게 크다는 느낌을 받지 못했는데, 바로 앞에서 본 이준성은 그보다 머리 두 개가 더 있는 것처럼 체구가 장대하기 짝이 없었다.

그뿐만이 아니었다. 어깨는 웬만한 사내 두 명을 붙여 놓은 것처럼 넓었으며 갑옷을 벗은 탓에 밖으로 드러나 있는 가슴팍은 돌처럼 단단했다. 또 길쭉길쭉한 팔다리는 근육으로 똘똘 뭉쳐 옷이 터져 나갈 듯했으며, 굵은 목은 아름드리나무의 밑동을 보는 듯했다.

선조는 약간 기가 질린 표정으로 한걸음 물러섰다. 이준성에게서 풍기는 위압감이 대단해 그를 제대로 쳐다보기 힘들었다. 그러나 선조는 일국을 지배하는 왕이었다. 아직 자존심은 살아 있어 억지로 이준성과 시선을 맞추려 노력했다.

이준성의 얼굴에선 사내다운 느낌이 물씬 풍겨 나왔다. 날카로운 턱 선 위로 거뭇하게 자란 턱수염이 있었으며 코는 전에 한 번 부러진 적 있는 듯 콧대가 약간 휘긴 했지만 여전히 오뚝하게 솟아 있었다. 또 칼날을 연상시키는 날카로운 눈썹 밑으로 깊게 파인 눈두덩엔 갈색이 도는 새카만 눈동자 두 개가 태양처럼 강렬한 빛을 쏟아 내며 박혀 있었다.

선조 앞에 우뚝 선 이준성은 주위를 쓱 둘러보았다. 시선이 마주친 왕자, 내관, 대신, 궁인들이 움찔하며 고개를 돌렸다.

피식 웃은 이준성은 선조에게 다시 머리를 숙였다

"만나 뵈서 영광입니다, 전하. 이곳은 듣는 귀가 많아 중요한 이야기를 나누기 힘들 것 같은데, 조용한 곳으로 옮기시는 게 어떻겠습니까? 불안하시면 호위를 데려가셔도 좋습니다."

선조가 미간을 살짝 찌푸리며 물었다.

"그대는 호위를 데려갈 건가?"

이준성은 껄껄 웃으며 대답했다.

"하하. 전하께서는 이 몸에게 호위가 필요하다고 생각되십니까?"

"자네가 데려가지 않겠다면 과인 역시 데려가지 않겠네."

"그럼 신이 안내하겠습니다."

이준성은 길 근처에 있는 작은 시냇가로 선조를 안내했다. 시냇가에는 강주봉이 미리 가져다 놓은 술상이 차려져 있었다.

이준성은 선조에게 상석을 먼저 권한 다음 손짓으로 강주봉을 물렸다. 강주봉은 곧 두 사람이 조용한 환경에서 대화를 나눌 수 있도록 멀찍이 물러났다. 잠시 후, 선조 앞에 무릎을 꿇은 이준성은 학이 그려진 술병을 집어 들어 빈 술잔 하나에 술을 가득 따른 뒤 선조에게 두 손으로 올렸다.

"이게 예법에 맞는지는 모르겠지만 신이 한 잔 올리겠습니다."

선조는 말없이 이준성이 건넨 잔을 받아 술을 한 모금 들이켰다. 술에 독이 들었어도 상관없다는 듯 무심한 표정이었다.

술잔을 내려놓은 선조가 이준성을 지그시 보며 물었다.

"이 씨라 들었는데 본관이 어디인가?"

"신의 본관은 이 일과 상관이 없습니다."

선조가 눈살을 찌푸리며 물었다.

"그게 무슨 뜻인가?"

"신의 본관이 전주든, 경주든, 덕수든 상관없다는 뜻입니다. 신에게는 조선의 명맥을 잇겠다는 생각이 없으니까요."

선조가 약간 노기가 깃든 목소리로 대꾸했다.

"노골적으로 나오는군그래."

"지금은 노골적으로 나올 수밖에 없는 상황이지 않습니까?"

선조는 이내 체념한 듯 씁쓸한 표정을 지었다.

"그렇겠지. 그럴 게야."

잠시 침묵하던 선조가 불쑥 물었다.

"뻔한 질문일 거라 생각하지만 물어보지 않고는 배길 수가 없군. 그래, 과인에게 원하는 게 무엇인가? 과인의 옥좌인가?"

"맞습니다. 그러나 그냥 달라는 건 아닙니다. 옥좌를 순순히 넘겨주시면 그 대가로 왕족에겐 손가락 하나 대지 않겠습니다. 신은 왕 씨의 씨를 말린 태조대왕의 전철을 밟은 생각이 없습니다. 물론 왕족 중 누군가가 반란을 일으키면 얘기가 달라지겠지만, 그 핑계로 왕족을 전부 죽이진 않을 겁니다."

선조는 코웃음을 치며 대꾸했다.

"하, 꽤나 관대하시군 그래."

"신을 못 믿으시는 것 같아 드리는 말씀인데, 그럼 이렇게 하는 게 어떻겠습니까? 전하께서 신에 관해 얼마나 아는지 모르겠지만 신은 이 나이 먹도록 혼인을 하지 않았습니다."

선조는 잠시 생각한 후에 물었다.

"과인의 딸 중 하나를 부인으로 달라는 말인가?"

"그렇게 해 주시면 신이야 더 바랄 게 없지요. 생각해 보십시오. 조강지처가 두 눈 시퍼렇게 뜨고 지켜보는데, 사위가 어찌 장인을 죽일 수 있겠습니까? 또 아내의 형제들인 처남을 어떻게 죽일 수 있겠습니까? 물론 태종대왕의 예처럼 권력이 끼어 있으면 피가 섞인 혈육조차 쉽게 죽일 수 있다는 사실은 알지만, 신은 그렇게 능력이 없는 놈이 아닙니다."

"이해가 가지 않는군. 능력이 있으면 다르다는 뜻인가?"

"그렇습니다. 본인이 가진 능력에 자신이 있으면 형제, 자식, 처가를 의심할 필요가 없어집니다. 그들이 권력을 탐해 반란을 일으키면 토벌군을 보내 다 때려죽이면 그만이니까요."

"으음……."

선조는 침음을 삼키며 이준성을 바라보았다.

다른 사람이 그런 말을 하면 오만하다 생각했겠지만, 이준성에게서는 그런 느낌을 받을 수 없었다. 눈앞에 있는 사내는 충분히 그럴 능력이 있는 자였으니까 말이다. 이미 그런 예를 숱하게 보여 주지 않았던가.

이준성은 선조의 빈 술잔에 술을 따르며 계속 설득했다.

"신이 전하의 따님 중 한 분과 혼인해 자식을 낳는다면, 결국 그 자식이 나중에 천하를 차지하지 않겠습니까? 반에 불과하긴 하지만 어쨌든 전하의 피를 이어받은 손자가 다시 옥좌에 앉는 겁니다. 이만하면 아주 나쁜 제안은 아닐 겁니다."

선조가 술잔을 깨끗이 비운 후에 물었다.

"과인에게 왜 이런 제안을 하는 것인가? 과인과 왕자들을 전부 죽여 버리면 옥좌를 차지하는 일이 훨씬 쉬워질 텐데?"

"물론 그렇게 하는 게 가장 쉬운 방법일 겁니다. 하지만 신은 조선 백성이 피 흘리는 모습을 더 이상 보고 싶지 않기 때문에 이런 힘든 길을 가려는 겁니다. 여기까지 오는 데 너무 많은 피를 흘렸으니까요. 신이 무슨 말을 하는지 이해하시겠습니까?"

선조가 고개를 끄덕이며 빈 술잔을 내려놓았다.

취기가 올랐는지 얼굴이 불콰해져 있었다.

"뭔지 알 것 같군."

"그래, 어떻게 하시겠습니까?"

선조는 바닥에 놓인 술잔을 잠시 노려보다가 고개를 들었다.

"자네의 제안을 받아들이지."

"잘 생각하셨습니다."

이준성은 그 즉시 어가를 돌려 도성으로 돌아갔다. 이준성이 어가와 함께 도성에 도착했을 땐, 은호원을 통해 소식을 접한 권율이 1만 대군을 동원해 도성을 장악해 둔 상태였다.

이준성은 흑왕에 올라탄 늠름한 자세로 어가를 이끌며 도성에 입성해 행궁으로 향했다. 아직 정리해야 할 일이 많이 남아 있었지만 한반도의 새로운 시작을 여는 날임엔 분명했다.

◆ ◈ ◆

도성에는 왕실이 쓰던 경복궁, 창덕궁, 창경궁이 있지만, 왜군이 도성을 점령했을 때 불타 버려 지금은 사용할 수 없었다.

하여 환도한 선조는 그나마 멀쩡하던 월산대군 저택을 행궁으로 개조해 머물렀는데, 그 저택이 바로 지금의 덕수궁이다. 이준성은 조선 왕실이 계속해서 행궁을 쓸 수 있게 조치한 뒤 행궁과 가까운 거리에 위치한 왕족의 저택에 여장을 풀었다.

이준성이 저택에 여장을 푼 날 저녁, 권율과 정문부, 정현룡 세 사람이 이준성을 만나기 위해 처소를 찾았지만 그 앞을 막아선 비서실장 강주봉 때문에 들어가지 못하는 중이었다.

사람들을 막아선 강주봉이 고개를 절레절레 저었다.

"글쎄, 주군께선 당분간 휴식을 취하셔야 한다니까요."

정현룡이 발을 동동 구르며 물었다.

"안에 잠깐 들어가서 주군의 얼굴만 뵙고 나오는 것조차 안 된단 말인가? 주군과 의논해야 할 일이 산더미 같단 말일세."

정문부가 정현룡을 말리며 말했다.

"강 실장 말대로 몸이 다 나으신 후에 찾아뵙는 게 좋겠습니다. 사람들이 들락거리면 환후에 영향을 끼칠 수 있습니다."

정현룡은 혀를 끌끌 차며 대꾸했다.

"그걸 누가 모르는가? 다만 시급히 논해야 할 중대사가 있어 그러는 게지. 방금 전에 상선이 날 찾아와 주군과 왕실의 혼담을 어찌 진행하면 좋을지 빨리 알려 달라 했네. 그쪽에선 혼담이 깨지기 전에 빨리 진행했으면 하는 모양이야."

정문부가 고개를 살짝 저었다.

"지금은 주군께서 완벽히 회복하시는 게 급선무입니다."

정현룡 역시 어쩔 수 없다는 듯 수긍하는 기색을 드러냈다.

그때, 권율이 걱정스러운 표정으로 강주봉에게 물었다.

"그래, 주군께선 언제쯤 차도를 보이실 것 같은가?"

강주봉은 어두운 표정으로 대답했다.

"잘 모르겠습니다. 다만 의원의 말에 따르면 주군께선 몸이 워낙 강골이라 아주 오래 걸리진 않을 거라 장담했습니다."

네 사람이 걱정스런 기색으로 문이 닫힌 처소를 바라볼 때였다.

쿠웅!

안에서 무거운 무언가가 바닥에 쓰러질 때 나는 소리가 들렸다. 네 사람은 깜짝 놀라 처소로 뛰어 들어갔다. 그런 네 사람의 시야에 문간에 기대듯 쓰러져 있는 이준성의 모습이 보였다.

"주군!"

네 사람은 이준성에게 달려가 그의 상태부터 빨리 살펴보았다.

맥을 짚기 위해 손을 뻗던 강주봉이 놀라 소리쳤다.

"몸이 불덩이 같습니다!"

그 말을 들은 권율이 밖으로 나가 처소를 호위 중이던 흑룡대대장 한명련에게 지금 당장 의원을 불러오란 지시를 내렸다.

권율이 의원을 기다리는 동안, 정현룡 등은 문간에 쓰러진 이준성을 이불이 깔려 있는 방으로 옮겼다. 그러나 이준성의 체중이 워낙 무거운 탓에 의원을 기다리던 권율까지 합세한 후에야 쓰러진 그를 간신히 이불 위에 눕힐 수가 있었다.

네 사람은 이불 위에 누워 있는 이준성을 걱정스러운 기색으로 바라보았다. 물론 이준성의 몸 상태를 염려하는 마음이 가장 컸지만 그와 동시에 자신들의 미래 역시 걱정하지 않을 수 없었다. 여기서 그가 잘못되면 모든 게 끝장이었다.

◆ ◈ ◆

뒤를 돌아보았다. 머리에 잠자리 머리를 연상케 하는 특수 헬멧을 뒤집어쓴 부사수 강혁권 중사가 소총을 쥐지 않은 왼손으로 알파벳 O자를 만들어 보였다. 자긴 괜찮다는 신호였다.

다시 고개를 앞으로 돌려 느리게 흐르는 강물을 바라보았다. 걸음을 뗄 때마다 생긴 파문 때문에 강물에 비친 달이 깨졌다가 다시 달라붙기를 반복했다. 야간 작전이지만 오토바이 헬맷처럼 생긴 CT-11 특수작전용 방탄 헬멧 덕분에 주변이 대낮처럼 환하게 보였다. 예전에는 방탄 헬멧과 야간투시경을 따로따로 착용해야 했지만 지금은 헬멧에 달린 고글에 야간투시 기능과 스코프 기능 등이 모두 들어가 있었다.

몸 역시 마찬가지였다. 방탄, 방수, 방열, 방한 기능이 있는 초경량 특수섬유로 제작한 점프슈트를 착용해 더러운 하수가 흐르는 강물 속을 걷는 중이지만 괴롭다는 생각은 거의 들지 않았다. 머리와 얼굴 전체를 덮은 CT-11 안에는 화학전에 대비한 고성능 필터가 들어 있어 악취 대신 소독약 냄새가 약간 나는 신선한 공기를 마음껏 마실 수 있었다.

그때, 고글 모니터에 경고등이 들어와 30미터 앞에 있는 선창에 적이 있단 사실을 일깨워 주었다. 곧 고글 스코프가 선창을 돌아다니며 강을 감시하는 반군을 포착하는 데 성공했다.

주먹을 쥐어 3미터 뒤에서 따라오던 강혁권 중사를 그 자리에 멈춰 세워 놓은 뒤 CT-11에 있는 마이크로 물었다.

-A2, 감도는 어떤가?

-감도 아주 양호합니다.

-우리 전방에 있는 탱고를 조준했나?

-조준했습니다.

-좋아. 우리가 접근할 때까지 탱고를 계속 감시하게.

-라져.

A2의 대답을 들으며 물이 종이에 스며들듯 조용히 강물 속으로 잠수해 들어갔다. 뒤에 있는 강혁권 역시 잠수해 뒤를 따라왔다. CT-11에는 30분 동안 쓸 수 있는 농축산소가 들어 있어 잠수할 때 일부러 숨을 참을 필요가 없었다.

잠영으로 30미터를 재빨리 전진해 물가에 숨은 뒤 선창을 순찰하며 돌아다니는 중인 반군의 움직임을 계속 확인했다.

그때, 반군이 물가로 다가오는 모습이 보였다.

-지금.

명령을 내린 지 1초쯤 지났을 때였다. 반군은 탄환에 맞은 머리를 흔들다가 몸이 뻣뻣이 굳어서는 선창 밑으로 떨어졌다.

반군의 시체가 물에 닿기 직전, 재빨리 양팔을 위로 들어 올려 시체의 무게를 지탱했다. 꽤 무거웠지만 소리가 나지 않게 물속으로 끌어당기는 일은 식은 죽 먹기보다 쉬웠다. 저격조와 침투조의 완벽한 팀워크로 반군 하나를 쥐도 새도 모르게 없앤 뒤 물가에서 걸어 나와 캠프로 잠입했다.

캠프 곳곳에 경비를 서는 반군이 있었지만 그들이 눈치 채기 전에 HKM32D의 방아쇠를 당겨 제거했다. HKM32D에는 5만 달러를 호가하는 특수작전용 소음기와 소염기가 달려 있기 때문에 탄환이 날아갈 때 소음이 거의 발생하지 않았다.

이쪽에서 제거하기 힘든 반군은 저격조가 깔끔한 저격으로 해치웠다. 저격팀은 단거리, 장거리 저격 양쪽에서 전군 최고로 손꼽히는 조현일 준위와 드론으로 공중감시와 초정밀 스코프로 관측을 병행하는 최연수 중사로 이루어져 있었다.

드론으로 촬영한 반군 위치를 고글에 달린 모니터로 확인하며 캠프 북서쪽으로 이동했을 때, 마침내 표적이 위치한 건물이 등장했다.

보름 전 선교를 왔던 모 국회의원의 딸이 무장반군에 의해 납치되었고, 필리핀에 있는 CIA와 DIA 자산의 도움을 받은 NIS가 그녀가 갇혀 있다는 반군 캠프의 위치를 알려 주었다.

NIS가 준 정보가 정확하다면, 진유라라는 이름의 22세 여학생은 저 건물 안에 갇혀 있을 것이 분명했다. 건물 입구 난간 반대편에 야간투시경을 쓴 반군 하나가 바깥을 감시 중이었다.

마이크로 후방을 경계 중인 강혁권 중사와 통신했다.

-난간에 있는 탱고는 A01이 잡는다. A04는 입구를 감시하라.

-라져.

강혁권의 대답을 들으며 주위를 둘러보았다. 난간에 있는 반군은 여전히 바깥을 계속 감시 중이었다. 벽에 바짝 붙은 상태로 낡은 계단을 조심스레 올라간 다음 반군 입을 뒤에서 재빨리 틀어막은 후에 케이바로 목의 경동맥을 잘랐다.

잠시 움찔한 반군은 이내 저항을 멈추었다. 소리가 나지 않도록 시체를 바닥에 조심스레 눕혀 놓곤 등을 입구 옆 벽에 기대며 계단 밑에 남아 있는 강혁권을 쳐다보았다. 입구를 감시하던 강혁권이 준비가 끝났다는 뜻으로 휘파람을 불었다.

CT-11의 방음은 완벽했다. 머리에 CT-11를 착용한 목청 좋은 소프라노가 반군 바로 옆에서 오페라 마술피리에 나오는 밤의 여왕 아리아를 완창해도 들키지 않을 정도였다.

전술조끼에 걸어 놓은 초강력 수면가스를 손에 쥐고선 문을 두 번 두드렸다. 잠시 후, 문이 열리며 반군이 얼굴을 내밀었다. 그때, 계단 밑에 있던 강혁권이 HKM32D 방아쇠를 재빨리 당겨 반군 머리 위쪽 부분을 소리 없이 날려 버렸다.

문가에 기대 쓰러지는 반군의 가슴께를 붙잡은 상태에서 미리 꺼낸 수면가스를 작동시켜 시체 발밑으로 굴려 넣었다. 그런 상태로 수면가스가 건물을 가득 채우길 기다린 다음, 왼손에 틀어쥔 시체를 방패처럼 앞세워 안으로 돌입했다.

빛이 바란 LED전등 밑에서 트럼프카드로 텍사스 홀덤을 하던 반군 세 명이 수면가스에 잔뜩 취해 널브러져 있었다. 안으로 들어가며 총구를 재빨리 반대편으로 돌려 그 세 명 외에 다른 반군이 없단 사실을 확인한 다음엔 반군 한 명당 가슴에 두 발, 머리에 한 발 등 총 세 발을 쏘아 세 명 모두 확인 사살을 마쳤다. 모잠비크드릴이라는 수법으로 방탄복을 착용한 적을 확실하게 사살하는 CQB 사격술 중 하나였다.

그때, 밖을 경계하던 강혁권이 건물 안으로 들어와 입구를 감시했다. 강혁권에게 고개를 끄덕여 보인 다음, 건물 오른쪽 벽에 있는 문을 열어 보았다. 조명이 없어 칠흑처럼 어두운 작은 방 안에 모포를 덮어씌운 의자가 하나 놓여 있었다.

눈에 띄는 부비트랩이 없단 사실을 확인하고서는 모포를 걷어 보았다. 처음엔 여자가 고개를 밑으로 숙인 상태에서

의자에 묶여 있는 줄 알았다. 그러나 이내 뭔가가 이상하단 사실을 느낄 수 있었다. 사람이 아니라 인형을 보는 느낌이었다.

내려와 있는 여자의 윗머리를 잡아 들어 올렸다. 그제야 인형이라 생각한 이유를 알 수 있었다. 여자는 사람이 아니었다. 더치와이프라 불리는 실물 크기의 성인용 안드로이드였다.

재빨리 의자 뒤로 돌아가 보았다.

의자 뒤에는 영어 한 문장만 달랑 적혀 있었다.

[FUCK YOU!]

한데 문제는 거기서 끝나지 않았다.

그 문장 밑에 바닥을 가리키는 화살표 하나가 그려져 있었다.

"씨발!"

재빨리 돌아서며 문간을 지키는 강혁권부터 밖으로 밀어냈다.

그때, 잠수함이 빙하 위로 부상하는 것처럼 나무로 만든 바닥이 쪼개지더니 안에서 시뻘건 불덩이가 튀어나왔다. 급히 고개를 돌렸지만 이미 불덩이가 머리를 강타한 후였다.

"안 돼!"

벌떡 일어난 이준성은 불덩이에 맞은 오른쪽 머리를 감싸

쥐며 비명을 질렀다. 그러나 곧 그게 꿈이었단 사실을 깨달은 이준성은 거친 숨을 몰아쉬며 주변을 재빨리 둘러보았다.

일전에 한 차례 본 적 있는 것 같은 소녀가 몸을 사시나무처럼 떨며 서 있었다. 이준성은 여전히 통증이 느껴지는 것 같은 오른쪽 머리를 한 손으로 감싼 상태에서 소녀에게 물었다.

"어디서 본 것 같은데 기억이 잘 안 나는군. 이름이 뭐였지?"

그때, 바닥에 엎드린 소녀가 떨리는 목소리로 대답했다.

"궈, 권유진입니다."

이준성은 그제야 권유진이란 소녀를 어디서 봤는지 기억났다. 바로 권개의 집에서 본 적 있는 그 아름다운 소녀였다.

"유진? 네 이름이 정말 유진이란 말이야?"

"예, 유진입니다."

이준성은 이런 야심한 시간에 권 씨 집안의 유진이란 처자가 옆에 있는 이유를 알 길 없어 어리둥절한 표정을 지었다.

이준성은 엄청난 허기를 느끼며 유진에게 물었다.

"내가 얼마나 누워 있었지?"

유진은 여전히 방바닥을 쳐다보며 떨리는 목소리로 대답했다.

"다, 닷새라 들었습니다."

"생각보다 오래 누워 있었군. 그래, 바깥은 좀 어때? 내가 없는 동안 개판으로 돌아갔을 것 같은데, 소식 좀 들은 거 있어?"

"소, 소녀, 바깥일은 잘 모르겠습니다."

이준성은 피식 웃었다.

"한데 왜 그렇게 떠는 거야? 내가 잡아먹을까 봐 그래?"

유진은 옷고름을 꼭 쥐는 행동으로 대답을 대신했다.

이준성은 고개를 절레절레 저었다.

"사내가 다 짐승이기는 하지만 난 그렇게 매너 없는 놈은 아니야. 지금까지 나 싫단 여자에게 치근덕댄 적은 없으니까."

하지만 그의 말을 이해하지 못한 듯 유진은 여전히 불안한 눈초리로 그를 힐끔 쳐다볼 따름이었다.

어깨를 으쓱한 이준성은 극심한 공복부터 해결하기로 했다.

"배가 고파서 그러는데, 미안하지만 유동식, 아니 죽 같은 걸 좀 가져다줄래? 내 체격을 봐서 알겠지만 한두 그릇 가 곤 배를 채우기 힘들어. 아예 솥으로 가져다주면 좋겠어."

이준성이 그녀를 덮칠 생각이 없다는 것을 느꼈는지, 유진은 전보다는 떨림이 많이 가라앉은 목소리로 대답했다.

"예, 얼른 가져다 드릴게요."

잠시 후, 이준성은 유진이 가져온 죽 한 솥을 순식간에 비웠다. 양이 조금 부족하단 생각이 들었지만 이 늦은 시각에 죽을 한 솥 더 끓여 달라 부탁할 순 없었기에 대충 배를 채운 것에 만족한 그는 일어나서 팔다리를 몇 번 움직여 보았다. 욱신거리긴 하지만 쓰러지기 직전처럼 삭신이 아리진 않았다.

이준성은 옷에서 풍기는 악취를 맡고는 유진에게 목욕물이 있는지를 물었고, 그녀는 준비해 놓겠다고 대답하며 밖으로 나갔다.

유진은 일머리가 좋은 듯 금방 목욕물을 준비해 주었다. 그가 욕실로 사용하는 창고 같은 건물에 들어가 안을 들여다보니 뜨거운 김이 올라오는 대형 목제 욕조 하나가 놓여 있었다.

악취가 나는 옷을 재빨리 벗은 다음, 욕조 안으로 뛰어들었다. 곧 몸이 노곤하게 풀리며 졸음이 몰려왔다. 얼마나 회복했는지는 잘 모르겠지만 움직이는 데 큰 문젠 없는 것 같았다.

이준성은 정확한 상태를 알아보기 위해 유진을 불렀다.

"유진."

한데 대답하는 소리가 머릿속이 아닌 욕실 문 쪽에서 들렸다.

유진이 열린 문틈으로 고개를 살짝 내밀며 물었다.

"더 시키실 일이 있으세요?"

"어?"

이준성은 갑자기 나타난 유진 때문에 깜짝 놀라 욕조에서 벌떡 일어섰는데, 그 바람에 하체가 유진 앞에 그대로 드러났다.

"어머나!"

유진은 급히 고개를 돌렸지만 얼굴은 이미 새빨개져 있었다. 비명소리를 들은 이준성은 그제야 자신의 우람한 하체를 유진에게 노출시켰다는 사실을 깨닫고는 얼른 주저앉았다.

잠시 두 사람 사이에 어색한 침묵이 감돌았다.

이준성은 이런 상황에선 남자보단 여자가 더 부끄러울 것 같다는 생각에 이 난처한 상황을 타개할 방법을 찾아보았다.

한데 그때 입에서는 전혀 다른 말이 툭 튀어나왔다.

"이왕 본 김에 안으로 들어와서 등이나 밀어 주는 게 좀 어때?"

이준성은 곧 쓸데없는 말을 지껄였다는 사실을 깨닫곤 후회했지만, 이미 뱉은 말을 주워 담을 순 없는 노릇이었다. 그때, 생각하지 못한 일이 일어났다. 유진이 욕실 안으로 들어와 욕조 옆에 걸린 수건을 집어 든 것이다. 얼굴은 여전히 홍시처럼 붉게 달아올라 있지만 거절할 생각까진 없는 듯했다.

여기서 그냥 돌아가라 말하면 그게 더 실례일 것 같아 이준성은 유진이 잘 볼 수 있도록 넓은 등을 그녀 쪽으로 돌렸다.

욕실 안에서는 유진이 수건으로 이준성의 운동장 같은 등을 닦아 주는 소리 외에 다른 소리는 전혀 나지 않았다.

이준성은 어색한 침묵을 깨 볼 생각으로 아무 말이나 던졌다.

"근데 이름이 정말 유진이야?"

"예, 아버님이 지어 주신 진짜 이름이에요."

"유진이라…… 16세기에 그런 이름을 쓰는 사람이 있을 줄 몰랐는데. 내 말은 이름이 너무 현대적이다 싶어서 말이야."

"현대적이요?"

"아, 아니야. 방금 한 말은 그냥 잊는 게 좋겠어."

"예에."

다시 어색한 침묵이 찾아왔다.

이번엔 의외로 유진이 먼저 입을 열었다.

"유진이란 이름이 나리께 의미가 있는 이름인가요?"

이준성은 살짝 당황했지만 티를 내지 않으려 애쓰며 되물었다.

"그건 왜?"

"나리께서 누워 계실 때 계속 유진이란 이름을 외치셨단 말을 들었습니다. 그 때문에 어르신들께서는 유진이란 이름을 가진 사람을 계속 찾아보았는데, 나리 주위에는 그런 이름을 가진 사람이 없었답니다. 그때, 그 소식을 들은 소녀의 부친께선 혹 나리가 소녀를 찾는 게 아닌가 하여 소녀를 이쪽으로 보내셨습니다. 나리 옆에서 수발을 들라고요."

이준성은 그제야 그가 정신을 차렸을 때, 유진이 옆에 있
던 이유를 알 수 있었다. 그가 의식을 잃은 상태에서 유진을
계속 찾는 바람에 정문부 등이 유진이란 사람을 찾아 나섰는
데, 아무리 찾아도 없으니까 권유진을 데려온 모양이었다.

이준성은 인연이 묘하다는 생각이 들었다.

원래는 머릿속에 있는 유진을 찾은 거였는데 이를 오해한
정문부 등이 진짜 살아 있는 유진을 데려온 상황이었다. 더
구나 권개 집에서 그녀를 처음 봤을 때 호감을 가진 게 사실
이기 때문에 이 모든 일이 마치 운명의 장난처럼 느껴졌다.

16세기 말 한반도에 유진이란 이름을 가진 사람이 얼마나
있는지는 알 수 없었다. 그러나 그렇게 많지는 않을 거란 생
각이 들었다. 더구나 여자일 경우는 더 적을 게 분명했다.

물론 이 시기의 여성들 또한 그녀들을 부르는 아명, 별명,
혹은 정식 이름이 있었을 것이다. 그러나 족보와 같은 공식
문서에는 아버지의 성을 따라 김 씨, 이 씨, 권 씨란 이름으로
올라갈 만큼 여성의 지위가 상당히 낮은 시대였다. 그런 시
대에 여성이 유진이란 이름을 갖긴 쉽지 않을 것 같았다.

심지어 거기서 한 발 더 나가 잠깐 봤을 뿐이지만 그가 호
감을 느낀 여자의 이름이 유진일 확률은 어쩌면 제로에 수렴
할지도 모를 일이었다. 한데 불가능해 보이는 일이 실제로
일어났다.

"정말 운명의 장난이란 말인가?"

"예?"

"아니야. 지금 한 말 역시 잊어 줬으면 좋겠군."

"예에."

"이제 때는 얼추 다 민 것 같으니까 그만 나가 봐."

"알겠습니다."

유진이 나가기를 기다렸다가 욕조에서 나와 몸을 닦았다. 다 닦은 후에는 유진이 욕실 앞에 가져다 놓은 새 옷으로 갈아입은 다음, 방으로 돌아갔다. 방에는 땀에 젖어 냄새가 나는 이불 대신 깨끗한 새 이불이 정갈히 깔려 있었다. 유진이 가져다 놓은 모양이었다. 그녀는 세심한 성격인 듯했다.

이불에 누워 유진을 다시 불렀다.

그때, 방문이 살짝 열리며 유진이 다시 고개를 내밀었다.

"필요한 게 있으십니까?"

이준성은 이마를 짚으며 고개를 저었다.

"이젠 다 나았으니까 가서 자도록 해. 여기 있을 필요 없어."

"그럼 소녀는 이만 돌아가 보겠습니다."

유진이 완전히 돌아간 후에야 머릿속에 있는 유진을 불렀다.

한데 무슨 일인지 유진이 대답하지 않았다. 그가 아플 때 유진에게 무슨 일이 생겼을지 모른단 생각이 들어 가슴이 철렁 내려앉았다. 그를 괴롭히던 바이러스가 정교한 시스템으로 이루어진 유진의 생체컴퓨터까지 망가트렸을 수 있었다.

"유진!"

이준성이 서너 번 더 호출했을 때였다.

유진이 다소 쌀쌀 맞은 목소리로 응답했다.

-예.

이준성은 당황해 물었다.

"목소리가 왜 그래? 삐진 거야?"

-삐진다는 감정이 어떤 건지는 알지만 전 그런 감정을 표출하도록 만들어져 있지 않습니다. 전 감정 없는 컴퓨터니까요.

그러나 목소리에는 여전히 한기가 감돌았다. 마치 조유진 박사가 그의 머릿속에 들어와 실수한 그를 혼내는 것 같았다.

"이봐, 내가 잘못했어. 그러니까 화 풀어. 이번엔 정말 어쩔 수가 없었어. 내가 네 조언대로 휴식을 취했으면 선조가 명나라로 망명해 앞으로 몇 년은 족히 골치를 썩였을 거야."

-사용자의 생각은 존중합니다. 하지만 사용자가 사망하면 그런 노력들이 다 무슨 소용이 있는지 저는 잘 모르겠군요.

"미안해, 미안해. 그보다 몸 상태는 좀 어떤 거야? 의식을 잃은 상태에서 닷새나 누워 있었다는데, 이젠 좀 괜찮은 거야?"

유진이 한숨을 쉬는 것 같은 목소리로 대답했다.

-거의 90퍼센트 이상 회복했습니다.

"이야, 대단한 회복 속도군. 그렇지 않아?"

-의식을 잃은 상태로 누워 있는 동안, 사용자가 그동안 비축해 둔 에너지로 신진대사를 조절했기 때문에 가능했습니다.

"그럼 지금은 비축한 에너지가 거의 없겠군."

-그렇습니다.

유진을 돌려보낸 이준성은 가부좌한 상태에서 호흡을 천천히 가다듬었다. 몸 상태를 본궤도로 올려놓기 위해서는 지금처럼 호흡을 이용해 산소와 같은 에너지를 몸속에 미리 저장해 두어야 했다. 그래야 필요할 때 꺼내 쓸 수 있었다.

날이 새기 직전까지 에너지를 비축한 이준성은 새벽빛이 창호지를 바른 창문을 통해 방으로 스며드는 모습을 보며 습관적으로 오른손을 들어 올려 머리 오른쪽을 어루만졌다.

그러나 필리핀 반군 캠프에서 있었던 일은 일부러 생각하지 않으려 노력했다. 그 기억은 그에게 지독한 트라우마였다.

그날 아침, 이준성은 강주봉에게 주요 인사를 대청에 모으란 명령을 내렸다. 이젠 잠시 미뤄 뒀던 일을 처리해야 할 때였다.

아침을 든든히 먹은 후에 강주봉을 따라 저택 대청으로 향했다.

대청에서는 정문부, 권율 등이 이미 도착해 그를 기다리는 중이었다. 그들은 조금 야위긴 했지만 대청에 있는 누구보다 건강해 보이는 이준성을 보며 안도의 한숨을 내쉬었다.

이준성이 상석에 앉기 무섭게 정현룡이 나와 소리쳤다.

"무사히 회복하신 것을 경하드립니다!"

다른 사람들 역시 정현룡을 따라 그에게 축하인사를 건넸다.

이준성은 손을 들어 조용히 시킨 다음, 자리에서 일어나 말했다.

"그동안 모두 고생 많았소. 지금부턴 다른 의미로 더 바빠질 것이오. 모두 마음을 단단히 먹도록 하시오. 먼저 새로운 나라의 이름을 발표하겠소. 새로운 나라의 이름은 대한민국이오!"

생뚱맞은 이름이었는지 다들 눈치만 보았다.

그때, 눈치 빠른 정현룡이 재빨리 양팔을 번쩍 들며 소리쳤다.

"대한민국 만세! 만세! 만만세!"

만세는 명나라에서만 쓰기 때문에 몇 명이 당황해하는 모습을 보였지만 이준성이 가만히 있는 것을 보곤 같이 따라 외쳤다.

"대한민국 만세! 만세! 만만세!"

이준성은 대한민국을 외치는 사람들을 바라보다가 피식 웃었다.

어쨌든 이제 새로운 역사를 향해 한 걸음을 뗀 셈이었다.

6장. 대한민국

이준성은 국호를 정할 때 고민이 많았다. 그의 머릿속엔 여러 가지 후보가 있었기 때문이다.

고종이 쓴 대한제국을 포함해 지금의 그를 있게 만들어 준 프로젝트인 아시온, 한반도에 존재했던 전조의 국호인 고려, 신라, 고구려, 백제, 삼한 등이 바로 그가 생각한 후보들이었다.

심지어 조선이란 지금의 국호를 유지하는 방법 역시 꽤나 유력한 후보 중의 하나였다.

그러나 고민을 거듭할수록 그에게 가장 편한 국호는 역시 대한민국이란 생각이 들었다. 물론 그가 세우려는 나라는 대한민국처럼 민주공화정이 아니었다. 어쩌면 민주공화정의 대척점에 있는 체제에 더 가까웠는데, 바로 강력한 권력을 소유한 군주가 통치하는 절대왕정이었기 때문이다.

눈치 빠른 정현룡 덕분에 대한민국이란 국호가 사람들 머릿속에 금방 자리 잡기는 했지만 우려를 표하는 사람 역시 적지 않았다. 그들은 조선에서 대한민국으로 넘어가는 기간이 너무 짧아 문제가 생길 여지가 있단 생각을 하는 듯했다.

그들은 태조 이성계가 쓴 방법을 이준성 역시 따르길 원했다. 위화도에서 개성으로 회군한 이성계는 가장 큰 걸림돌인 최영을 제거해 고려의 군권을 완벽히 장악하는 데 성공했다.

그러나 이성계는 바로 조선을 건국해 왕으로 즉위하지 않았다. 그는 먼저 권력 기반을 탄탄히 할 요량으로 당시 고려의 왕이던 우왕을 폐한 뒤 창왕을 새로 옹립했다. 또 그 이듬해엔 창왕을 폐하고선 공양왕을 새 왕으로 옹립했다. 말 그대로 왕을 계속 갈아치워 허수아비로 만든 것이다.

이성계는 허수아비 왕을 위협해 군사, 정치, 행정 등 고려의 거의 모든 분야를 완벽히 장악한 상태에서 남은 문벌 귀족들을 마저 제거하기 위해 마지막으로 전제 개혁을 단행했다.

이성계는 이렇게 건국 준비를 완벽히 마친 후에야 공양왕을 내친 뒤 왕에 등극해 국호를 고려에서 조선으로 바꿨다.

위화도 회군은 1388년에 벌어진 일이지만 이성계가 왕으로 등극한 해는 훨씬 뒤인 1392년이었다. 또 조선이란 국호를 사용하기 시작한 해는 1393년이었다. 즉 이성계는 거의 5년에 달하는 기간을 새 왕조의 기반을 닦는 데 사용했다.

한데 이준성은 소양강 전투에서 대승을 거둔 후 불과 보름 만에 조선 왕조를 없앤 뒤 대한민국을 세우겠노라 공표했다. 그 기간이 너무 짧은 탓에 부작용이 없는 게 더 이상할 지경이었다. 몇몇 신하들은 그 점을 걱정하는 중이었다.

이준성은 고개를 저으며 설명했다.

"태조 때와 지금은 상황이 완전히 다르오. 물론 그때 역시 왜구와 홍건적이 극성을 부리던 시절이긴 하지만 지금처럼 왜군과 여진족이 쳐들어와 우리 영토 일부를 강점한 상태까진 아니었소. 왕조 교체 작업을 차근차근 진행하면 가장 좋겠지만, 그렇게 하면 백성들은 적에게 몇 년 더 수탈당해야만 하오. 나는 그런 상황을 막기 위해 서두르려는 것이오."

이준성은 곧바로 각 신하들에게 개별적인 명령을 하달했다.

"권율 장군은 지금부터 중요한 일 두 가지를 동시에 해 줘야겠소."

권율은 즉각 대답했다.

"하명하십시오."

"우선 팔도를 돌며 군권을 완벽히 장악하시오. 비룡여단에서 흑룡대대를 제외한 4,000의 병력을 지원해 줄 것이오. 혹여

161

반항하는 자들이 있거든 재량에 따라 처리하도록 하시오. 굳이 나에게 장계를 올리느라 시간을 소비할 필요가 없소."

"알겠습니다."

"두 번째 명령은 군의 이동에 관한 사안이오. 장군은 지금부터 내가 말한 대로 군을 시급히 움직이도록 하시오. 우선 금강여단과 자유여단을 의주로 보내 요동에서 넘어올지 모르는 명군에 대비토록 하시오. 또 경상도 해안에 있는 왜군 역시 이 틈에 침략을 재개할지 모르오. 흑표여단과 백랑여단을 그쪽에 배치해 저지선을 구축하도록 하시오. 마지막으로 강준구 장군이 이끄는 백두여단 병력을 강화해 함경도 북부를 점령한 노토를 견제토록 하시오. 노토는 점령보단 노략질에 치중할 테니 백두여단으로 막을 수 있을 거요."

"명을 받잡겠습니다."

권율 다음엔 정현룡과 정문부를 같이 불렀다.

"정현룡 대감은 지금부터 삼남에 내려가 민심을 달래며 지방의 행정을 장악토록 하시오. 또 정문부 대감은 함경도, 강원도, 황해도, 평안도를 돌며 민심을 살피는 한편, 정현룡 대감과 마찬가지로 지방 행정을 시급히 장악하도록 하시오. 만약 행정권을 넘기지 않는 지방관이 있으면, 권율 장군의 도움을 받아 처리하도록 하시오. 이 일 역시 일일이 장계를 보낼 필요 없소. 재량에 따라 처리하시오. 물론 사후에 문제의 소지가 있었단 말이 들리면 처벌을 면치 못할 것이오."

"그리하겠습니다."

정문부는 고개를 숙이며 명을 받았다.

그러나 정현룡은 얼굴에 불만을 드러내며 물었다.

"그럼 조선 왕실과 관련한 문제는 누구에게 맡기실 생각입니까?"

이준성은 미간을 살짝 찌푸렸다.

"그건 내가 알아서 할 거요."

정현룡은 화들짝 놀라 얼른 머리를 숙였다.

"송구합니다. 신이 잠시 주제넘었습니다."

"괜찮소. 실수야 누구나 다 하는 거 아니겠소? 물론 같은 실수를 반복하면 그건 문제가 또 다르지만 말이오."

히죽 웃은 이준성은 말석에 앉아 있는 권분동을 앞으로 불렀다.

권분동은 자기 이름이 불릴지 몰랐던 듯 깜짝 놀라 대답했다.

"예, 주군!"

"내가 전에 나눠 준 책은 다 독파했느냐?"

권분동은 고개를 끄덕였다.

"예. 저희는 그 다섯 권의 책을 완벽히 독파했습니다."

이준성은 흡족한 표정으로 고개를 끄덕였다.

의주의 어느 상인 가문 출신으로 조선군에 징집당해 평양성 전투에 참전했던 권분동은 그곳에서 이준성을 처음 만났다.

당시 이준성이 있던 부대에는 권분동처럼 머리에 든 건 많지만 몸은 잘 쓰지 못하는 허약한 병사 100여 명이 속해 있었다. 그들 대부분은 의주에 있는 부유한 상인 가문과 역관 가문에서 왔는데, 어려서부터 외국어와 산학 등을 배워 머리는 제법 똑똑했지만 유복한 탓에 몸을 쓰는 일엔 영 젬병이었다.

한데 하필 그들의 지휘관은 공에 욕심 많은 이시언이란 장수였다. 이시언은 권분동처럼 몸이 허약한 병사들 때문에 자기가 공을 제대로 세우지 못했다며 본보기로 권분동 등을 다른 병사들이 보는 앞에서 죽이려 들었다. 그때, 이준성이 그들의 목숨을 구해 주었는데, 그 일을 계기로 인연을 맺었다.

이준성은 그때 인연을 맺은 그 100여 명을 그가 있는 원주에 데려와선 책 다섯 권을 주며 완벽히 독파하란 명령을 내렸다. 그 다섯 권의 책은 문맹자나 다름없는 사람들에게 한글, 산수, 국어, 역사, 과학의 기초를 가르치기 위한 교과서였다.

그 후로 사람들은 권분동과 그의 패거리 100여 명을 한데 묶어 '108번뇌'란 별명으로 부르기 시작했다. 번뇌를 끊으려는 고승이 불경을 끊임없이 암송하는 것처럼 그들 역시 쉼 없이 교과서 내용을 암송했기 때문에 붙여진 별명이었다.

이준성은 권분동을 보며 명령을 내렸다.

"이제부터 자네는 같이 공부한 동료들과 함께 팔도에 학교를 하나씩 세워야 한다. 전쟁통에 부모를 잃은 고아가 많으니 학생을 수급하는 덴 별문제 없을 거다. 또 앞으로 그런 학교에선 학생들을 가르칠 뿐만 아니라 먹이고 재우는 일까지 같이 해야 하니 각별히 신경 써서 진행해야 한다."

"명심하겠습니다."

이준성은 대답한 권분동이 자리로 돌아가길 기다리다가 강주봉을 보며 손가락을 튕겼다. 강주봉은 곧 책 다섯 권을 한데 묶어 만든 책 보따리를 사람들 앞에 하나씩 내려놓았다.

정현룡이 책 보따리를 살펴보며 미간을 찌푸렸다.

"이건 108번뇌가 공부하던 책이 아닙니까?"

이준성은 히죽 웃으며 대답했다.

"맞소. 내가 108번뇌에게 독파하라며 주었던 책을 복사한 거요. 이번에는 그대들이 그 번뇌를 느껴 볼 차례요. 석 달 뒤에 거기서 나온 내용으로 시험을 볼 거요. 만약 시험을 쳐서 점수가 평균 70점 밑으로 나온 사람이 있으면, 70점 이상이 나올 때까지 계속 시험을 치든가 아니면 집에 가서 손자나 보며 여생을 보내야 할 거요. 농담이 아니오."

이준성은 이번 결정을 번복할 의사가 전혀 없다는 듯 강주봉과 함께 그대로 대청을 떠나 버렸다. 한편, 대청에 남은 사람들은 머리를 맞댄 상태에서 이번 난관을 헤쳐 나갈 방법이 있는지 중지를 모으는 시간을 가졌다.

그러나 그들은 매번 같은 결론에 도달했다. 이준성은 결정을

번복하는 사람이 아니었다. 즉, 시험을 통과하지 못하면 끝이
란 소리였다.

사람들은 곧 권분동에게 우르르 몰려가 어떻게 하면 시험
을 잘 볼 수 있는지 캐묻기 시작했다. 권분동은 그동안 그들
을 108번뇌라 비웃던 사람들이 갑자기 태도를 180도 바꾸는
모습에 어이가 없어 웃음이 났지만 어차피 다 한식구란 생각
이 들었는지 그들에게 공부하는 방법을 가르쳐 주었다.

한편, 권율은 자기 앞에 놓인 책 보따리를 옆구리에 끼며
한숨을 푹 내쉬었다. 맡은 임무를 수행하는 틈틈이 팔자에
없는 공부까지 해야 할 판이니 한숨이 나올 수밖에 없었다.

그때, 강주봉이 슬쩍 다가와 속삭였다.

"장군님은 이틀 뒤에 임지로 떠나시랍니다."

"주군께서 직접 내리신 명령인가?"

"그렇습니다."

"지금으로부터 이틀 뒤에?"

"그렇습니다."

"이틀 뒤에 떠나야만 하는 이유가 있는가?"

강주봉은 고개를 저었다.

"잘 모르겠습니다. 그럼 전 이만."

그 시각, 사람들에게 숙제거리를 한아름 안겨 준 당사자인
이준성은 처소에서 얼마 떨어지지 않은 민가로 걸음을 옮겼
다.

이준성은 민가의 문 앞에 도착해 큰 소리로 외쳤다.

"집주인을 만나러 왔소!"

곧 안방 문이 열리며 전에 본 적 있는 권 씨가 달려 나왔다.

"오, 오셨습니까요?"

"남편은 안에 계시오?"

권 씨가 입술을 깨물며 대답했다.

"예, 계시긴 한데……."

"남편에게 가서 날 당장 만나 주지 않으면 왕실 사람들이 거주하는 행궁에 불을 확 질러 버리는 수가 있다고 전해 주시오."

얼굴이 새파랗게 질려 돌아간 권 씨가 그의 말을 제대로 전했는지 곧 안방에서 30대 후반으로 보이는 사내가 걸어 나왔다.

이준성은 집 안으로 들어가 대청마루 위에 털썩 주저앉았다. 사내는 잠시 고민하는 기색을 보이다가 이준성 앞에 앉았다.

남편보다 더 긴장한 모습으로 그 광경을 지켜보던 권 씨가 부엌에 들어가 술 한 병과 안주 몇 가지를 상에 차려 내왔다.

"그럼 두 분이서 말씀 나누세요."

권 씨는 두 사람을 방해하지 않기 위해 아이들이 있는 건넌 방으로 들어갔다. 잔에 술을 따라 이준성 앞에 조용히 내려놓은 사내는 용건을 빨리 말하라는 듯 그를 쏘아보았다. 사내는 바로 얼마 전까지 병조판서였던 이항복이었다.

이준성은 피식 웃었다.

"주인이 그렇게 노려보는데 어디 무서워서 술이 목구멍으로 넘어가겠소? 원래 손님을 대접하는 모양새가 형편없는 거요? 아니면 그 손님이 마음에 들지 않아 오늘만 그런 거요?"

이항복은 담장 밖으로 드러난 거리 풍경을 내다보며 대답했다.

"다른 사람이 볼까 두렵소. 용건이 없다면 이만 돌아가 주시오."

이준성은 껄껄 웃었다.

"거 체면 한번 더럽게 따지시네. 나를 만나면 조선 왕실을 배신하는 거처럼 보일까 봐 걱정하는 거요? 우리 어디 한 번 툭 까놓고 얘기해 봅시다. 당신은 도대체 누굴 위해 일하는 거요? 조선 왕실이요? 아니면, 한반도에 사는 백성들이오?"

이항복은 불쾌한 표정을 지었다.

"격장지계를 쓰려는 모양인데 그런 얕은 수는 안 통할 거요."

이준성은 헛웃음을 지었다.

"당신이 뭐라고 내가 격장지계까지 쓰며 달랠 거라 생각하는 거요? 당신은 자기 몸값이 엄청 비싼 줄 아는 모양인데, 내가 오늘 당신을 찾아온 이유는 당신 때문이 아니라 당신 장인 때문이오. 당신 장인이 못난 사위 놈 때문에 나와 조선 왕실 사이에서 갈팡질팡할까 걱정돼서 찾아온 거라 이 말이오."

이항복은 눈을 부릅뜨며 소리쳤다.

"나 역시 장인어른의 체면을 생각해 당신이 우리 집에 들어오는 것을 허락한 거요! 그렇지 않았다면 어림도 없었을 거요!"

고개를 절레절레 저은 이준성은 벌떡 일어났다.

"처음에는 당신 장인을 생각해 어떻게든 좋은 방향으로 대화를 이끌어 볼 생각이었는데 당신 태도는 날 화나게 만들었소. 가장이란 사람이 그깟 체면 한번 살려 보겠다고 가족을 헌신짝처럼 버릴 생각을 하다니, 이보다 병신 같은 짓거리는 아마 없을 거요. 난 그런 작자들을 아주 혐오하는 편이지."

이항복은 찬바람이 일 정도로 홱 돌아앉으며 소리쳤다.

"당신 협박 따윈 전혀 무섭지 않소!"

이준성은 코웃음을 쳤다.

"협박? 하하, 역시 책상물림답게 진짜 협박이 뭔지 잘 모르는군. 당신은 당신과 당신 가족을 죽일 거라 말하는 게 협박이라 생각하는 거요? 아니지, 아니야. 내가 하는 협박은 그런 수준이 아니오. 난 생각보다 아주 지독한 놈이거든."

이항복의 얼굴에 약간의 긴장이 떠올랐다가 금세 사라졌다.

이준성은 지체 없이 쐐기를 박았다.

"가만 보니까 당신은 조선의 충신으로 죽고 싶어 하는 모양인데 내가 그렇게 만들어 줄 것 같소? 오히려 당신 명예를 똥구덩이에 빠트리면 빠트렸지 절대 그렇겐 안 해 줄 거요."

이항복은 말없이 이준성을 쏘아보았다.

이준성은 피식 웃으며 말을 이어 갔다.

"그럼 이제 내가 어떤 식으로 당신 명예를 똥구덩이에 빠트릴 건지 궁금하겠군. 내 친히 대답해 주겠소. 우선 나는 사람들에게 당신이 2년 전부터 우리와 내통한 첩자라 말할 거요. 병판으로 있던 당신이 조선군에 관한 정보를 우리에게 싹 다 넘겨준 덕분에 우리가 아주 편하게 싸울 수 있었다며 당신을 칭찬하고 다닐 거라 이 말이요. 한 나라의 병판이란 작자가 기밀을 적에게 팔아먹는데 어찌 이길 수 있었겠소? 아마 당신은 우리 한민족 역사가 끝나는 그날까지 천하의 쌍놈으로 남아 욕을 처먹겠지. 어떻소? 마음에 드시오?"

이항복은 얼굴이 금세 핼쑥해져 소리쳤다.

"증거가 없는데 누가 당신 말을 믿어 주겠소?"

이준성은 사악한 미소를 지으며 대답했다.

"증거? 증거야 조작하면 그만이오. 이곳의 기술로는 그 증거가 조작된 것이란 사실을 절대 밝혀내지 못할 테니까. 고작해야 필적감정일 텐데, 당신 필적을 흉내 낼 수 있는 사람은 아마 널렸을 테니 문제도 없겠지. 그렇게 소문이 났을 때,

난 자객을 보내 당신을 죽여 버릴 거요. 물론 저 건넌방에서 우리 대화를 엿듣고 있는 당신 처와 자식들 역시 죽여 버릴 거요. 산 사람은 변명할 수 있지만 죽은 사람은 변명을 못하는 법이니까 말이오."

그의 말이 끝나기 무섭게 건넌방 방문에서 옷자락이 스치는 소리가 들렸다. 이준성 말대로 두 사람의 말을 엿듣던 이항복의 부인과 아이들이 깜짝 놀라 소리를 낸 모양이었다.

말을 마친 이준성은 밖을 보며 손가락을 튕겼다. 그 즉시 한명련이 이끄는 흑룡대대 병사들이 이항복 집을 에워쌌다.

이항복은 이준성이 자기가 한 말을 진짜로 지키려는 모습을 보곤 살짝 당황한 표정을 지었다. 위협은 가짜가 아니었다.

이준성은 집을 나가려다가 뭔가 생각났다는 듯 다시 돌아왔다.

"아차, 이 말을 해 준다는 걸 깜빡했군. 내가 당신 처에게 전하게 한 말 기억하시오? 행궁에 불을 질러 버릴 거란 협박 말이오? 난 처음에 조선 왕실을 없앨 생각까진 없었소. 난 왕 씨의 씨를 말린 태조와는 다르니까. 한데 당신과 대화하다 보니 내가 너무 무르게 행동한 탓에 사람들이 날 무서워하지 않는단 사실을 깨달았소. 알겠지만 이럴 때는 해결 방법이 하나밖에 없소. 진짜 무섭게 나가는 거지. 아주 무서워서 바지에 똥오줌을 지릴 만큼 무섭게 말이오. 임금에겐 왕조를 교체하는 과정에서 피를 보지 않을 거라 약속했지만, 상황이 이렇다면 어쩔 수 없는 거 아니겠소? 왕실부터 시작해서 그들에게 충성하는 대신이란 대신은 모조리 죽인 뒤 기초를 처음부터 다시 쌓아 가는 수밖에. 난 새 술을 옛 부대에 집어넣어도 그 맛이 변치 않는다고 생각했는데, 그게 아니었소. 역시 새 술은 새 부대에 집어넣는 게 최고의 방법이었소."

그 말을 끝으로 이준성은 이항복을 집을 나와 거처로 돌아갔다. 이항복과 대화를 나누는 동안 심력을 꽤 많이 소비해 피곤했지만 쉬진 않았다. 아직 할 일이 태산이었다.

이준성은 강주봉에게 글을 잘 쓰는 관원을 한 명 데려오게 했다. 잠시 후, 강주봉이 차림새가 추레한 중년 사내를 한 명 데려왔다. 나이는 쉰쯤 먹은 것 같은데, 목깃과 소매에 때가 반질반질했으며 손가락 몇 개는 먹물이 배어 시커멨다.

이준성은 미간을 찌푸리며 물었다.

"글 잘 쓰는 사람을 데려오라고 했더니 어디 다리 밑에 가서 동냥하던 사람을 데려온 거야? 조정에 글만 전문적으로 쓰는 사람이 있을 거 아냐? 다시 가서 그런 사람을 데려와. 이번에 보낼 편지는 아주 중요해서 격식을 갖춰야 한단 말이야."

이준성의 말을 들은 중년 사내의 얼굴이 새빨개졌다.

모욕을 당한 거라 생각한 듯했다.

그때, 강주봉이 다가와 귓속말을 하였다.

"시키신 대로 조정에서 글 잘 쓰는 사람을 찾았는데 다들 이 사람이 최고라 했습니다. 이름이 한호인데 승문원에서 글 씨를 써서 먹고 사는 사자관이란 벼슬을 한다 했습니다."

깜짝 놀란 이준성은 중년 사내에게 급히 물었다.

"이름이 한호라 했소?"

중년 사내가 급히 허리를 숙이며 대답했다.

"그렇습니다."

"혹시 호가 석봉 아니오? 한석봉?"

"예, 맞습니다."

이준성은 벌떡 일어나 한석봉에게 정식으로 사과했다.

"미안하오. 방금 전에 내가 한 말은 잊어 주면 감사하겠소. 난 속물이라 사람의 겉모습을 보고 평가하는 나쁜 버릇이 있소. 내가 그 사람의 외모만 본 상태에서 그 사람의 진정한 가치까지 찾아낼 수 있다면 여기 있을 게 아니라 점쟁이를 했어야 더 맞을 거요. 한 대감은 그렇게 생각하지 않소?"

"아, 아닙니다. 소, 소인에게 사과하실 필요는 없습니다."

오히려 한호 쪽이 당황해 얼른 머리를 숙였다.

그는 아마 이준성이 이렇게 쉽게 사과할 줄 몰랐던 듯했다.

이준성은 한호를 자기 옆에 앉힌 뒤 강주봉에게 명령했다.

"여기 이 한호 대감은 오늘부터 내 붓을 맡아 줄 귀한 분이 시다. 너는 가서 한호 대감이 머무를 깨끗한 방을 하나 마련한 다음, 그 방에 대감이 갈아입을 옷을 몇 벌 넣어 두어라."

"예, 주군."

"아, 한호 대감이 시장하실 테니 밥상에 고기반찬 몇 개 없어 가져오너라. 술은 필요 없다. 지금은 맨정신이어야 하니까."

"예, 주군."

강주봉이 돌아간 후, 한호가 어렵게 입을 떼었다.

"소인은 그저 승문원에서 일하는 사자관일 뿐이옵니다. 대감이란 호칭은 당치 않은 말씀이시니 거둬 주시길 부탁드립니다."

"사자관이 뭐 어때 그러는 거요? 맨날 공자 왈 맹자 왈 읊어 대며 녹봉이나 축내는 대신들보다 대감 같은 사람이 나라를 위해 하는 일이 더 많은데, 대감이 그들보다 못한 게 뭐요?"

잠시 후, 강주봉이 밥상을 가져왔다. 시키는 대로 채소보단 고기가 더 많은 밥상이었다. 이준성은 한호와 식사를 마친 다음에 경건한 자세에서 그가 하는 말을 한호가 받아 적게 했다. 그로부터 30분쯤 지났을 때, 한호가 붓을 놓았다.

"다 끝났습니다."

이준성은 한호가 적은 편지를 읽어 보았다. 서체는 잘 모르지만 마치 컴퓨터에 있는 폰트로 쓴 것처럼 보기 아주 좋았다.

한호의 글 솜씨가 무척이나 마음에 든 이준성은 장롱에서 기초교육에 사용하는 교과서 다섯 권을 꺼내 그에게 내밀었다.

"이 다섯 권의 책을 적는 데 사용한 문자는 한글이란 것이오. 언문을 알 테니까 익히는 게 그리 어렵진 않을 거요. 앞으론 한문 대신 이 한글을 이용해 글을 적는 연습을 해 보시오. 단순히 내 옆에 머물며 내 붓 노릇만 하라는 게 아니오. 한 대감은 이제부터 이 한글을 이용해 한글 서체를 연구토록 하시오. 앞으로 한글을 우리 민족을 대표하는 자산으로 키울 생각인데 멋있는 서체가 하나쯤은 있는 게 좋지 않겠소?"

"그리하겠습니다."

한호가 대답할 때, 강주봉이 들어왔다.

"함경도에 있는 유경천 장군에게서 급한 전갈이 두 개 왔습니다."

유경천은 현재 지난 전투에서 잡은 포로를 관리하는 중이었다.

"뭔데?"

"우선 타치바나 무네시게의 처우를 결정해 달라는 내용입니다."

원주에서 아시온 군단 조총병에게 조총술을 가르치던 타치바나 무네시게는 왜군이 이준성의 뒤통수를 쳤을 때, 몰래 탈출해 왜군에 합류하려 했다.

그러나 이를 사전에 인지한 은호원이 탈출한 타치바나 무네시게를 바로 붙잡아 단천에 있는 포로수용소로 되돌려 보낼 수 있었다. 유경천은 이런 타치바나 무네시게를 어찌 처리할 건지 물은 것이다.

이준성은 고개를 끄덕이며 명령했다.

"광산에서 다시 노역을 시키는 게 좋겠군. 아직 희망을 버리지 못한 모양인데, 거기서 몇 달 썩어 보면 정신을 차리겠지. 참, 할복을 시도할지 모르니까 계속 철저히 감시하라 전해."

"그리 전하겠습니다."

"두 번째는 뭐야?"

"포로수용소에 있는 포로들을 어찌 처리하실 건지 묻는 내용이었습니다. 포로가 너무 많아 군량 소모가 심각하답니다."

"일단 조선군 소속 장수들은 머리에 든 먹물을 뺄 필요가 있으니까 계속 노역시키라고 해. 그리고 병사들은 그들이 원하는 대로 하게 해 주고. 돌아가겠다면 돌려보내고 군에 합류하고 싶다면 합류하게 해 주란 뜻이야. 또 명군 포로들은 보름에 100명씩 뽑아 조광의 절강여단에 합류시켜. 한 번에 많이 보내면 조광이 감당을 못해 반란이 일어날 수 있으니까."

"그리 조치하겠습니다."

대답한 강주봉이 밖으로 나갔다가 급히 다시 들어왔다.

"이항복이 왔습니다."

이준성은 씩 웃었다.

"애를 먹이더니 결국 바늘을 물었군."

이항복이 왔단 소리를 들은 듯 한호가 얼른 일어났다.

"중요한 일인 것 같은데, 소인은 이만 나가 보는 게 좋겠습니다."

이준성은 한호를 다시 자리에 주저앉혔다.

"어차피 이젠 둘이 한 팀으로 일해야 하니까 나갈 필요 없소."

"예?"

한호가 무슨 말인지 몰라 눈을 껌뻑거릴 때였다.

이항복이 안으로 들어와 이준성에게 머리를 깊이 숙여보였다.

"주군께서 받아 주신다면 전력을 다해 보필하겠습니다. 단, 조건이 하나 있습니다. 왕족과 대신들을 죽이지 말아 주십시오."

"뭐 어렵지 않은 조건이군. 그렇게 하도록 하지."

이준성은 웃으며 고개를 끄덕였다.

이준성은 껄껄 웃으며 물었다.

"내가 왕족과 대신을 깡그리 죽여 버릴까 봐 마음을 바꾼 거요?"

한호는 마치 들으면 안 될 말을 들은 것처럼 헛바람을 집어삼켰다.

이항복은 한호를 힐끗 보며 대답했다.

"아니라곤 못 하겠습니다."

"하하. 처음 시작치고는 괜찮군. 당신은 이제부터 내가 조선 왕족과 대신들을 죽이지 못하게 막는 역할을 해야 할 거요."

이항복은 이준성을 슬쩍 노려보곤 고개를 끄덕였다.

"가능할진 모르겠습니다만, 최선을 다해 볼 생각입니다."

"맞소. 뭐든 최선을 다하는 게 중요하지."

히죽 웃은 이준성은 이항복을 행궁에 보내 왕실과의 협상을 주도하게 했다. 이항복은 그가 뱉은 말처럼 선조와 왕자들을 지키기 위해 그가 할 수 있는 선에서 최선을 다했다. 이산해, 윤두수와 같은 전조의 대신에게 배신자라며 욕을 먹는 눈치였지만 이미 각오한 듯 개의치 않는 모습이었다.

다음 날, 행궁에 갔던 이항복이 돌아와 문서를 하나 내밀었다.

"조선 왕실이 옥새를 순순히 넘기겠다는 약조가 담긴 문서입니다."

"물론 조건이 있겠지. 그렇지 않소?"

"그렇습니다. 두 가지 조건이 있습니다."

"말해 보시오."

"첫 번째는 왕실이 지금 사용하는 행궁을 그대로 사용할 수 있게 해 달라는 조건입니다. 두 번째는 창경궁을 중건한 후에는 창경궁으로 왕실이 옮겨가 살 수 있게 해 달라는 조건입니다."

"행궁을 거처로 주는 거야 어려운 일이 아니지. 하지만 내가 쓰지 않을 궁에 돈을 처바를 수는 없소. 창경궁에 살 생각이면 왕실 내탕고에 있는 돈으로 직접 중건하라 전하시오. 똑똑한 대감이라면 내가 한 말의 저의를 알아들었을 거요."

이항복은 잠시 생각해 본 연후에 고개를 들었다.

"저를 시험하시는 겁니까?"

"그냥 심심해서 해 보는 장난 같은 거요. 심각하게 받아들일 필요 없소. 그대는 행궁에 가서 내 뜻이나 전하도록 하시오."

"그리하겠습니다."

"그보다 내가 부탁한 서찰은 가져왔소?"

"가져왔습니다."

이항복이 서찰을 몇 개 꺼내 강주봉에게 건넸다. 강주봉은 그 서찰을 받아 다시 이준성에게 건넸다. 이준성은 서찰을 대충 살펴본 뒤 맨 마지막 줄로 시선을 옮겼다. 마지막 줄에 선조의 어보로 보이는 도장이 큼지막하게 찍혀 있었다.

서찰에 임금의 어보가 찍히면 그때부터 그 서찰은 평범한 서찰이 아니라 임금의 어명이 들어 있는 교지였다. 이준성이

179

방금 한 제안을 이항복이 행궁에 있는 선조에게 전하러 간 동안, 이준성은 출발을 미루는 중인 권율을 처소로 불렀다.

권율이 인사하며 앉았다.

"찾으셨습니까?"

"사위의 소식은 들었소?"

"예, 딸을 통해 들었습니다."

"기분이 어떻소? 마음의 짐을 좀 던 것 같소?"

"그렇습니다."

"그럼 이제부턴 마음 편한 상태에서 임무에 집중할 수 있겠군."

권율이 다시 고개를 숙였다.

"주군의 하해와 같은 은혜에 몸 둘 바를 모르겠습니다."

"물론 권 장군을 위해 한 일이지만, 사위의 능력이 꽤 괜찮단 말을 여러 차례 들었기 때문에 나로선 꿩과 알을 같이 먹는 거나 다름없소. 나에게 너무 고마워할 필요는 없단 뜻이오."

이준성은 이어 권율에게 그의 사위가 가져온 교지를 건넸다.

"조선군 쪽은 그럴 리 없겠지만 의병 쪽은 우리가 군권을 장악하는 일에 불만을 내비칠 가능성이 있소. 여기 임금의 어보가 찍힌 교지가 있으니 저항하면 이걸 보여 주도록 하시오. 그러면 대부분은 교지에 나온 내용대로 장군에게 군권을 넘길 것이오. 그러나 만약 교지까지 거부하는 자가 있을 땐, 비룡여단을 동원해 재빨리 제압하도록 하시오. 반란의 불길이 다른 데로 번지기 전에 빨리 수습하란 뜻이오."

"명심하겠습니다."

이준성은 목소리를 높였다.

"이제부터 이 한반도엔 대한민국 국군 외에 다른 부대는 존재하지 않을 것이오. 즉 이제부턴 의병이니 토병이니 하는 것들이 존재할 수 없단 뜻이오. 장군은 의병대장에게 가서 왜 군과 계속 싸울 생각이라면 국군 편제에 들어와야 한단 사실을 못 박으시오. 만약 국군 편제에 들어올 수 없다면, 의병을 해산하는 게 좋을 거라 하시오. 또 이 명령을 따르지 않을 경우, 내가 그들을 반란군으로 여길 거라 전하시오."

"알겠습니다."

이준성은 권율에게 교지를 주었다. 권율은 즉시 일어나 교지를 받았다. 그러나 이준성의 지시는 거기서 끝나지 않았다.

이준성은 마지막에 선조의 어보가 찍힌 교지 하나와 그가 한호에게 시켜 직접 작성한 서찰 하나를 권율 앞에 내밀었다.

"이 두 서찰은 전라좌수사 이순신 장군에게 직접 전해 주시오."

고개를 끄덕인 권율은 마지막 서찰까지 챙겨 일어났다.

"그럼 소장은 이만 임지로 출발하겠습니다."

"무운을 빌겠소."

권율을 떠나보낸 후에 이준성은 잠시 생각에 잠겼다.

이순신 장군에게만 교지와 그가 작성한 서찰을 같이 보내는 이유는 그의 능력을 존중하기 때문이었다.

그러나 다른 한편으론 이순신 장군을 믿을 수 없기 때문이었다. 이순신 장군이 조선 왕실을 어떻게 생각하는지는 잘 모르지만, 만약 장군이 조선 왕실을 지키겠다고 나선다면 여간 골이 아파지는 게 아니었다.

최악의 상황은 이순신 장군이 제주도처럼 그의 군대가 도달하기 어려운 곳으로 들어가 저항을 계속하는 상황이었다. 이는 그야말로 최악 중 최악의 상황이기에 그런 일이 일어나지 않도록 만드는 수밖에 없었다. 그는 권율에게 준 그 두 서찰이 그렇게 해 주기를 빌었다.

그날 오후에 행궁에 갔던 이항복이 돌아왔다.

"행궁 쪽에서 주군의 제안을 받아들였습니다."

"임금을 어떻게 설득했소?"

"주군께서 왕실 내탕고를 건드리지 않겠다고 약속하셨단 말씀을 먼저 올린 연후에 창경궁 중건에 대해 말씀드렸습니다."

이준성은 웃으며 고개를 끄덕였다.

"역시 내가 사람을 잘못 보진 않은 모양이군. 맞소. 그대가 생각한 것처럼 나는 왕실 내탕고는 건드리지 않을 생각이오.

왕실 역시 이젠 세곡 없이 살아가는 법을 배워야 할 테니 내 탕고는 놔두겠단 거요. 물론 창경궁 중건에 그 돈을 다 써 버리면 소용없겠지만."

이항복은 말없이 고개를 끄덕이는 것으로 대답을 대신했다.

그 다음부터는 일사천리였다.

왕실에선 곧 옹주들의 사주팔자가 들어 있는 단자를 가져왔다. 이준성은 행궁에 잠입한 은호원 병사를 동원해 옹주들의 신상명세를 자세히 파악한 다음, 단자 하나를 골랐다. 바로 정연 옹주의 단자였다.

정연 옹주는 선조의 여러 후궁들 중 한 명이 낳은 딸로, 일전에 청천강 부근에서 선조와 처음 대면했을 때 가마 안에 앉아 그를 호기심에 찬 눈으로 쳐다보던 옹주였다.

옹주의 외모가 워낙 뛰어나서 지금까지 인상이 강하게 남아 있었는데, 이왕 하려는 정략결혼이라면 미인과 하는 게 낫겠다 싶어 그녀의 단자를 골랐던 것이다.

행궁 쪽에서는 이준성이 왜 정연 옹주를 골랐는가에 대해 의견이 분분한 모양이지만, 그 이유 중에 그녀의 외모는 없었다. 정연 옹주의 생모가 미천한 무수리 출신인 탓에 외척의 간섭을 덜 받을 수 있기 때문이란 추측이 주를 이루었다.

이항복이 정연 옹주와의 혼담을 맡아 진행하는 동안, 이준성은 군권과 행정을 대한민국 쪽으로 옮기는 데 전력을 다했다.

올해가 가기 전에 선조가 이준성에게 양위할 거란 소식이 팔도에 파다하게 퍼진 듯 이를 반대하는 상소가 산처럼 쌓였다. 또 일부는 아예 병력을 모아 반란을 일으켰다.

이준성은 천마여단을 보내 반란을 일으킨 세력을 쓸어버린 다음, 반란 세력의 재산을 몰수해 모두 국고에 집어넣었다.

얼마 후, 이준성은 국고에 집어넣은 재산을 팔도에 국립학교를 설립하는 비용으로 사용했다. 이준성이 권분동에게 학교 설립에 들어가는 비용을 걱정할 필요 없을 거라 했던 약속을 훌륭히 지킨 셈이었다. 왕조를 교체하는 동안 모두 세 차례에 걸쳐 크고 작은 반란이 일어났지만, 천마여단과 비룡여단 등이 출격할 때마다 대승을 거두어 반란 세력은 일패도지했으며 그들이 가진 재산은 오롯이 국고에 귀속되었다.

반란이 일어날 때마다 왕실은 긴장하는 모습을 보였지만, 이준성은 이항복을 보내 그들을 안심시켰다. 반란 세력 일부는 선조 대신에 광해군 등의 왕자를 새 왕으로 옹립할 계획까지 세웠지만 이준성은 그걸 빌미삼아 왕실을 괴롭히지 않았다.

이준성의 관대한 태도에 선조 역시 고마움을 느낀 듯 이덕형, 이원익처럼 능력 있는 대신을 보내 그를 도와주었다. 물론 류성룡까지 왔으면 금상첨화였겠지만, 그는 끝까지 선조 옆을 지킬 생각인 듯 그에게 선뜻 마음을 열어 주지 않았다.

그로부터 석 달이 지나 1593년 가을에 막 접어들었을 때였다. 올해는 작년과 달리 큰 전쟁이 많지 않았기 때문에 팔도에서 세곡으로 거둬들인 곡식이 들어와 빈 곳간을 채워 갔다.

또 그와 동시에 몇 가지 좋은 소식이 같이 날아들었는데, 팔도의 군권을 장악하러 내려간 권율이 마침내 중구난방이던 군령 체계를 대한민국 국군 아래로 모두 통합시킨 것이다.

그중 가장 반가운 소식은 얼마 전에 이준성에 의해 전라좌수사에서 삼도수군통제사로 승진한 이순신 장군이 선조의 교지를 받곤 이준성에게 협조할 의사를 보였다는 소식이었다.

이리하여 이준성은 큰 짐 하나를 덜어 내는 데 성공했다.

그로부터 며칠 후엔 북쪽으로 간 정문부와 남쪽으로 간 정현룡이 지방행정을 완벽히 장악한 상태에서 도성으로 복귀했다.

마침내 군권과 행정 모두가 이준성의 손 안에 들어온 것이다.

그해 늦가을, 마침내 선조에게서 옥새를 포함한 왕의 신물을 모두 넘겨받은 이준성은 대한민국 개국을 공식적으로 선포했다.

또한 선조는 상왕으로 남을 것이란 사실을 같이 공표해 불안에 떠는 관민을 달래는 일 역시 잊지 않았다.

개국한 다음에는 이준성이 대한민국 초대 국왕으로 즉위하는 즉위식이 간소하게 열렸다. 경복궁, 창덕궁 등이 모두 불탄 상태라 화려하게 하고 싶어도 할 수가 없는 상황이었다.

이준성은 개국한 다음에 여유를 가진 상태에서 혼사를 처리할 생각이었지만, 그가 도중에 마음을 바꿀지 모른다는 생각을 했는지 선조가 혼사를 서둘러 달라 부탁했다.

선조로서는 허울뿐인 상왕보다는 왕의 장인인 국구 쪽이 일신을 보전하는 데 더 안전할 거란 생각이 든 모양이었다.

이준성은 선조의 부탁대로 해 주었다. 며칠 후, 길일을 잡아 이제는 왕궁으로 불리는 저택 안마당에서 혼례를 치렀다.

신하들이 이젠 일국의 왕이니 신부, 즉 왕비를 맞이하는 국혼 역시 어느 정도 격식을 갖춰야 한다고 강력히 주장하는 바람에 그는 다섯 시간에 가까운 지루한 예식을 치러야 했다.

신부는 얼굴을 볼 기회가 많지 않아 어떤 생각인지 모르겠지만, 그는 차라리 왜군과 5시간 동안 싸우는 게 더 편할 거란 생각이 들었다.

그날 저녁, 행궁에 있는 선조를 찾아가 장인과 사위의 관계를 돈독히 다지는 시간을 가진 다음, 다시 왕궁으로 돌아왔다.

이제 남은 일은 초야밖에 없었다.

한데 왠지 신방으로는 발길이 쉽게 떨어지지 않아 처소에 있는 개인 운동실을 찾았다.

그는 대호골에 있을 때부터 개인 운동실을 만들어 몸을 계속 단련했는데, 왕으로 즉위한 지금 역시 마찬가지였다.

돌과 쇠로 만든 역기와 아령으로 미친 듯이 운동해 땀을 뺐다. 또 역기와 아령이 시시해졌을 때는 중력을 이용했다. 즉, 턱걸이와 팔굽혀펴기 등으로 다른 근육을 단련해 몸 전체를 완벽한 무기로 다듬었다.

그때, 갑자기 운동실 문이 열리며 녹색 옷을 입은 누군가가 들어왔다. 강주봉, 한명련 등은 이준성이 운동할 때 안으로 들어오지 않았다. 운동할 때는 절대 방해하지 말란 엄명을 받았기 때문이다.

한데 어떤 간 큰 작자가 그가 운동할 때 방해를 한 것이다. 이준성은 화가 치밀어 홱 돌아섰다.

"어떤 새끼가 감히 내가 운동하는데……."

그러나 그는 문장을 끝맺지 못했다.

운동실 안으로 들어온 사람이 정연 옹주였던 것이다.

정연 옹주가 아름다운 얼굴을 약간 찌푸리며 물었다.

"사람들이 하는 말처럼 신첩이 못생겨 초야를 미루시는 건가요?"

예상치 못한 말을 들은 이준성은 그저 눈만 껌뻑일 뿐이었다.

7장. 초야와 내기

이준성은 당황해 물었다.

"옹주가 못생겨 초야를 미룬다니, 그게 무슨 말 같지 않은 소리요? 대체 어떤 놈이 옹주에게 그런 망발을 지껄인 거요?"

정연 옹주가 한숨을 푹 내쉬었다.

"전에 궁인들이 옹주들 중에 신첩이 가장 못생겼기 때문에 시집가기는 다 틀렸다며 동정하는 말을 엿들은 적이 있습니다. 또 이 나이 먹도록 혼인을 하지 못한 것 역시 신첩이 추녀인 탓에 아바마마께서 점찍은 부마들이 한사코 혼담을 거절했기 때문이란 소문이 저자거리에 나돈다고 들었습니다."

이준성은 정연 옹주의 고백을 들으며 두 가지 면에서 놀랐다.

첫 번째로는 16세기와 21세기 사람들이 생각하는 미녀의 기준에 엄청난 간극이 있다는 사실에 놀랐다.

만약 정연 옹주가 21세기에 태어났다면, 서울 번화가를 걸어 다니기가 어려웠을지도 몰랐다.

과장을 조금 보태서 그녀를 스카우트하려는 연예기획사 사람들과 그녀를 어떻게든 꼬셔 보려는 사내들로 인해 인산인해를 이룰 가능성이 높기 때문이었다.

두 번째로는 그녀가 외모만 21세기에 가까운 게 아니었다는 점에서 놀랐다. 성격 역시 16세기보다 21세기에 더 가까운 듯 보였다. 아주 보수적인 시대인 16세기를 살아가는 여성이 자기 입으로 초야니, 추녀라서 인기가 없다느니 하는 말을 남편에게 할 수 있으리라고는 생각해 본 적이 없었다.

이준성은 껄껄 웃었다.

"그자들은 눈깔이 다 삐어서 옹주의 아름다움을 몰라보는 거요. 그런 소문은 신경 쓰지 마시오. 그들이 몰라본들 또 어떻소? 남편인 내 눈에 가장 예뻐 보이는 게 최고 아니겠소?"

정연 옹주가 미심쩍어하는 표정으로 물었다.

"하면 신방에는 왜 안 들어오시는 건가요?"

이준성은 고개를 살짝 저었다.

"음, 거기엔 몇 가지 이유가 있소. 옹주는 어떤 대답을 원하시오? 아차, 이젠 옹주가 아니지. 이제부턴 격식에 맞게 중전이라 부르겠소. 아무튼 거기엔 복잡한 사정이 숨어 있소.

중전은 내가 어떤 대답을 하길 원하시오? 솔직한 대답? 아니면 솔직하진 않지만 기분은 안 나쁠 대답을 원하시오?"

잠시 고민하던 정연 옹주가 대답했다.

"솔직한 대답을 원해요."

"후회하지 않을 자신 있소?"

"자신 있어요."

"좋소. 솔직한 대답을 원했으니 그렇게 해 주겠소. 후회하지 마시오. 거기엔 크게 두 가지 문제가 있소. 첫 번짼 내가 여자랑 마지막으로 잠을 자 본 지가 거의 3, 4년 전이기 때문에 오랜만에 치르는 잠자리에 약간 긴장했기 때문일 거요."

이준성은 일단 말을 잠시 멈춘 뒤 정연 옹주의 표정을 살폈다.

이곳에서는 중매를 통해 결혼한 배우자와 첫 경험을 갖는 게 거의 일반적이기 때문에 혼례 전에 다른 여자랑 자 봤다는 그의 고백이 상당한 충격으로 다가올 가능성이 있었다.

그러나 정연 옹주는 괜찮다는 듯 표정에 별다른 변화가 없었다. 그녀의 진짜 속마음을 알 수 없기 때문에 정말 괜찮아서 그런 것인지, 아니면 연기를 아주 잘하는 것인지는 알 수 없었다.

정연 옹주가 고개를 끄덕이며 물었다.

"그럼 두 번째 이유는요?"

"두 번째 이유는 중전의 나이 때문이오."

"신첩의 나이요?"

"그렇소. 중전은 올해 열여덟 살이라 들었소. 여기선 조혼이 일반적인 추세라 결혼적령기를 약간 넘긴 나이일지 모르지만 내가 있던 곳에선 부모의 허락을 받았기 때문에 법적으론 괜찮을지 모르지만 도덕적인 비난까지 피할 순 없소."

정연 옹주는 이해가 가지 않는단 표정으로 물었다.

"신첩의 언니 한 명은 열두 살에 시집가서 열네 살에 첫 아이를 낳았는데, 열여덟 살인 신첩과 혼인하면 사람들이 손가락질을 한단 말입니까? 그럼 그곳에선 몇 살에 혼인하나요?"

"음, 보통은 30대 중후반쯤에 할 거요. 아니면 아예 혼인을 하지 않는 경우 역시 아주 많소. 그 바람에 인구 감소가 심각한 수준이었지. 지금처럼 자원에 비해 사람이 많아 문제가 생긴 게 아니라 이젠 사람이 부족해 문제가 생긴 거요."

정연 옹주는 믿을 수 없다는 표정을 지었다.

"전하께서 살던 곳은 여기완 아주 다른 세상인 것처럼 들려요."

"그렇소. 꽤 다르지."

그때, 그간의 대화를 곱씹던 정연 옹주가 뭔가를 깨달은 듯했다.

그녀가 깜짝 놀라 물었다.

"그럼 전하께서는 조선인이 아니란 말씀이신가요?"

이준성은 웃으며 고개를 저었다.

"조선인은 맞소. 다만, 내가 살던 데가 조선이 아닐 뿐이지. 더 자세히 말하면 조선인이라기보다는 대한민국 국민이었소."

"더더욱 알 수 없는 말씀만 하시는군요."

이준성은 그쯤하면 충분하단 생각이 들었다. 어차피 그가 이곳에 처음 나타났을 때 실오라기 하나 걸치지 않고 발가벗은 모습으로 이곳 말을 거의 못하는 상태였다는 사실은 이미 잘 알려져 있었다.

덕분에 그가 어디서 왔는지 알아내는 것이야말로 가장 큰 수수께끼라 말하는 사람까지 나왔다.

그러나 이준성이 매번 답변을 회피했기 때문에 그를 싫어하는 사람들 중에는 그가 원래는 구천을 떠돌던 귀신 중 하나인데 인간 세상을 어지럽힐 목적으로 어떤 사람의 몸을 빼앗아 인간인 척 위장하는 중이란 악담을 하는 자까지 생겼다.

이준성의 별명인 대역귀가 바로 그런 악담에서 연유된 것이었다. 그러나 조강지처까지 자기를 대역귀로 생각하게 놔둘 순 없기 때문에 그의 비밀을 살짝 드러내어 안심시켜 준 것이다.

이준성은 사실 정연 옹주를 반만 믿었다.

정연 옹주의 진짜 속마음까지는 모르겠지만, 어쨌든 그에게 시집을 때 아버지인 선조에게 이준성을 어떻게든 빨리 유혹해 아이부터 가지란 조언을 들었을 확률이 아주 높았다.

정연 옹주가 이준성의 아이를 가져야 선조와 다른 왕자들이 좀 더 안전해질 수 있었다.

또 이준성이 다른 여자에게서 아이를 가지기 전에 정연 옹주가 먼저 아이를 가져야 그가 훗날 남길 유산을 조선 왕실의 피가 반이 섞여 있는 아이에게 물려줄 수 있었다.

정연 옹주가 그의 아내였던 시간은 이제 10시간에 불과하지만 선조의 딸이었던 시간은 자그마치 18년이었다.

둘 중에 누굴 더 의지할 것인지를 그녀에게 묻는다면, 지금으로선 그보다 아버지 선조를 의지할 가능성이 훨씬 높은 상태였다. 그런 그녀에게 비밀을 다 털어놓는 것은 아직 시기상조였다.

이준성은 화제를 돌렸다.

"중전은 신방에 가 계시오. 난 몸을 좀 씻은 후에 들어가겠소."

"네."

두 사람이 초야를 치르는 상상을 했는지 정연 옹주가 부끄러워하는 표정으로 자기 얼굴을 얼른 감싸며 운동실을 나갔다.

한편, 운동실을 나온 이준성은 그 옆에 붙어 있는 욕실로 들어갔다. 운동한 후에는 반드시 뜨거운 물로 목욕하기 때문에 수발을 들어주는 궁인이 욕조에 미리 목욕물을 받아 두었다.

욕조에 들어가 운동 중에 흘린 땀을 막 씻어냈을 때였다. 욕실 문이 살짝 열리더니 욕실을 채운 하얀 김 속에서 가녀린 인형 하나가 욕조 쪽으로 천천히 걸어오는 모습이 보였다.

처음엔 유진인 줄 알았다. 그러나 유진은 그가 회복한 후에 아버지인 권개의 집으로 돌아갔기 때문에 그럴 일은 없었다.

그렇다면 욕실에 들어올 수 있는 여자는 한 명밖에 없었다.

바로 정연 옹주였다.

정연 옹주는 욕실 습기 때문에 몸에 찰싹 달라붙은 하얀 저고리와 속치마를 입은 상태에서 욕조 앞으로 다가와 속삭였다.

"신첩이 등을 밀어 드릴게요."

"무리할 필요 없소. 몸은 내가 알아서 씻겠소."

"신첩이 하고 싶어서 하는 일이니까 쫓아내지 마세요."

이런 상황에서 그녀를 신방으로 돌려보내면 첫날밤을 치를 때 더 어색할 것 같아 이준성은 등을 그녀 쪽으로 돌렸다.

그때, 등 뒤에서 옷자락이 스치는 소리가 들렸다. 이준성은 그게 무슨 소리인지 알았기 때문에 뒤를 돌아보지 않았다.

잠시 후, 그가 들어가 있는 욕조 안으로 한 사람이 더 들어오는 것을 느꼈다. 바로 정연 옹주가 옷을 벗은 상태에서 그의 욕조 안으로 들어온 것이다. 이준성은 그녀가 하고 싶은 대로 하게 놔두었다. 그의 뒤에 앉은 정연 옹주가 수건으로 이준성의 등을 천천히 닦았다. 이준성은 피식 웃었다.

선조에게 어떤 말을 들었는지는 모르겠지만 지금까지는 아주 효과적이었다. 사타구니 사이에 힘이 바짝 들어가 있었다.

이준성은 손을 뒤로 뻗어 정연 옹주의 팔을 붙잡았다. 정연 옹주가 움찔하는 기색을 보였지만 손을 뒤로 빼지는 않았다.

이준성은 욕조 안에서 천천히 일어섰다. 정연 옹주 역시 같이 따라 일어섰다. 그는 그녀가 놀라지 않길 바라며 돌아섰다.

정연 옹주의 시선이 강철처럼 단단한 그의 가슴에 머물렀다가 천천히 내려갔다. 한데 갑자기 끔찍한 물건을 본 사람처럼 눈을 꽉 감았다. 그러나 이준성은 그녀와 달리 눈을 감지 않았다.

그는 그녀의 아름다운 몸을 천천히 음미했다. 미인을 알아보는 그의 특별한 능력이 전혀 퇴보하지 않았다는 생각이 들었다. 그녀의 몸은 정말 아름다웠다. 우선 손으로 만지면 그대로 미끄러질 것 같은 백옥처럼 흰 살결이 가장 먼저 눈에 들어왔다. 그 다음엔 생각보다 훨씬 풍만한 가슴이 눈에 들어왔다. 또 옆구리에서 허리로 떨어지는 선은 도공이 정성을 들여 빚은 것처럼 유려하기 짝이 없었다. 잘록한 허리,

그리고 그런 허리와 이어진 탓에 유독 커 보이는 골반은 사내의 애간장을 녹일 것처럼 유혹적이었다.

이준성은 더 이상 참을 수 없어 그녀를 와락 끌어안았다. 그녀 역시 화답하듯 그를 세게 끌어안았다.

이준성은 고개를 숙여 그녀에게 깊은 입맞춤을 하였다. 그동안 두 손은 그녀의 아름다운 몸을 열심히 탐닉했다.

그는 여자를 기쁘게 해 주는 방법을 여러 가지 알고 있었지만 너무 오랜만인 탓에 그럴 여유가 없었다. 그녀 역시 이미 그를 받아들일 준비가 모두 끝난 듯해 보였다.

그는 그녀의 귀에 속삭이듯 물었다.

"아플 텐데 괜찮겠소?"

그녀가 입술을 깨물며 이미 각오했다는 듯 고개를 끄덕였다. 두 사람은 곧 누가 먼저랄 것 없이 욕조 안에 서둘러 자리를 잡았다.

"아아!"

잠시 후, 그녀가 신음을 크게 토하며 그를 더 세게 껴안았다. 그녀의 손톱이 등을 할퀴었지만 통증보다는 쾌락에 더 가까웠다.

그는 몇 년 동안 여자를 안을 기회가 없었기 때문에 욕실과 신방을 옮겨 가며 새벽녘까지 그녀를 괴롭혔다. 그 바람에 그녀는 다음 날 걸음을 제대로 떼지 못할 지경이 되었다.

어쨌든 오랜만에 개운한 아침을 맞은 그는 다시 업무로 돌아갔다. 그러나 그 업무는 왕궁 대청이 아니라 어느 민가에서 이루어지는 업무였다. 바로 류성룡의 집을 찾아간 것이다.

◆ ◈ ◆

류성룡은 이준성이 대한민국 초대 국왕으로 즉위한 다음 날부터 집에 틀어박혀 두문불출 중이었다. 이준성 밑에선 공직생활을 할 의향이 절대 없다는 완강한 의사 표현이었다.

그러나 이준성은 류성룡을 필요로 했다. 이산해, 윤두수, 정철 역시 거물이긴 하지만 그들은 당파색이 너무 짙었다. 물론 류성룡 역시 동인의 정신적 지주인 퇴계 이황의 제자로 남인의 영수이긴 했지만 앞선 이들보다 당파색이 짙지는 않았다. 거물을 한 명 영입해야 한다면 선택지는 류성룡밖에 없었다.

또한 류성룡은 관민의 존경과 지지를 한 몸에 받는 사람이었다. 그가 설득해 데려온 이항복과 선조가 보내준 이덕형, 이원익 역시 관민의 존경과 지지를 받는 훌륭한 대신들이긴 했지만 류성룡만큼의 명성을 지니지는 못했다. 류성룡과 같은 인물이 대한민국 초대 정부의 중심을 잡아 줄 수 있다면 그가 하려는 개혁 작업은 탄력을 받을 수 있었다.

이준성은 흑룡대대의 호위를 받으며 은호원이 알아낸 류성룡 집으로 가는 동안, 그를 어떻게 설득할지 계속 고민했다.

이준성은 우선 유진을 이용해 류성룡이란 사람을 자세히 분석했다. 은호원이 알아낸 정보와 역사적인 사실들, 즉 류성룡이 직접 작성한 징비록 같은 서적을 뒤져 류성룡이란 사람을 임상심리학을 이용해 철저히 해부하는 작업이었다.

그 결과, 류성룡에게는 이항복에게 쓴 수법이 먹히지 않을 거란 결론에 도달했다. 그렇다면 전혀 다른 방법을 써야 한단 얘기였다. 이준성은 흑룡대대장 한명련에게 멀리 떨어져 대기하란 명령을 내린 다음, 홀로 류성룡 집으로 향했다.

이준성은 대문 앞에 서서 문고리를 잡아 세 번 두드렸다. 잠시 후, 문이 열리며 행랑아범으로 보이는 사내가 나왔다.

사내는 눈썰미가 꽤 좋은 편인 듯했다.

이준성의 정체를 단박에 눈치 챈 사내는 귀신을 본 사람처럼 눈을 크게 치켜뜬 다음, 갑자기 벌렁 나자빠졌다. 깜짝 놀라는 순간을 비유할 때 흔히 놀라 자빠지겠다는 표현을 사용하곤 하는데, 지금은 진짜 뒤로 자빠져 버린 상황이었다.

"쯧쯧, 담이 좁쌀만 한 사내로군."

혀를 찬 이준성은 안으로 걸어 들어가 자빠진 사내를 일으켜 세우고선 그의 엉덩이에 묻은 흙먼지를 툭툭 털어 냈다.

"다 큰 어른이 애들처럼 옷에 흙을 묻히며 돌아다녀서야 쓰겠소. 잡아먹지 않을 테니 가서 류성룡 대감이나 불러오시오."

그 말을 들은 사내는 겁에 잔뜩 질린 표정으로 급히 돌아서선 사랑채 쪽으로 부리나케 뛰어갔다. 그사이 이준성은 류성룡의 집 안을 둘러보았다. 그리 넓지 않은 마당 안에 짐이 잔뜩 부려져 있었다. 고향인 안동으로 귀향할 모양이었다.

잠시 후, 류성룡이 마당으로 나왔다. 평상복 차림이었는데 이삿짐을 꾸리는 중이었는지 손과 팔에 먼지가 묻어 있었다.

이준성은 류성룡을 전에 한 번 본 적 있었다. 류성룡이 도체찰사로 평양성 탈환을 주도했을 때, 그가 종군하던 부대를 위무하기 위해 찾아온 그를 먼발치에서 본 기억이 있었다.

류성룡은 이준성 앞으로 걸어와 정중히 머리를 숙이며 물었다.

"바쁘실 터인데 이런 누추한 곳엔 어인 일이십니까?"

"대감과 긴히 할 얘기가 있어 찾아왔소."

"그렇습니까?"

"용건을 꺼내기 전에 한 가지 물어볼 게 있소. 혹시 날 기억하시오? 평양성에 있을 때, 대감을 먼발치서 본 적 있는데."

류성룡은 고개를 끄덕였다.

"기억합니다. 아마 이시언 장군 부대에 속해 있던 상황으로 기억하는데, 기억이 맞는지는 잘 모르겠습니다. 당시에 전하의 체격이 아주 훌륭했기 때문에 한참 눈여겨봤던 것으로 기억납니다. 그때 신은 전하의 진짜 정체를 전혀 몰랐었지요."

"그 기억이 맞소. 이시언 밑에 있었지. 대감은 그를 어떻게 생각할지 모르지만 내가 보기에 이시언은 쓰레기였소. 지금은 산에 숨어 있는지 코빼기조차 보이지 않는 중인데, 아마 어딘가에서 내 등에 칼을 꽂을 계획을 세우는 중일 거요."

"설마 그럴 리야 있겠습니까?"

"아니, 그는 그러고도 남을 위인이오. 그자도 이젠 내가 누군지 알 테니까. 아마 내가 살아 있는 한 자긴 죽은 목숨이라 생각할 거요. 즉, 둘 중 한 명은 죽어야 하는 셈이오. 물론 나보다는 그자가 먼저 죽을 가능성이 훨씬 높을 테지만."

히죽 웃은 이준성은 마당에 널려 있는 짐을 가리키며 물었다.

"그런데 이 짐들은 다 뭐요? 설마 고향으로 돌아가려는 거요?"

류성룡은 차분한 표정으로 고개를 끄덕였다.

"그렇습니다. 이제 그만 고향으로 돌아가 책을 쓰며 후학을 길러 볼 생각입니다. 집 안이 난잡하여 송구스러울 따름입니다."

이준성은 날카롭게 쏘아붙이며 물었다.

"그럼 경상도 해안가에 남아 있는 왜군은 어찌할 거요?"

류성룡은 전혀 흔들림 없는 목소리로 대답했다.

"전하께선 군신과 같은 재능을 지니셨습니다. 아마 머지않아 왜군을 이곳에서 몰아내 평화를 이룩하실 수 있을 것입니다."

이준성은 고개를 저었다.

"그건 너무 무책임한 말 아니오? 왜군이 우리나라를 쳐들어오게 만든 건 당신들인데, 왜 내가 뼈 빠지게 고생해 가며 수습해야 한단 말이오. 물론 그 바람에 내가 기회를 잡기는 했지만, 어차피 왜군이 있든 없든 난 내 야망을 이뤘을 거요."

류성룡은 마치 그렇게 나올 줄 알았다는 듯 차분히 대답했다.

"맞는 말씀입니다. 신 역시 그 점은 무척이나 송구스럽게 생각합니다. 하지만 신은 왜군을 물리칠 능력이 없음을 통감했기 때문에 물러나는 것입니다. 그런 신이 이제 와 다시 합류한다 한들 전황이 좋아질 리 있겠습니까? 오히려 전하께서 왜군을 몰아내실 때, 방해가 될 공산이 더 높을 겁니다."

이준성 역시 끈질겼다.

"그럼 이렇게 해 보는 건 어떻소? 서로 잘하는 걸 나눠 맡는 거요. 난 내가 가장 잘하는 전쟁을 맡겠소. 대감은 대감이 잘하는 행정 업무를 맡아 처리하시오. 그럼 효율이 아주 좋아져 결과적으로 나라가 발전하는 데 큰 도움이 되지 않겠소?"

류성룡은 지체 없이 대답했다.

"지금과 같은 상황에서는 새 부대에 새 술을 담는 게 가장 좋을 것입니다. 신처럼 전조에 충성한 대신들을 다시 등용하시는 방법은 전하께 부담만 가중시킬 거라 생각합니다."

대화는 그로부터 10분 더 이어졌지만 이렇다 할 결과가 없었다.

이준성은 헤어진 연인의 마음을 돌리려는 남자처럼 질척거리며 매달렸지만 류성룡은 차갑게 내치기만 할 뿐이었다.

마치 지금의 류성룡을 당황시킬 수 있는 일은 이 세상에 없을 것 같았다. 그는 결국 유치한 방법을 써 보기로 했다. 유치하지만 가끔은 유치한 행동이 기적을 일으키는 법이니까.

이준성은 갑자기 털썩 주저앉아 류성룡 앞에 엎드렸다.

"내겐 대감이 꼭 필요하오. 나를 도와주시오. 부탁이오."

류성룡 역시 사람인지라 이런 상황에선 당황하지 않을 도리가 없었다. 일국의 왕이 신하에게, 아니 이젠 공직에서 물러난 일개 백성에게 머리를 조아리며 엎드린 상황이었다. 당황하지 않을 방법이 없었다.

당황한 류성룡은 옥체엔 손을 대서는 안 된다는 금기조차 잊은 듯 급히 이준성의 어깨를 잡아 일으켜 세우려 했다. 그러나 쉰 살인 초로의 사내가 건장한 이준성을 일으켜 세우는 일은 불가능에 가까웠다.

류성룡이 간절한 목소리로 부탁했다.

"전하, 다른 사람들이 볼까 두렵습니다. 제발 그만둬 주십시오. 이는 국왕이 마땅히 가져야 할 체통을 헌신짝처럼 버리는 행동일 뿐만 아니라 신을 욕보이는 행동이기까지 합니다."

이준성은 고집을 피웠다.

"나를 도와주겠다는 말을 들을 때까지 절대 일어나지 않을 것이오. 대감이 쇠고집이라면 나는 그보다 더한 쇠고집이니까."

보다 못한 류성룡이 그 앞에 같이 머리를 조아리며 엎드렸다.

"전하께서 일어나시지 않는다면 신 역시 일어서지 않겠습니다."

"좋소. 누구의 고집이 센지 한번 겨뤄 봅시다."

이준성은 얼마 지나지 않아 류성룡 집안의 식솔들이 모여드는 소리를 들을 수 있었다. 그러나 그들은 감히 말릴 생각을 하지 못했다. 그저 지켜보며 발만 동동 구를 뿐이었다.

이준성은 엎드린 자세에서 물었다.

"나야 아직 젊어 괜찮다지만 대감은 이제 쉰 줄에 접어들지 않았소? 이제 곧 날이 저물 텐데 그만 포기하지 그러시오? 고집을 피우다가 병에 걸려 고생할 필요는 없지 않겠소?"

류성룡은 묵묵부답이었다.

이준성은 다시 물었다.

"설마 내가 하려는 개혁 때문에 이르는 거요?"

이준성이 제대로 미끼를 던진 듯 류성룡이 마침내 입을 열었다.

"그게 무슨 뜻입니까?"

"내가 신분제를 철폐하면 집안에 있는 노비들을 내보내야 할 테니 그게 아까워 이렇게 나오는 것인지 묻는 거요. 그게 아니면 토지를 국가만 소유하는 토지 국유화 정책 때문에 문중의 재산이 허공으로 사라질 것을 걱정해 이러는 거요?"

"전하께서 즉위하시던 날, 신은 즉시 노비들에게 얼마간의 재산을 떼어 줘 살아갈 방법을 마련해 준 뒤 집에서 모두 내보냈습니다. 또한 신의 가문과 문중에서 보유한 토지 역시 국가에 귀속시킬 준비를 모두 마쳤습니다. 신에게 그런 질문을 하시는 건 전하께서 신을 잘못 보셨단 뜻일 겁니다."

"그렇다면 내가 사과하겠소. 그럼 이런 질문은 어떻소? 내가 천하의 폭군이라 백성들을 괴롭힐 가능성에 대해선 생각해 본 적 있소? 대감 같은 의로운 사람들이 옆에서 잘 보필하며 내가 폭군으로 성장하지 못하도록 막아 줘야 하지 않겠소? 나를 위해서가 아니라 불쌍한 백성들을 위해서 말이오."

"폭군은 자기가 폭군인 줄 모르기 마련입니다. 지금 말씀은 전하께서 신을 위협하기 위해 꺼낸 말씀일 거라 생각합니다."

"쳇, 들켰군. 어쨌든 누가 이기나 끝까지 해봅시다."

그때, 문이 벌컥 열리며 사람들이 들어오는 소리가 들려왔다.

"전하, 이게 대체……."

이준성은 방금 소리친 사람이 한명련임을 알았다.

"지금부터 나나 류성룡 대감의 몸에 손을 대는 자는 내가 직접 목을 칠 것이다! 내 말을 다른 사람들에게 똑똑히 전해라!"

한명련이 당황한 목소리로 대답했다.

"아, 알겠습니다."

그러나 한명련은 이준성과 류성룡의 몸에 손만 대지 않았을 뿐, 급히 왕궁에 기별을 넣어 사람들을 더 불러왔다. 곧 이항복, 이덕형, 이원익, 정현룡, 정문부, 권율 등이 달려왔다.

그들은 이 해괴한 상황에 어찌할 바를 몰라 했다.

이준성이 말도 걸지 말라는 명령을 내렸기 때문에 그들이 할 수 있는 유일한 일이라곤 이준성처럼 바닥에 엎드려 머리를 조아리는 일 뿐이었다.

왕이 엎드려 있는데 어찌 신하 된 자로서 서 있을 수 있겠는가.

그저 둘 중 한 명이 먼저 포기할 때까지 그들 역시 같은 고통을 감수하는 방법밖에 없었다.

그 모습을 본 류성룡 집안의 식솔들 역시 바닥에 엎드렸다. 또 한명련을 비롯한 흑룡대대 병사들 역시 바닥에 엎드렸다. 급기야는 더 이상 엎드릴 공간이 없어 문 밖에서 엎드리는 사람까지 나타났다. 사실 엎드려 있는 게 생각보다 힘든 일이어서 팔꿈치와 무릎 등에 상당한 통증을 수반했다.

그로부터 다섯 시간쯤 지났을 무렵, 마침내 류성룡이 먼저 일어났다. 자기 때문에 이준성이 고생하는 게 불편했기 때문에 먼저 일어난 건지, 아니면 더 이상 고통을 감내하기 어려워 그랬던 건지는 모르겠지만 어쨌든 그가 진 셈이었다.

류성룡은 한숨을 쉬며 머리를 숙였다.

"전하의 뜻대로 하겠습니다. 부디 옥체를 보중해 주시옵소서."

이준성은 벌떡 일어나 류성룡의 어깨를 잡으며 크게 웃었다.

"하하, 역시 그럴 줄 알았소. 난 누구에게 져 본 적이 없으니까."

이준성은 사람들을 일으켜 세운 다음, 류성룡 집 마당에 잔칫상을 차리게 했다. 방금 전까진 상갓집처럼 무거운 분위기였지만 지금은 분위기가 180도 바뀌어 잔칫집처럼 변했다.

그에게 류성룡이란 든든한 조력자가 생긴 순간이었다.

거나하게 취한 이준성은 류성룡과 어깨동무한 상태에서 그의 사랑채 안으로 들어갔다. 잔치는 방금 전에 막을 내렸다.

류성룡은 장롱 안에서 이준성이 덮을 이불을 꺼내며 물었다.

"정말 신의 집에서 주무실 생각이십니까?"

"대감은 내가 여기서 자는 게 싫은 거요?"

류성룡은 아니라는 듯 고개를 저었다.

"아닙니다. 처소가 누추하여 송구한 마음에 드리는 말씀입니다."

이준성은 껄껄 웃었다.

"하하, 괜찮소. 나는 군인이오. 모포 한 장만 있으면 어디서든 잘 수 있지. 그런 내게 이런 사랑채는 호텔과 다름없소."

류성룡은 처음 들어보는 단어에 약간 당황하며 물었다.

"호텔이 무엇입니까?"

"손님을 받는 숙박업소 중에 가장 좋은 업소를 호텔이라 부르오."

"저자거리의 객주 같은 건가 보군요."

"음, 뭐 비슷할 거요."

류성룡은 그사이 요와 이불, 베개를 깔아 잠자리를 만들었다.

"국혼을 치른 지 오늘이 겨우 이틀째인데 전하께서 환궁하지 않으시면 혼자 계시는 중전마마께서 적적해하실 것 같습니다."

이준성은 히죽 웃으며 대답했다.

"내가 여자와 잠자리를 하는 게 꽤 오랜만이라 어찌나 흥분

했는지 글쎄 중전을 밤새 괴롭혔지 뭐요. 더구나 내 물건이 워낙 실해 놔서 잠자리를 처음 하는 여자에겐 아주 고통스럽기 짝이 없소. 그러니 그 다음 일이야 대감 역시 쉽게 상상할 수 있을 거요. 오늘 아침엔 다른 사람의 부축을 받아야 간신히 걸음을 떼는 것 같았는데, 그런 내가 환궁해서 중전 침소를 찾으면 중전이 좋아할 것 같소? 아마 그날로 상왕이 있는 행궁으로 도망쳐 다신 돌아오지 않을 거요."

류성룡은 헛기침을 하며 대답했다.

"그, 그렇습니까?"

이준성은 류성룡의 어깨를 툭 치며 낄낄거렸다.

"하하, 다 알 만한 양반이 부끄러워하긴."

류성룡은 이런 이야기를 하는 게 불편한 듯 서둘러 일어섰다.

"신은 이만 나가 보도록 하겠습니다. 필요한 물건이 있으시면 언제든 부르십시오. 신은 이 건넌방에서 잠을 청할 것입니다."

그때, 이준성이 류성룡의 팔을 잡아 다시 자리에 주저앉혔다.

"내 얘기 아직 안 끝났소."

류성룡을 주저앉힌 이준성은 강주봉을 불러 무언가를 가져오라 명령했다. 잠시 후, 강주봉이 최소 1,000페이지에 달하는 두꺼운 서류뭉치 하나와 기초교육 교과서 다섯 권을 묶은 책 보따리를 가져와 두 사람 앞에 내려놓은 후에 돌아갔다.

류성룡의 시선이 1,000페이지에 달하는 서류로 향했다.

"이게 무엇입니까?"

"내가 만든 정부조직 개편안이오."

류성룡은 서류 표지를 살펴보았다.

언문처럼 보이는 글자가 적혀 있지만 그가 아는 언문과는 생김새가 약간 달랐다. 물론 아주 읽지 못할 정도는 아니었다.

류성룡은 고개를 들며 물었다.

"정부조직 개편안이 무엇입니까?"

"말 그대로 정부의 조직을 개편하는 내용이오."

대답한 이준성은 류성룡 앞에 기초교육 교과서를 끌어다 놓았다.

"정부조직 개편안을 보기 전에 이걸 먼저 공부하시오. 공부하는 순서는 한글, 국어, 역사, 산수, 과학 순이오. 쉬운 내용이니까 대감의 능력이라면 빠르면 한두 달 안에 독파할 수 있을 거요. 우선 이 기초교육 교과서부터 독파한 후에 이 정부조직 개편안을 읽어 보도록 하시오. 헷갈릴 수 있는 단어 옆에는 한자를 병기해 놓았으니까 읽는 데 어려움은 없을 거요. 다 읽은 다음에는 그대로 시행하시오. 적어도 내년 안에는 개편안에 나온 대로 정부조직을 개편해야 할 거요."

이준성은 류성룡에게 정부조직 개편안의 주요 골자를 설명했다.

"간추려 말하면 의정부가 하는 일을 새 정부에서는 국무총리가 한단 내용이오. 또 이호예병형공 6조판서가 하던 업무를 20여 명의 각 부 장관이 나눠 한단 내용이오. 전조 행정체계에 있던 사헌부, 승정원, 의금부와 같은 다른 관청 역시 마찬가지요. 사헌부는 감사원으로, 승정원은 국왕 비서실로, 의금부는 비서실에 있는 민정수석실로 이름이 바뀌는 거니 정부조직 개편안을 이해하는 데 큰 어려움은 없을 거요."

"6조를 20여 개로 늘리면 조직이 전보다 비대해질 위험이 있을 겁니다. 또한 관원 역시 지금보다 많이 뽑아야 할 텐데 지금의 재정으로는 관원의 녹봉을 감당키가 어려울 겁니다."

"재정 문제는 내가 3년 안에 반드시 해결할 거요. 그러니 그 문제는 걱정하지 마시오. 대감은 그저 이 정부조직 개편안이 큰 잡음 없이, 기존 관원들이 반발하지 않는 상태에서 대한민국 정부의 새로운 조직체계로 자리 잡는 데만 전력을 다해 주시오. 그 외에 다른 문제는 전혀 신경 쓸 필요 없소."

류성룡은 말없이 고개를 끄덕였다.

그때, 이준성이 물었다.

"이런 골치 아픈 짓을 내가 왜 사서 하는지 대감은 그 이유를 아시오?"

류성룡은 솔직하게 대답했다.

"잘 모르겠습니다."

"난 앞으로 내 정부를 전문 관료가 이끌어 가게 할 생각이오. 지금처럼 정치가가 행정까지 도맡는 게 아닌, 전문 관료가 자기가 잘 아는 분야의 업무를 맡아 보는 거요. 앞으로 내 정부에선 동인과 서인, 북인과 남인이니 하는 파벌은 없을 거요. 또 앞으론 출신과 학풍, 지역에 상관없이 공정한 심사를 통해 제일 뛰어난 시험 성적과 업무 실적을 보여 준 관료만 승진할 수 있을 거요. 누구의 제자라는 둥 누구의 인척이라는 둥 뒷배가 좋아서 승진하는 일은 이젠 없을 거라 이거요."

류성룡은 이준성의 말을 곱씹어 보는 듯 말없이 듣기만 했다.

이준성은 내친김에 속마음을 좀 더 털어놓았다.

"주자성리학을 공부한 성리학자 앞에서 말하긴 뭣한 내용이지만, 난 주리론이나 주기론, 이기이원론, 이기호발설 등을 떠드는 철학자들은 정부에 모여 있을 게 아니라 어디 철학연구소 같은 데 모여서 연구나 하는 게 더 낫단 입장이오. 정부는 그런 고매한 철학자를 필요로 하는 게 아니라 백성들이 보릿고개 동안 굶지 않도록 만들 능력이 있는 사람이 필요하오. 또 적과 싸워서 이길 수 있는 방법을 아는 사람이 필요하오. 또 외국과 교역해 막대한 이문을 남길 수 있는 사람이 필요하오. 대감은 내 말이 무슨 뜻인지 알겠소?"

류성룡은 고개를 몇 번 끄덕였다.

"무슨 말씀이신지 알겠습니다."

"이해했다니 다행이오. 아 참, 그리고 보니 아직 이 말을 안 했군. 내 정부의 초대 국무총리는 바로 대감이오. 내일 조회에선 대감을 새 영의정이라 발표하겠지만 정부조직 개편안을 시행한 후에는 대감이 국무총리를 맡는 거요. 내가 다른 일로 바쁠 땐 국무총리가 책임총리로서 정부의 모든 업무를 관장해야 할 거요. 미리 단단히 각오해 두는 게 좋을 거요."

류성룡은 미간을 살짝 찌푸렸다.

"당분간만이라면 신이 어떻게든 꾸려 나갈 수 있을 테지만, 기간이 길어지면 중심이 잡히지 않아 어려움에 처할 수 있습니다. 신보단 전하께서 중심을 잡아 주시는 게 나을 것입니다."

이준성은 아니라는 듯 고개를 저었다.

"당분간은 아닐 거요. 어쩌면 나는 이곳에 있는 시간보다 밖에 있는 시간이 더 많을지도 모르니까. 난 우리가 이 조막만한 땅에 계속 처박혀 있으면 결국 다른 나라에게 먹힐 수밖에 없다고 생각하오. 다시 말해 다른 나라들이 더 강해지기 전에 우리 역시 실력을 키워 밖으로 나가야 하단 뜻이오."

류성룡은 약간 놀란 표정으로 물었다.

"다른 나라를 침략하시겠단 뜻입니까?"

"그래야 한다면 그럴 거요. 설마 대감은 군자 나부랭이처럼 다른 나라를 침략하는 건 군자의 도리가 아니라 말하는 거요?"

"그건 아니지만……."

이준성은 류성룡의 말을 도중에 끊었다.

"잘 들으시오, 대감. 난 대감보다 나이는 적지만 세상물정은 훨씬 많이 아는 편이오. 왜 그런지는 말해 줄 수 없지만 틀림없는 사실이니 의심하지 마시오. 그런 내가 보기에 다른 나라를 침략하지 않은 건 단지 능력이 없어서였을 뿐이지, 우리가 착해서가 아니라 이거요. 내가 아는 세상에선 나쁜 짓을 많이 저지른 나라들이 아주 잘 살았소. 그들이 나쁜 짓을 많이 해서 강해진 건지 아니면 강하기에 나쁜 짓을 한 건지는 모르겠지만, 세상이 그렇더란 말이오. 적의 침략 때문에 괴로움을 겪어 본 적 있는 우리가 다른 나라를 상대로 똑같은 짓을 하는 게 나쁘단 소리는 개소리일 뿐이었소."

류성룡은 의문을 표시했다.

"다른 나라에 쳐들어가기 위해서는 돈과 물자 이외에도 많은 사람이 필요합니다. 우리가 그런 역량을 갖출 방법이 있겠습니까?"

이준성이 문제없다는 듯 손을 내저으며 대답했다.

"그건 내가 알아서 할 문제요. 대감은 그저 대한민국 정부를 안정시키는 일에 주력해 주시오. 시간이 지나면 내가 허튼소리를 지껄이지 않았다는 사실을 깨달을 날이 올 테니까."

류성룡은 아직 의문이 다 풀리지 않은 듯했다.

"전하께선 대체 무엇을 얻기 위해 그런 일을 하시려는 겁니까?"

"간단하오. 후손들을 위해서요."

"후손들을 위해서란 말씀이십니까?"

"그렇소. 최소한 후손들이 가난한 나라에서 태어난 죄로 고통을 겪진 않게 해 줘야 조상님 덕을 봤다 말할 수 있지 않겠소?"

류성룡은 이준성의 심정을 이해한 듯 고개를 천천히 끄덕였다.

"미력하나마 그 꿈이 이뤄질 수 있도록 최선을 다해 보겠습니다."

"고맙소."

이준성은 류성룡의 손을 덥석 잡으며 눈빛을 맞추었다. 류성룡 역시 걱정 말라는 듯 그의 눈을 보며 고개를 끄덕였다.

다음 날, 왕궁으로 돌아온 이준성은 대소신료를 대청에 모아 류성룡을 영의정으로 임명한다는 교지를 내렸다. 또 류성룡이 당분간 자신을 대신할 거란 어명 역시 같이 내렸다. 즉 류성룡을 이준성으로 생각하란 어명인 셈이었다.

복잡한 일을 류성룡에게 모두 떠넘긴 이준성은 도성을 나와 한강 남쪽으로 내려갔다. 허허벌판인 한강 남쪽에는 군에서 임시로 세운 목조건물과 막사 등이 잔뜩 늘어서 있었다.

이준성은 목조건물 안으로 들어갔다. 건물 안에는 나이대가 다양한 사내 100여 명이 긴장한 표정으로 서 있다가 이준성을 보기 무섭게 절을 하며 신하가 군왕을 뵙는 예를 올렸다.

이준성은 건물 안에 있는 단상 위로 올라갔다. 단 옆에는 황돈여단장 조인호 등 군에서 나온 인사가 몇 명 서 있었다.

이준성은 건물 안에 모인 사람들을 둘러보며 말했다.

"우린 지금부터 화약과 비료를 만드는 기계장치를 개발할 것이다. 만약 우리가 이 기계장치를 개발하는 데 성공한다면, 지금 이 자리에 서 있는 여러분뿐만 아니라 후손 대대가 대한민국의 역사가 끝나는 그날까지 풍족한 삶을 누릴 수 있을 것이다. 즉 여러분 손에 대한민국의 운명이 달려 있는 것이다."

사람들이 이준성의 말을 얼마나 이해했는지는 모르지만 직감적으로 아주 중요하단 사실만큼은 느낀 모양이었다. 이준성을 바라보는 그들의 눈이 하늘에 떠 있는 별처럼 반짝였다.

독재자

8장. 네 가지 프로젝트

　이준성은 유진에게 네 가지 프로젝트를 맡겼다. 첫 번째는 류성룡에게 전해 준 정부조직 개편안이었다. 그는 유진과 면밀히 상의해 가며 만든 대한민국 정부조직 개편안을 한호, 즉 한석봉에게 구술해 1,000페이지에 달하는 문서로 작성했다.

　두 번째는 이준성이 좀 전에 말한 화약과 비료를 만드는 기계장치에 관한 프로젝트였다.

　화약과 비료는 전혀 다른 물질처럼 보이지만 실상은 그렇지가 않았다. 화약과 비료는 사람으로 치면 사촌에 해당하는 관계로, 암모니아가 주원료란 공통점을 가진 사이였다. 즉 암모니아를 만들 수 있으면, 화약과 비료 두 가지의 제조가 가능하다는 뜻이었다.

이준성은 이 암모니아를 만들기 위해 '하버-보슈법'을 이용하기로 했다. 독일 과학자인 프리츠 하버는 1908년에 질소와 수소에 촉매제인 철을 첨가한 뒤 압력을 가해 암모니아를 만드는 방법을 찾아냈다. 카를 보슈는 하버가 찾아낸 이 방법을 상용화해 암모니아를 대량생산하는 공을 세웠다.

물론 20세기 초 세계 과학과 공업을 이끌어 가던 독일에서 사용한 방법을 똑같이 사용할 수는 없는 일이었다. 16세기 말 조선과 20세기 초 독일 사이에는 기술력의 격차가 현격했다. 기술뿐만 아니라 기술자의 수준 차이 역시 컸으며 무엇보다 조선은 기초과학에 대한 지식이 전무한 상태와 같았다.

그러나 이준성은 전혀 걱정하지 않았다.

그에게는 유진이란 든든한 조력자가 존재하기 때문이었다. 하버가 20세기 초에 존재하던 기술과 재료로 암모니아를 생산하는 방법을 찾아냈다면, 그로부터 1세기가 훌쩍 지난 21세기 중반에 만들어진 하이엔드 생체컴퓨터인 유진은 그보다 훨씬 진보된 과학과 기술을 이용해 그와 똑같은 결과물을 만들어 낼 수 있었다.

더욱이 유진의 저장장치 안에는 방대한 데이터가 들어 있어 맨땅에 헤딩할 이유가 전혀 없었다.

이준성은 급조한 칠판과 분필로 그림까지 그려 가며 이 프로젝트에 참여하기 위해 전국 방방곡곡에서 달려온 조선, 아니

대한민국 최고의 기술자들에게 암모니아를 제조하는 기계장치를 어떻게 제작할 것인지를 1부터 100까지 자세히 설명했다.

이준성이 설명을 마쳤을 때는 거의 자정이 넘은 시각이었다. 10시간 이상을 기술자들에게 암모니아를 제조하는 기계장치에 관해 설명한 셈이었다. 그러나 기술자들이 그가 설명한 내용을 얼마나 이해했는지는 아직 미지수인 상태였다.

기술자들은 일단 암모니아는커녕 산소와 수소, 질소의 개념조차 받아들이기 힘들어하는 모습을 보였다.

그런 상태에서 공중 질소 고정법과 같은 이론을 이해시키는 것은 소 귀에 경 읽기나 마찬가지였다.

이준성은 강의를 끝내기 전에 기초교육 교과서 다섯 권을 묶은 책 보따리를 기술자들에게 나눠 준 다음, 108번뇌에서 나온 선생들을 붙여 주었다.

류성룡처럼 기초지식이 있는 사람은 독파가 가능하겠지만, 문맹이 대부분인 기술자들에게는 가르쳐 줄 사람이 필요했다.

"그대들은 앞으로 석 달 안에 나눠 준 교과서를 완벽히 이해해야 한다. 모르는 것은 옆에 있는 선생이 가르쳐 줄 것이다."

강의를 끝낸 이준성은 환궁하지 않았다. 이미 시간이 너무 늦었을 뿐 아니라 몸이 물먹은 솜처럼 무거워 돌아갈 엄두가 나지 않았다. 군이 마련한 숙소에서 기술자들 속에 끼어 잠을 잔 이준성은 다음 날 기술자들을 다시 대청에 모았다.

"어제 가르친 내용을 얼마나 기억하는지 알아보기 위해 간단한 시험을 치르겠다. 글을 모르는 사람이 많은 탓에 설명한 내용이 맞는 것 같으면 오른쪽 팔을, 틀린 것 같으면 왼쪽 팔을 들어라. 헷갈리지 마라. 그럼 지금부터 시험을 보겠다."

이준성은 기술자들에게 OX퀴즈를 냈다. 변별력을 높이기 위해 30문제를 냈는데, 결과는 생각보다 참담했다. 그러나 어느 그룹에서든 유독 튀는 사람이 있기 마련이었다. 그는 30문제 중 무려 27문제나 맞춘 기술자를 앞으로 불러냈다.

어렸을 때 천연두를 심하게 앓았는지 얼굴에 곰보자국이 가득한 험상궂은 사내였는데, 섬세한 기술을 가진 기술자라기보다는 사형수 목을 치는 망나니에 더 가까운 인상이었다.

그러나 사내의 외모에서 이준성의 관심을 잡아끄는 부분이 하나 있었다. 바로 눈이었다. 사내의 눈은 영롱하다 해야 할지, 아님 초롱초롱하다 해야 할지 모를 정도로 반짝반짝 빛났다. 그는 한눈에 사내가 엄청나게 총명하단 사실을 직감했다.

"이름이 뭔가?"

"이장손이라 합니다."

이준성은 놀라 급히 물었다.

"이장손? 비격진천뢰를 만든 그 이장손 말인가?"

"예, 소생이 비격진천뢰를 만들었습니다."

이준성은 이장손의 어깨를 두드린 다음, 기술자들에게 말했다.

"오늘부터 이 이장손이 이 프로젝트, 아니 이 계획의 실무 책임자다. 내가 없을 땐 이 이장손을 나처럼 생각하도록. 알겠나?"

"예!"

이준성은 그때부터 본격적으로 기술자들을 동원해 암모니아 제조기를 만들었다. 사실, 그들이 암모니아 제조기를 제작하기 위해 정확한 작동 원리까지 이해할 필요는 없었다.

그들이 이준성이 말한 부품과 재료를 만들어 내면 조립은 그가 직접 할 생각이었다. 그러나 문제는 거기서 끝나지 않았다. 우선 이들이 근, 홉, 척, 자와 같은 중국식 도량형을 바탕으로 기술을 배웠다는 점이 문제로 작용했다. 더구나 그들이 배운 그 도량형은 팔도마다 미세한 차이가 있기 때문에 함경도에서 내려온 기술자와 전라도에서 올라온 기술자가 같은 도량형을 사용하지만 실제 수치엔 차이가 있었다.

이준성은 하는 수 없이 미터법이란 이름으로 유명한 SI단위, 즉 국제단위계를 도입했다. 즉 길이는 미터로, 무게는 킬로그램으로 통일해 모든 기술자가 이를 숙지하게 만들었다.

도량형 문제 다음에는 공구가 그의 발목을 잡았다. 그가 원하는 부품을 만들기 위해선 금속을 절삭, 연삭, 다듬질할 수 있는 각종 공구가 필요했는데, 이곳에는 그런 공구가 턱

없이 부족했다.

그런 이유로 그는 바이스가 부착된 기본적인 선반부터 스패너, 캘리퍼스 등을 새로 만들어 보급해야 했다.

한데 산 넘어 산이란 말처럼 문제는 거기서 끝나지 않았다. 이곳 대장장이들이 만드는 쇠는 강철이 아니었다. 선철과 연철은 만들 수 있지만 탄소함유량이 중간에 해당하는 강철은 만들지 못했다. 그렇게 이준성은 한동안 대장장이들에게 강철을 만드는 기본적인 방법부터 상세히 가르쳐야만 했다.

모든 준비를 마친 후에야 본격적으로 암모니아 제조기를 만들어 볼 수 있었다. 1593년 겨울부터 1594년 봄까지 실패와 수정을 반복하던 끝에 1594년 여름, 마침내 암모니아 제조기를 완성해 처음으로 암모니아를 제조하는 데 성공했다.

그러나 암모니아 그 자체는 쓰임이 크지 않았다. 그는 만들어 낸 암모니아 중 반은 화약으로, 나머지 반은 비료로 다시 제조해 화약과 비료의 성능을 확인했다. 다행히 성능은 아주 좋은 편이었다. 특히 화약은 기존의 재래식 방법으로 추출한 화약보다 성능이 훨씬 뛰어나 보람을 느끼게 했다.

그러나 사실, 국가를 부강하게 만들어 준단 측면에선 화약보단 비료가 훨씬 중요했다. 과학자들과 기술자들이 하버-보슈법을 이용해 화학비료를 만들어 내지 못했다면, 전 세계

인류가 21세기에 10억 명을 넘지 못했을 거라는 연구 결과가 있었다.

물론 인간의 수명을 연장시킨 데는 의학의 발전과 보건위생의 발전이 큰 몫을 차지하긴 하지만 비료만큼 크지는 않았다. 이준성은 생산한 비료를 가까운 경기도에 있는 농가에 보급해 비료를 쓰지 않았을 때의 수확량과 사용했을 때의 수확량을 조사해 보고하란 어명을 내렸다.

또한 이장손에게 한강 남쪽에 암모니아 제조기를 계속 증설해 그곳을 일종의 화학단지로 만들란 어명을 내렸다.

이준성이 유진에게 맡긴 네 개의 프로젝트 중 세 번째는 화포였다.

이준성은 화포를 다루는 기술자들을 모아 암모니아 제조기를 만들었을 때와 비슷한 방법으로 프로젝트를 진행했다.

화포개발 프로젝트의 실무책임자는 변이중에게 맡겼다. 변이중은 임진왜란 때 소모어사로 있으면서 자신이 직접 개조한 화차 300량을 권율에게 보급한 적이 있었다.

화차의 개발이야 태종, 문종 시절까지 거슬러 올라가는 유서 깊은 무기이지만, 변이중은 문종 화차에 자신의 아이디어를 첨가해 개조하는 수완을 보였다.

이준성은 그런 이유로 시키는 일만 할 줄 아는 기술자들보단 뭔가 새로운 생각을 할 줄 아는 변이중이 나을 듯해 그를 책임자로 앉혔다.

암모니아 제조기를 만들 때 사용했던 강철로 제작한 화포엔 진천 1호란 이름을 붙였다. 진천 1호는 강선이 없는 활강포를 장착한 전장식으로 기존에 쓰던 화포와 큰 차이가 없었지만, 대신 야포로 쓸 수 있게 강철로 만든 포차에 장착했다.

또 야전에서 고정이 쉽도록 포판을 달았으며 조준장치와 주퇴복좌기를 설치해 빠른 연사가 가능하도록 만들었다.

마지막으로 포탄을 쏠 때 반드시 필요한 야포용 장약을 새로 개발해 포병이 장약과 작약을 구분해 사용하도록 만들었다.

포탄 역시 몇 개를 새로 도입했다. 조란환 대신에 나폴레옹이 쓰던 포도탄을 도입했으며 유성 2호에 충격신관을 새로 장착해 진천 1호에서 발사할 수 있는 유성 3호를 만들었다.

연구와 개발, 시험발사까지 모두 마친 다음엔 황돈여단장 조인호에게 이를 양산해 최소 100문까지 만들게 했다.

이준성은 암모니아 제조기, 진천 1호 제작과 함께 또 하나의 프로젝트를 동시에 진행했다.

바로 수군이 쓸 범선이었다.

이준성은 조선기술자로 유명한 나대용을 불러올려 그에게 소형 범선을 만들게 했다. 물론 유진을 이용해 만든 범선 설계도를 참고해 만들게 했는데, 생각보다 복잡해 개발과 진수, 시험운항에 꽤 오랜 시간이 걸렸다. 그러나 어쨌든 1594년 겨울이 지나 1595년 봄 무렵에는 프로토타입이라 할 수 있는 해룡 1번함을 실전에 투입할 수 있었다.

물론 바로 실전에 투입하지는 않았다. 이준성은 나대용에게 해룡 1번함을 모델로 삼아 범선을 추가로 건조하게 하였다. 그동안 해룡 1번함은 수군 병사들이 훈련하는 데 사용했다.

준비를 마친 이준성은 예조판서 이덕형에게 명령을 내렸다.

"예판은 함경도 6진을 점령한 노토와 협상해 그들이 우리 땅에서 물러가도록 만드시오. 만약 노토가 그 대가로 돈을 달라고 하면, 달라는 대로 주시오. 물론 여자는 절대 줄 수 없소."

이덕형이 이해가 가지 않는다는 표정으로 물었다.

"신이 듣기로는 오랑캐의 병력이 많지 않다 들었습니다. 휘하에 있는 병력을 동원하면 오랑캐를 쉬이 물리칠 수 있사온데, 굳이 그들과 협상하시려는 의도를 신은 모르겠나이다."

"난 지금은 노토 같은 쓰레기를 상대로 피를 흘릴 생각이 없소. 예판은 가서 노토가 스스로 물러가게 하는 데만 집중하시오. 단, 협상할 때 군대를 동원할 수 있다며 협박 같은 건 하지 마시오. 그저 우리가 힘이 부족해 이럴 수밖에 없는 것처럼 행동하라 이 말이오. 내 말이 무슨 뜻인지 알겠소?"

이덕형은 결코 우둔한 사람이 아니었기 때문에 금방 이해했다.

"그들을 방심하게 만들라는 말씀이십니까?"

"그렇소. 놈들이 방심하게 만들어 놓으시오. 머지않아 그 방심의 대가를 피로 치러야 할 날이 올 것이오. 이번 협상을 굴욕으로 여길 필요가 전혀 없다는 뜻이오."

"알겠사옵니다, 전하."

이덕형은 그의 말대로 하였다.

노토를 찾아가 금과 은 상당량을 주는 조건으로 협상을 마쳤다. 돈을 챙긴 노토는 이덕형을 비웃으며 만주로 물러갔다.

어쨌든 이리하여 북쪽 국경은 정리를 마친 셈이었다.

이준성은 1595년 여름 마침내 5만 대군에게 출진을 준비하라 명령했다. 이제는 한반도에서 왜군을 몰아낼 차례였다.

이준성이 무기개발에 전력한 1년 동안, 동북아시아는 혼란에 휩싸여 있었다. 물론 모두 이준성이 부린 농간 때문이었다.

그동안 이준성은 명나라 황제 만력제에게 네 차례에 걸쳐 장계를 올렸다. 첫 번째 장계에는 이여송이 이끌던 조명연합군이 강원도 소양강 인근에서 와키자카 야스하루가 이끌던 왜군에게 기습당해 전멸했단 거짓 내용이 적혀 있었다.

또 두 번째 장계에는 조명연합군을 전멸시킨 와키자카 야스하루가 조선 도성으로 진격해 선조와 왕자들을 포로로 잡았다는 거짓 내용이 적혀 있어 명나라 조야를 충격에 빠트렸다.

명나라에 올린 거짓 장계의 백미는 세 번째 장계에 있었다. 세 번째 장계엔 함경도에서 의병을 이끌던 이준성이 부하들과 도성으로 곧장 진격해 선조를 구해 냈을 뿐만 아니라 와키자카 야스하루의 목까지 베어 위기에 처한 조선을 패망의 구렁텅이에서 구해 냈으며, 이에 감복한 선조가 이준성에게 자신의 왕위를 양위했단 내용이 뻔뻔하게 적혀 있었다.

맨 마지막에 올린 네 번째 장계에는 겸손하기 짝이 없는 이준성이 양위를 정중히 사양했지만 선조가 눈물로 간곡히 호소하는 바람에 어쩔 수 없이 양위를 받아들인 다음에 국호를 조선에서 대한민국으로 바꾸었다는 내용이 적혀 있었다.

이 소식을 접한 명나라 조정은 당연히 발칵 뒤집혔다. 즉시 사신을 파견해 장계의 내용이 모두 사실인지 확인하려 했는데, 의주에 주둔한 대한민국 국군이 평양 등에 있던 명나라 장졸을 전부 요동으로 쫓아냈을 뿐만 아니라 한반도로 들어오려는 명나라 사신의 출입까지 금지해 쉽지 않았다.

한데 이준성이 올린 거짓 장계는 명나라 조정만 발칵 뒤집어놓은 것이 아니었다. 1593년에 벌어진 부산전투에서 총대장 우키타 히데이에를 비롯해 킷카와 히로이에, 쵸소카베 모토치카, 하치스카 이에마사, 고니시 유키나가, 소 요시토시, 타치바나 무네시게 등을 잃은 왜군은 나고야 대본영에 주둔한 도요토미 히데요시에게 철군을 강력히 요청했다.

한반도에 주둔한 왜군으로부터 철군 요청을 받은 도요토미 히데요시는 당연히 길길이 날뛰었다. 그가 강력히 주도한 조선 원정이 대실패로 끝나는 셈이니 그럴 수밖에 없었다.

도요토미 히데요시는 영주들에게 자신의 원대한 야망을 망쳐 버린 이준성을 잡아오지 않으면 본국으로 귀환할 생각을 말란 엄명을 내렸다.

그러나 왜국에 인물이 영 없는 건 아니었던지 마에다 토시이에, 도쿠가와 이에야스, 우에스기 카게카츠 등 힘깨나 쓰는 영주들이 도요토미 히데요시를 찾아가 더 이상의 원정은 고통만 따를 뿐이라며 철군을 권유했다.

그럴 확률은 극히 희박했지만 마에다 토시이에, 도쿠가와 이에야스, 우에스기 카게카츠가 힘을 합쳐 도요토미 가문에 적대하면 그 역시 곤란해질 수밖에 없기 때문에 못이기는 척 왜군 철수를 허락하려 했다. 한데 그때 사건이 터졌다.

당시 무역항인 큐슈 나가사키에선 외국 상단이 자주 출입하며 왜국과 무역을 했는데, 그중에는 명나라 출신 상인 역시 적지 않았다.

한데 그 명나라 출신 상인들이 명나라 조정에서 흘러나온 소문을 거래하던 왜국 상인에게 전해 준 것이다.

왜국 상인은 당연히 그 소문을 다시 도요토미 히데요시에게 전했는데, 그 소문은 바로 그가 이준성의 뒤통수를 치라며 보낸 와키자카 야스하루가 조명연합군 9만을 전멸시켰을 뿐만 아니라 조선 도성으로 진격해 선조와 왕자들을 포로로 잡았다는 소문이었다.

비록 와키자카 야스하루가 이준성에게 잡혀 죽기는 했지만 엄청난 성과임엔 틀림없었다.

도요토미 히데요시는 잔뜩 흥분했다. 조명연합군 9만이 몰살당한 상태라면 조선에 남은 병력이 얼마 없을 게 분명했다. 도요토미 히데요시는 즉시 한반도에 남아 있던 이시다 미쓰나리에게 전령을 보내 이준성을 잡아오라는 엄명을 내렸다.

물론 이시다 미쓰나리는 그 정도까지 멍청하진 않았기 때문에 출진을 차일피일 미루며 도요토미 히데요시의 명령을 따르지 않았다.

이런 상황에서 이준성을 잡겠다며 다시 한반도 내륙으로 북상하는 행동은 자살이나 다름없었기 때문이다.

도요토미 히데요시와 이시다 미쓰나리가 대한해협을 사이에 둔 상태에서 연락을 주고받는 동안, 1년이란 시간이 훌쩍 지나갔다.

물론 이준성은 그사이 병력과 군비를 확충해 경상도에 주둔한 왜군을 몰아낼 준비를 모두 마친 상태였다.

1595년 6월, 이준성은 강남 나루터 옆에 세운 작은 행궁에 머물러 있었다. 이미 출진할 준비는 모두 마친 상태였지만 날씨가 받쳐 주지 않았다. 한반도에 장마가 찾아왔는지 며칠 전부터 내리기 시작한 비가 그칠 기미를 보이지 않았다.

이준성은 마루에 서서 처마 밑으로 떨어지는 굵은 빗방울을 바라보았다. 류성룡에게 장마를 대비해 두란 명령을 내리기는 했지만 얼마나 실효를 거둘 수 있을지는 알 수 없는 노릇이었다.

비가 내리는 모습을 잠시 지켜보던 이준성은 행궁과 얼마 떨어져 있지 않은 학교를 찾았다.

현재 정문 현판에 국립중등학교란 이름이 적혀 있는 이 학교에선 몇 년 전까지 108번뇌란 이름으로 불리던 선생들과 팔도 각지에서 올라온 재학생 1,000명이 숙식하며 이준성의 강의를 듣는 중이었다.

이준성은 108번뇌를 이끌던 권분동에게 팔도에 전쟁고아를 위한 학교를 세우라 명령했다. 학교를 세운 다음에는 그가 만든 기초교육 교과서를 전쟁고아들에게 가르치도록 했다.

그 결과 팔도 감영 소재지에 학교가 하나씩 세워졌는데, 지금은 규모가 꽤 커져 거의 8,000명에 달하는 전쟁고아들이 학교에서 숙식을 해결하며 기초교육을 배우는 중이었다. 그의 정부에서는 이런 학교들을 국립초등학교라 불렀다.

이준성은 작년에 국립초등학교에 다니는 학생들에게 여섯 번에 걸쳐 시험을 보게 한 뒤 시험 성적을 평균 내어 최상위 그룹, 상위 그룹, 중간 그룹, 하위 그룹, 최하위 그룹으로 나눴다.

이준성은 그중 최상위 그룹, 상위 그룹 학생들을 이곳 국립중등학교로 부른 다음, 그들을 직접 가르쳤다.

물론 108번뇌라 불리던 선생들 또한 같이 시험을 봐서 그중 성적이 좋은 선생들은 학생들과 함께 국립중등학교에 입학해 이준성의 강의를 들어야 했다.

어차피 그들 역시 기초교육 교과서로 공부했기 때문에 지금은 선생과 학생에 차이가 없었다.

이준성은 먼저 유진을 이용해 만든 국어, 수학, 과학, 역사, 사회, 외국어 등 9종에 달하는 중등 교과서를 만들어 선생과 학생들에게 배포했다. 교과서는 21세기를 기준으로 초등학교 고학년과 중학교 저학년 수준에 해당하는 내용이었다.

이준성은 암모니아 제조기, 진천 1호, 해룡 1호를 제작하는 틈틈이 학교에 들러 새로 배포한 교과서로 강의를 진행했다. 그 혼자 1,000명에 달하는 선생과 학생들에게 9개 과목을 강의해야 했기 때문에 엄청난 고생을 해야 했지만, 6개월이 지난 지금은 상당한 진척을 이뤄 보람을 느끼는 중이었다.

학생 중 일부는 지능이 아주 뛰어나 그가 자세히 가르칠 필요가 없을 정도로 훌륭했다. 이준성은 국립중등학교 시험 성적을 기준으로 하위 그룹에 속한 300명을 팔도에 있는 국립초등학교로 다시 돌려보냈다. 그러면 그 300명이 이준성이 만든 중등 교과서 9종을 이용해 국립초등학교에 재학 중인 학생들을 가르쳤다. 일종의 선순환 구조인 셈이었다.

한편, 중상위 그룹에 속해 학교에 남은 700명에게는 중학교 고학년과 고등학교 저학년 수준의 고등교육을 실시할 예정이었다. 고등교육까지 다 마치면 실무에 투입이 가능했다.

이준성은 그런 방식으로 3, 4년만 더 반복하면 실력이 괜찮은 고급 인력을 상당수 확보할 수 있을 거란 생각이 들었다.

오늘은 학교에 남은 700명에게 고등교육 교과서를 배포하는 날이었다. 10종에 달하는 교과서를 700명에게 배포하려면 7,000권의 교과서를 새로 만들어야 하는데 이는 돈이 너무 많이 들었다. 이준성은 그런 이유로 미리 만들어 둔 교과서의 내용을 학생들에게 구술하는 방법을 사용했다. 학생들은 그가 불러 준 내용을 빈 종이에 적어 책으로 만들었다. 그렇게 하면 며칠 안에 교과서 7,000권을 만들 수 있었다.

그러나 내용 중 일부는 구술로 알려 줄 방법이 없기 때문에 칠판에 분필로 판서를 해서 학생들에게 알려 주었는데, 교과서 10종의 작업을 다 마쳤을 땐 오른팔이 퉁퉁 부어 있었다.

작업을 마친 그는 행궁에 돌아가 중전의 마사지를 받았다. 그가 강남 행궁에 머무는 시간이 늘어났기 때문에 독수공방 하기 싫었던 중전이 아예 이쪽으로 건너와 같이 살았다.

이준성은 이불 위에 대자로 누워 중전의 팔마사지를 받는 중이었는데, 그 자세가 꽤 볼만했다. 중전이 말을 타듯 이준 성의 가슴 위에 올라탄 상태에서 두 팔로 이준성의 오른팔을 열심히 마사지할 때, 이준성은 아프지 않은 왼팔로 중전의 몸 을 더듬는 중이었다.

중전은 대낮에 이게 무슨 짓이냐며 이준성의 왼팔을 몇 번 밀어냈지만, 그 후에는 그냥 놔두었다.

"정말 이러실 거예요?"

팔을 마사지하던 중전이 결국 이준성을 살짝 흘겨보았다. 이준성의 행동이 점점 대담해진단 사실을 눈치 챈 모양이었 다.

이준성은 껄껄 웃었다.

"하하, 이건 사내의 본능 같은 거요. 내가 어찌할 수 없는 부분이지."

"밤까지 기다리실 순 없는 거예요?"

"남녀가 사랑을 나누는 데 밤낮이 무슨 상관이겠소?"

"휴우, 정말 못 말리겠군요."

결국, 항복한 중전은 그가 하자는 대로 해 주었다.

중전의 대담한 행동 덕분에 행복한 오후를 보낸 이준성은 중전과 나란히 누운 상태에서 빗소리를 들으며 낮잠을 청했다.

한데 잠이 막 들려 할 때였다.

밖에서 강주봉이 부르는 소리가 들렸다.

"전하, 영의정 대감이 급히 알현을 청합니다."

이준성은 벌떡 일어나 졸음을 쫓아냈다.

장마로 한강 수위가 불어난 이때, 류성룡이 이곳 강남까지 찾아온 데에는 분명 뭔가 심상치 않은 이유가 있을 것 같았다.

이준성은 중전이 챙겨준 겉옷을 입으며 밖으로 나가 물었다.

"어디서 물난리가 난 거요?"

류성룡은 얼굴이 하얗게 질려 대답했다.

"물난리는 아닙니다."

"그럼 무슨 일이오?"

"전하께서 명 황제에게 올린 장계가 거짓임이 들통 났습니다."

"하하하!"

그 말을 들은 이준성은 껄껄 웃었다.

얼굴이 하얗게 질린 류성룡은 영문을 모르겠단 표정을 지었다.

이준성은 빗물이 쏟아지는 처마 쪽으로 류성룡을 데려갔
다.

"한데 명 황제는 장계가 거짓이란 사실을 어떻게 알아낸
거요?"

류성룡은 면목 없다는 표정을 지으며 대답했다.

"의주관청에 근무하던 우리 측 관원 몇 명이 요동으로 도
망쳐 거기 상주하던 명나라 관원에게 토설한 것으로 압니
다."

명나라 역시 언젠가는 이준성이 올린 장계의 내용이 새빨
간 거짓임을 알아냈을 것이다.

그러나 그는 명나라 첩자가 잠입해 일의 전모를 파악하기
를 원했지, 우리 쪽 사람이 넘어가 그들에게 직접 알려 주는
상황은 결코 원하지 않았다.

지금은 그를 배신한 배신자가 의주관청에 근무하던 관원
몇 사람에 불과할지 모르지만, 나중에는 명나라를 사대하는
양반과 유생이 전부 간첩으로 돌변할지 모를 노릇이었다.

이준성은 현재 언제 터질지 모르는 폭탄 몇 개를 품에 안은
상태에서 정국을 이끌어 가는 중이었다. 지금은 그의 세력이
워낙 강대한 탓에 폭탄이 잠잠하지만, 그가 약간이라도 삐걱
거린다 싶은 순간이 오면 잠들어 있던 폭탄이 연달아 폭발해

이준성의 몸을 갈가리 찢어 버릴지 모르는 위험한 상황이었다.

한데 그 폭탄 중에 하나가 바로 명을 사대하는 사대주의자들이었다. 물론 그들 대부분은 남송 유학자 주희의 주자성리학을 공부한 사대부였다. 그들에게 명나라는 아버지와 같은 존재였다. 즉 이준성이 명나라에 대드는 행동은 아들이 아버지를 거역하는 행동과 같아 용납할 수 없는 일이었다.

이준성은 미간을 살짝 찌푸렸다.

"토설한 자들이 명나라를 사대하는 자들이었소?"

"그렇습니다."

"중앙에서 일하는 관원들의 분위기는 좀 어떻소? 내가 명나라 황제에게 거짓 장계를 올린 일과 명나라 사신이 들어오지 못하게 막은 일 때문에 불만이 상당할 것 같은데."

류성룡은 잠시 머뭇거리다가 대답했다.

"신에게 와서 대놓고 불만을 드러내는 관원은 없지만, 속으론 전하의 외교정책에 반감을 품은 자들이 많다 들었습니다."

"영상 대감은 어떻소? 영상 대감 역시 내가 명나라를 엿 먹이는 일에 불편함을 느끼오? 영상 대감 또한 주자성리학을 공부한 유학자잖소? 그런 감정이 아예 없진 않을 것 같은데."

류성룡은 지체 없이 대답했다.

"신에게 나라와 백성보다 중요한 일은 없습니다."

이준성은 피식 웃었다.

"그렇게 무리할 필요 없소. 난 그 마음 다 이해하니까. 아마 본인이 평생 닦은 학문의 발원지인 중국을 적대시하란 명령은 그들에게 자기 자신을 부정하라는 명령과 다름없을 거요. 하지만 난 그런 사람들에게 옳은 선택을 할 수 있는 기회를 줄 생각이오. 그들 역시 이 땅과 이 땅에 사는 사람이 몇천리나 떨어진 곳에 있는 중국과 그곳의 학문보다 중요하다는 사실을 깨달을 날이 올 거라 믿기 때문이오."

이준성은 처마 밑으로 떨어지는 빗방울을 바라보며 물었다.

"그보다 이제 진짜 본론을 말하는 게 어떻겠소?"

류성룡은 기다렸다는 듯 걱정과 우려를 쏟아 냈다.

"이여송을 죽인 사람이 전하란 사실을 안 명나라 조정이 대군을 일으켜 공격해 온다면 그야말로 큰일이 아니겠습니까? 더욱이 전하께선 지금 왜군 잔당을 소탕하기 위해 군에 출진을 준비하라 명하셨는데, 만약 명군이 전하께서 경상도에 내려가 계신 동안 국경을 넘는다면 막기 어려울 겁니다."

"그 점은 걱정 마시오. 난 이여송을 죽이겠단 마음을 먹었을 때부터 그 문제를 계속 생각해 왔소. 한데 결론이 어떻게 나왔는지 아시오? 명나라엔 복수할 힘이 없단 결론이었소."

류성룡은 이해가 가지 않는단 표정으로 물었다.

"명나라는 대국인데 설마 그 정도 힘이 없겠습니까?"

이준성은 껄껄 웃었다.

"하하, 원래 설마가 사람 잡는 법 아니겠소."

대답한 이준성은 주위를 둘러보다 처마 밑으로 떨어지는 빗물을 받는 데 쓰는 물통을 발견했다. 행궁에 있는 궁인이 빗물을 식수와 목욕물로 쓰기 위해 가져다 놓은 모양이었다.

이준성은 품속에서 종이를 한 장 꺼내 종이배를 접은 뒤 그것을 처마 안쪽으로 끌어다 놓은 물통 위에 띄웠다.

"이 종이배를 명나라라 생각하시오. 물론 대감 말대로 명나라는 대국이오. 영토와 인구, 자원 등 거의 모든 면에서 우리보다 몇십 배나 큰 대국이지. 그러나 대국 역시 언젠간 망하는 때가 오는 법이오. 역사가 증명해 주지 않소? 주, 한, 당, 송 모두 중국이 자랑하는 대국이지만 결국 몇백 년을 가지 못해 멸망했소. 한데 지금의 명나라 역시 그런 전철을 밟아 가는 중이오. 다시 말해 멸망하기 직전이란 뜻이지."

류성룡은 이준성의 말에 조용히 귀를 기울였다.

이준성은 바가지에 담은 빗물을 종이배에 조금 떨어트려 보았다. 살짝 흔들리던 종이배가 이내 다시 균형을 회복했다.

"내가 지금 떨어트린 빗물은 장거정의 죽음을 의미하오. 대감은 장거정을 아시오? 또 장거정과 황제의 관계를 아시오?"

류성룡은 고개를 끄덕였다.

"장거정은 황제를 도와 여러 치적을 쌓은 훌륭한 재상이라 들었습니다. 또 그가 10년 전에 죽었단 소문도 들었습니다."

"그러나 대감은 그 후에 일어난 일은 모르는 것 같구려. 장거정이 죽기 무섭게 황제는 신하들에게 장거정의 행적을 조사해 보고하란 황명을 내렸소. 얼마 후, 조사를 통해 장거정이 그동안 부정한 방법을 써서 엄청난 양의 재산을 축재했단 사실과 황제의 군대를 사병처럼 부린 사실이 드러났소. 결국 장거정은 죽은 후에 부관참시에 처해졌지. 한데 진짜 문제는 그 후에 벌어졌소. 황제가 갑자기 미쳐 버렸는지 방구석에 처박혀 후궁과 놀 생각만 할 뿐, 정사를 돌볼 생각을 전혀 안 하는 거요. 황제가 10년 가까이 정사를 내팽개친 후유증은 엄청나기 짝이 없었소. 심지어 어떤 일이 있었냐면, 병이 든 대신 하나가 수차례 사임하겠단 상소를 올렸지만 후궁이랑 놀기 바빴던 황제는 당연히 그 상소들을 깡그리 무시했소. 결국 그 대신은 병이 심해져 죽었지. 한데 그보다 더 황당한 일이 그 다음에 일어났소. 황제라면 당연히 죽은 대신이 맡던 관직을 넘겨받을 후임자를 정해야 하지 않겠소? 한데 황제가 아예 조회에 나오지 않는 바람에 신하들이 황제의 재가를 받을 방법이 없었던 거요. 그 바람에 죽은 대신의 자리가 몇 년간 공석으로 남아 있었소. 아마 역사상 이보다 더 무능한 황제는 없었을 거요."

류성룡은 말없이 고개를 끄덕였다.

이준성은 바가지에 든 물을 다시 종이배 위에 살짝 뿌렸다.

"지금 건 명나라 조야를 좀먹는 환관의 난행을 뜻하는 것이오. 원래 명나라는 영락제부터 환관이 나라를 쥐락펴락하던 것으로 유명했소. 한데 황제가 주지육림에 빠져 신하를 만나 주지 않는 상황에서 어떤 놈의 권력이 가장 세졌을 것 같소? 예상했겠지만 황제 옆에서 수발을 드는 환관이었소. 환관들은 황제를 대신해 민생을 시찰한다는 핑계로 중원 각지를 순행하며 백성들을 무지막지하게 수탈했소. 한데 더 큰 문제는 황제가 말리기는커녕 오히려 그런 짓을 더 부추겼단 거요. 황제는 환관이 백성을 수탈해 가져온 돈을 개인 금고에 보관했소. 재정에 보탠 게 아니라 자기가 가졌단 뜻이오. 물론 백성들은 그 바람에 불만이 최고조에 달했지. 아마 조만간 나라를 흔들 민란이 일어날 것이오."

이준성은 그러면서 물 몇 방울을 종이배 위에 더 끼얹었다.

"이건 황제의 낭비벽을 뜻하오. 황제는 자기가 죽은 후에 묻힐 무덤을 만드는 일에 돈을 물 쓰듯이 사용했소. 또 얼마 전엔 몽골에서 일어난 보바이의 난과 우리 한반도에 쳐들어온 왜군을 진압하기 위해 막대한 자금까지 투입해야 했소. 가뜩이나 낭비가 심한 마당에 막대한 전비까지 써 댔으니 명나라 재정이 남아날 리 있었겠소? 아마 병사에게 줄 녹봉과 군량을 마련하는 일조차 버거운 상태일 게 분명하오."

류성룡은 고개를 끄덕이며 물었다.

"그렇다면 전비가 없어 대군을 일으키지 못할 거란 뜻입니까?"

"돈뿐만이 아니오. 명나라가 이번에 투입한 병력은 대부분 요동총병 이여송이 이끌던 요동병이오. 한데 내가 그 요동병을 소양강에서 깡그리 없앴기 때문에 그들은 이제 요동에 남은 병력이 얼마 없소. 그렇다면 중원의 병력을 동원해야 한단 뜻인데 재정이 바닥난 상태에서 그게 어디 쉽겠소?"

"어렵겠지요."

그때, 이준성은 바가지에 남은 물을 전부 종이배에 쏟아부었다. 조금씩 가라앉던 종이배가 물을 흠뻑 뒤집어쓴 후에는 물통 주위를 한 바퀴 빙 돌다가 그대로 푹 가라앉아 버렸다.

"방금 쏟은 빗물은 바로 누르하치의 건주여진을 뜻하는 거요."

류성룡이 놀라 물었다.

"건주여진 때문에 명이 우리를 신경 쓰지 못할 거란 뜻입니까?"

"그렇소. 생각해 보시오. 방금 내가 이여송이 조선을 돕기 위해 요동병을 대거 동원하는 바람에 요동에 병력이 얼마 남지 않았단 말을 했을 거요. 건주여진의 누르하치는 걸물이라 들었소. 그라면 그런 절호의 기회를 절대 놓치지 않을 거요.

요동병이 대거 빠져나간 바람에 거의 비어 있다시피 한 북방을 재빨리 차지할 거라 이 말이오. 그 다음이야 쉽소. 명나라 입장에선 북경이 엎어지면 코 닿을 데에 사는 여진족이 신경 쓰이겠소, 아니면 몇 천리 떨어진 곳에 사는 우리가 신경 쓰이겠소? 당연히 그 답은 여진족일 거요. 아마 명은 여진족의 발호를 억제하는 데 전력을 쏟아야 할 거요. 또 그 말은 우리에게 신경 쓸 여지가 없단 뜻과 같지."

류성룡은 미간을 찌푸리다가 결국 고개를 끄덕였다.

"여진족이 금나라를 세웠을 때, 중원 일부를 차지한 적이 있었지요. 그렇다면 우리 역시 그들을 주목해 봐야겠습니다."

"바로 그거요. 앞으론 여진족이 화두로 떠오를 거요."

이준성은 류성룡이 전보다 더 마음에 들었다. 중화사상에 물든 사대주의자였다면 여진족을 오랑캐라며 무시했을 테지만, 류성룡은 현실 감각이 뛰어나 그런 우를 범하지 않았다.

이준성은 돌아가려는 류성룡에게 물었다.

"내가 준 초등, 중등 교과서를 관원들에게 모두 나누어 주었소?"

"예, 9품 이상 관원에게는 모두 나누어 주었습니다."

"좋소. 그들에게 시험을 봐서 일정 성적이 나오지 않는 관원은 관직에서 쫓아낼 거라 전해 주시오. 이건 강제 사항이오."

"알겠습니다."

이준성은 대답한 류성룡에게 며칠 전에 작성한 고등 교과서 10종을 내밀었다. 류성룡은 이미 초등과 중등 교과서를 모두 독파해 고등 교과서를 공부할 지식을 갖춰 놓은 상태였다.

"이 교과서 중에 세계사가 있소. 그걸 유의해 읽어 보도록 하시오. 그럼 세상을 보는 눈이 지금보다 훨씬 넓어질 거요."

교과서를 받아든 류성룡이 잠시 고민하다가 고개를 들었다.

"전하께 여쭤볼 말이 하나 있습니다."

"물어보시오."

"이런 지식들은 대체 어디에서 배우신 겁니까?"

"대감처럼 다른 사람들 역시 내 정체를 궁금해하는 중이오?"

"그렇습니다. 모든 사람이 전하의 정체를 궁금해할 것입니다."

"그냥 하늘에서 내려온 선물이라 생각하는 것이 속 편할 거요. 내 입으로는 진실을 말할 생각이 전혀 없으니까 말이오."

잠시 생각해 보다가 고개를 끄덕인 류성룡은 도성으로 돌아갔다. 비가 그친 덕에 돌아가는 길은 그리 위험하지 않았다.

한편, 이준성은 장마가 끝나길 기다리다가 병력을 점고해 경상도로 출격했다. 마침내 결전의 시간이 코앞으로 다가왔다.

독재자

9장. 고래하던 만남

    경상도로 떠나기 전날, 이준성은 도원수 권율에게 자유여
단을 주어 명나라와의 국경지대를 지키게 했다. 명나라가 대
군을 일으켜 한반도에 쳐들어오는 일은 없을 거라며 류성룡
을 안심시켰지만, 어쨌든 미리 대비해 둘 필요는 있었다.

    황진이 지휘하는 자유여단은 비룡여단과 함께 이준성을
가장 충성스럽게 따르는 부대이기 때문에 뒤로 후퇴하기보
다는 차라리 전멸하는 쪽을 택할 가능성이 높았다.

    자유여단을 함경도 국경에 배치해 뒤를 단단히 굳힌 이준
성은 5만 병력을 동원해 남쪽으로 내려갔다. 충청도를 지나
문경새재를 넘은 다음에는 산발적으로 저항하는 왜군 약탈

부대와 별동대를 재빨리 제압하며 경상도 남부지역으로 곧장 진격했다.

그러나 밀양에 도착해선 잠시 재정비하는 시간을 가졌다. 왜군이 대비를 마치기 전에 진격하면 기습의 이점을 살릴 순 있을 테지만 지금은 기습보다 중요한 일이 하나 있었다.

이준성은 아시온 군단장 강문우를 불러 은밀히 명했다.

"지금으로부터 열흘 후에 웅천왜성 앞에서 만나도록 합시다. 전에 말했다시피 우리가 웅천왜성으로 간단 사실을 왜군이 눈치 채면 측면 기습을 시도할지 모르오. 그 점만 유의하면 웅천왜성으로 내려가는 동안 별일 없을 거라 생각하오."

강문우는 이준성이 열흘 동안 자리를 비우는 이유를 들었기 때문에 질문 없이 머리를 숙이며 유의하겠노라 대답했다.

강문우에게 군을 위임한 이준성은 흑룡대대와 남서쪽으로 출발했다. 계획에 차질을 빚지 않는다면 앞으로 열흘 후에 그는 웅천왜성 북쪽에서 아시온 군단과 합류할 수 있었다.

남서쪽으로 가는 동안 목격한 백성의 삶은 피폐하다 못해 황폐해져 있는 상황이었다. 경상도 남쪽은 왜군이 가장 먼저 점령한 지역이기 때문에 피해가 가장 극심했다. 처음에는 괜찮았을지 모르지만 보급 사정이 나빠진 왜군이 마을을 돌며 약탈하기 시작한 후부터는 왜군의 총칼에 죽는 백성보다 먹을 게 없어 굶어 죽는 백성의 수가 더 많을 지경이었다.

거기다 경상도는 임진왜란 초기부터 의병 활동이 무척 활발하던 지역이었다. 곽재우, 정인홍, 김면과 같은 의병대장이 여럿 활동하며 유격전을 수행했기 때문에 의병의 활동 거점을 제거하단 명목으로 마을을 약탈한 왜군은 불까지 질러 아예 사람이 살지 못하는 유령마을로 만들어 버렸다.

이준성이 남해안으로 가며 보니 거의 두 마을 중 한 마을은 왜군의 습격을 받아 불탄 자리만 겨우 남아 있을 따름이었다.

왜군이 불을 지르는 바람에 살 곳을 잃은 피난민들은 산속과 들판을 떠돌아다니다가 굶어 죽거나 얼어 죽었다.

미처 수습하지 못한 시체들이 방치된 상태에서 부패하는 바람에 숨을 쉬기 어려울 정도의 악취가 천지에 진동했다.

그나마 자기 한 몸 건사가 가능한 어른들은 사정이 나은 편이었다.

가장 심각한 문제는 혼자선 생활이 불가능한 아이들에게 일어났다.

전쟁통에 부모를 잃은 어린아이들이 길가에 나와 지나가는 행인에게 구걸하는 모습을 자주 목격할 수 있었다.

심지어 대여섯 살 먹은 어린 여자아이가 젖을 떼지 못한 아기를 등에 업은 상태에서 구걸하는 모습까지 볼 수 있었다.

자그마한 아이가 자기보다 더 자그마한 아이를 등에 업은 모습은 병사들의 코끝을 찡하게 했다.

흑룡대대 병사들은 자기가 먹을 군량을 아이들에게 나누어 주었지만 미봉책에 불과했다. 보다 근본적인 대책을 세우기 위해선 육지에 있는 왜군부터 빨리 몰아내는 게 중요했다.

며칠 후, 이준성은 마침내 목적지에 도달했다.

바로 삼도수군통제사 이순신 장군이 있는 한산도 통제영이었다.

이준성은 한명련, 강주봉, 정충신 세 명만 대동한 상태에서 고성에 있는 연락선에 올라 통제영이 있는 한산도를 찾았다.

이준성이 온다는 전갈을 받았는지 통제영 정문 앞에 두석린갑과 두정갑을 차려입은 수군 장수 10여 명이 도열해 있었다.

수군이 내준 말에 올라 통제영으로 달려가던 이준성은 인드라망을 이용해 도열한 장수들 속에서 이순신 장군으로 보이는 사람을 찾았다.

다행히 금방 눈에 띄었다. 맨 앞에 턱수염을 가슴까지 기른 엄격한 인상의 중년 사내가 서 있었다.

따가운 햇볕과 거친 바닷바람 때문에 그가 아는 이순신 장군의 나이보다 서너 살 많아 보이는 모습이었는데, 꽉 다문 입술과 부릅뜬 두 눈에서 비장한 결의 같은 것이 느껴졌다.

말에서 내린 이준성은 도열해 있는 장수들 쪽으로 성큼성큼 걸어갔다.

그 모습을 본 강주봉, 한명련, 정충신은 깜짝 놀라 말에서 급히 내린 뒤 앞서가는 그를 서둘러 쫓아갔다.

세 사람은 이준성의 뒤를 쫓아가며 눈빛을 교환했다. 이곳에는 이준성을 호위할 수 있는 사람은 그들 세 명밖에 없었다. 그 외에는 모두 통제사의 부하이기 때문에 반란이 일어나면 그들은 이곳에서 살아 나갈 방법이 전무한 상황이었다.

그때, 이준성이 이순신 장군 앞에서 걸음을 멈추는 모습이 보였다.

이순신 장군 역시 외모와 체격을 통해 그가 누구인지를 알았을 테지만, 왕을 만난 장수라면 반드시 해야 하는 군례를 취하지 않았다.

오히려 마치 이준성이란 사내를 가늠해 보려는 것처럼 날카로운 눈빛으로 쏘아볼 뿐이었다.

이준성과 통제사 사이에 팽팽한 긴장감이 감도는 바람에 강주봉, 한명련, 정충신 세 명은 손바닥이 땀으로 축축해지는 느낌을 받았다.

통제영 외곽에 심어 놓은 해송에서 소금기 섞인 바람이 불어왔지만, 땀이 식기는커녕 오히려 전보다 더 많은 땀이 흘러내렸다.

그렇게 1분쯤 지났을 때였다.

차갑게 식은 땀방울 하나가 등으로 떨어지는 바람에 깜짝 놀란 강주봉이 움찔하며 허리에 찬 칼집으로 손을 뻗었다. 왜 그랬는지는 모르지만 손이 자연스럽게 그쪽으로 내려갔다.

아마 통제사가 갑자기 이준성에게 칼을 휘두를지 모른단 불안감 때문에 본능적으로 그런 행동이 나왔을 수 있었다.

한데 강주봉의 그런 행동은 대치 상황에 큰 파문을 불러왔다. 통제사 뒤에 서 있던 수군 장수들이 칼자루를 틀어쥐었다.

강주봉이 칼을 뽑으면 자기들 역시 칼을 뽑아 왕위를 찬탈한 이준성과 그의 간신들을 단숨에 베어 버리겠단 표현 같았다.

그때, 어디서 날아왔는지 모를 동백꽃 한 송이가 이준성과 이순신 장군 사이에 천천히 떨어져 내렸다. 서로를 쏘아보던 두 사람의 시선이 자연스레 피처럼 붉은 꽃송이로 옮겨 갔다.

동백꽃이었다. 4월에 개화가 모두 끝나는 동백꽃이 장마가 끝난 지금까지 남아 있다는 것은 기이한 일이 아닐 수 없었다.

바닥에 떨어진 동백꽃이 한 바퀴 구르다가 바람에 날려 옆으로 날아갈 때였다. 이순신 장군이 한쪽 무릎을 꿇으며 절도 있게 군례를 취했다. 장군 뒤에 도열해 있던 수군 장수들 역시 얼른 상관을 따라 한쪽 무릎을 꿇으며 군례를 취했다.

이순신 장군은 머리를 숙이며 정식으로 본인을 소개했다.

"신 이순신이 주상전하께 처음 인사 올립니다."

이준성은 그를 일으켜 세운 뒤 손을 내밀어 악수를 청했다.

"만나서 반갑소. 내가 이준성이오."

이순신 장군은 그가 내민 손을 두 손으로 움켜쥐었다.

고개를 끄덕인 이준성은 뒤에 있는 수군 장수 하나에게 물었다.

"이름이 뭔가?"

장수가 즉시 일어나 대답했다.

"소장 권준이라 하옵니다."

"그럼 경상우수사군."

"그렇사옵니다."

이준성은 권준이 허리띠에 끼워 둔 칼집을 가리키며 물었다.

"방금 전에 칼자루에 손을 얹던데, 검술에 자신 있나?"

"전하 앞에서 시범 보일 수준은 아닙니다."

"그럼 그 칼을 내게 줘 보게."

이준성은 권준이 건넨 칼집에서 칼을 뽑아 천천히 살펴보았다. 칼을 매일 닦는지 칼날에 먼지 한 톨 묻어 있지 않았다.

이준성은 칼을 권준의 어깨 위에 올리며 히죽 웃었다.

"내 앞에서 칼자루에 손을 얹으면 어떻게 되는지 알려 주겠네."

권준은 어깨 위에 놓인 칼을 보다가 움찔해 고개를 숙였다.

그때, 이준성이 갑자기 돌아서서 해송이 있는 방향으로 칼을 힘껏 던졌다. 10여 미터를 쏜살같이 날아간 칼이 해송의 두꺼운 껍질을 부수며 깊숙이 들어박혔다. 칼이 얼마나 깊숙이 박혔는지 칼자루만 살짝 밖으로 나와 있을 정도였다.

만약 그게 해송이 아니라 사람이었다면, 그는 칼이 몸에 박힌 상태에서 5, 6미터는 족히 날아갔을 법한 위력이었다.

장수들은 그제야 이준성이 대역귀라 불린 이유를 깨달은 듯 두려운 표정을 지었다. 이는 사람이 할 수 없는 일이었다.

이준성은 뒤를 돌아보며 강주봉에게 명령했다.

"좋은 칼을 하나 골라서 여기 이 경상우수사에게 주도록 해라."

강주봉이 얼른 머리를 숙이며 대답했다.

"예, 전하."

이준성은 이순신 장군의 안내를 받아 통제영 안으로 들어갔다. 통제영 안에는 바다가 보이는 정자가 하나 있었는데, 이순신 장군은 그쪽으로 이준성을 안내했다. 정자로 가는 동안, 이순신 장군은 자기 부하들을 그에게 소개시켜 주었다.

앞서 소개받은 권준을 비롯해, 정운, 이영남, 이운룡, 이순신 장군과 이름은 같지만 한자는 다른 입부 이순신, 어영담, 김완, 송대립, 송희립 형제 등 역전의 용사들이 전부 있었다.

이준성이 정자의 상석에 앉아 물비늘이 반짝이는 평화로운 남해바다를 구경할 때, 정자 안으로 주안상이 들어왔다. 신선한 물고기로 요리한 술안주가 꽤 먹음직스러워 보였다.

이준성은 수군 장수들과 술잔을 나누며 신나게 떠들었다. 화통한 바다 사나이들답게 좀 전에 있었던 긴장감 넘치는 대치는 기억 속에서 이미 다 잊힌 듯 화기애애한 분위기였다.

이준성은 조국의 바다를 수호해 준 수군 장수들을 연신 칭찬하며 저녁 무렵까지 신나게 놀았다. 그러나 밤에는 이순신 장군과 단둘이 만나 그가 이곳을 찾은 목적에 관해 설명했다.

"수군과 육군이 동시에 부산포로 진격해야 하오. 하지만 무리할 필온 없소. 해룡 1호를 충분히 확보한 상태라면 모르지만, 지금은 그게 아니기 때문에 조심해서 작전을 진행하시오."

지도를 보며 고개를 끄덕이던 이순신 장군이 물었다.

"가덕도에서 부산포 오른쪽을 약간 돌아가면 부산왜성이 코앞입니다. 신이 이쪽으로 이동하여 미리 그물을 쳐 놓으면 왜군 선단을 모두 수장시킬 수 있사온데, 어찌 생각하십니까?"

이준성은 단호한 표정으로 고개를 저었다.

"처음 계획대로 측면만 치시오. 도망치는 놈들은 그냥 두라는 얘기요. 괜히 무리했다가 장군이 다치면 큰일이 아니겠소?"

이순신 장군은 결기가 느껴지는 목소리로 대답했다.

"왜군을 우리 바다에 모두 수장시킬 수 있다면 신은 그곳에서 일백 번을 고쳐 죽더라도 목숨이 아깝지 않을 것입니다."

이준성은 또다시 고개를 저었다.

"장군이 죽으면 이번 작전은 실패한 거나 다름없소. 내 말대로 하시오. 언젠가는 장군에게 우리 바다에서 왜군을 모두 수장시킬 수 있는 기회를 주겠소. 대신, 이번엔 참아 주시오."

이순신 장군은 미심쩍은 기색으로 물었다.

"신이 죽기 전에 그런 기회가 또 오겠습니까?"

이준성은 껄껄 웃으며 대답했다.

"물론이요. 기회는 반드시 올 거요."

이순신 장군을 설득한 이준성은 한산도에서 며칠 보낸 다음, 웅천왜성이 있는 곳으로 이동했다. 그곳엔 이미 강문우가 지휘하는 4만 병력이 도착하여 공성 준비를 끝마친 상태였다.

◆ ◈ ◆

이준성은 유진의 데이터베이스에 있는 정유재란 기록을 읽으며 전략을 세웠다. 특히 왜군이 철군하기 전에 벌어진 왜교성 전투, 울산성 전투, 사천 전투를 면밀히 분석해 전략을 세웠다.

물론 이 세 전투는 모두 조명연합군이 패한 전투였다. 요충지에 단단한 왜성을 쌓아 방비한 왜군은 공성을 시도하는 조명연합군을 물리쳐 자력으로 탈출하는 데 성공했다.

왜군의 방어 전략은 간단했다.

남해안 곳곳에 10여 개의 왜성을 쌓은 그들은 어느 한쪽이 공격받을 때, 다른 쪽에 있는 왜성에서 지원을 가는 방식이었다. 흔히 하는 말로 이와 잇몸이 서로 의지하는 식이었다.

정유재란를 치르던 조명연합군 역시 왜군의 방어 전략을 간파하고는 육군이 울산, 사천, 순천을 동시에 치는 동안, 수군이 동진해 왜군 후위를 차단하는 사로병진 작전을 펼쳤다.

한데 사로병진 작전을 쓰려면 지상 병력을 세 부대로 나눠야 했기 때문에 각 성을 공격하는 조명연합군의 병력이 충분하지 못했다. 1만에서 1만 5천에 달하는 왜군이 성채에 의지해 수성하는 성을 세 부대로 나눈 병력으로 점령하기란 쉽지 않았다.

결국 사로병진 작전은 완전히 실패로 돌아가 조명연합군 전체에 엄청난 타격을 입었다. 반대로 덕분에 여유를 얻은 왜군은 대부분의 병력을 온전히 살려 본국으로 돌아가는 데 성공했다.

이런 사례를 면밀히 연구한 이준성은 전력을 한곳에 집중하는 작전을 세웠는데, 그 한곳이 바로 그가 있는 웅천왜성이었다.

은호원이 알아낸 정보에 따르면 웅천왜성에 주둔한 수비 병력은 6,000명이었고, 그들을 지휘하는 왜장은 호소카와 타다오키였다.

그가 생각하기에 웅천왜성을 떨어트리는 일은 별로 어렵지 않았다. 그러나 웅천왜성은 홀로 있는 독성이 아니었다.

웅천왜성 오른쪽엔 안골왜성이 있었는데, 웅천왜성을 공격하면 안골왜성을 지키는 왜군이 튀어나와 그들의 측면을 협공할 가능성이 높았다.

즉 웅천왜성을 치려면 안골왜성에 주둔한 왜군까지 대비한 작전을 세워 두어야 한다는 뜻이었다.

은호원에 따르면 안골왜성을 지키는 왜장은 구로다 나가마사였다. 성을 지키는 병력은 4,000명이었다. 많은 숫자는 아니지만 구로다 나가마사가 웅천왜성에 집중하는 그들의 측면을 기습할 경우엔 4만 명에 해당하는 효과를 낼 수 있었다.

이준성은 모든 준비를 완벽히 마친 후에야 병력을 전개했다. 우선 웅천왜성 북성 앞에 진천 1호를 운용하는 천궁포병여단을 배치했다.

천궁포병여단장 김국신은 진천 1호를 설치하는 포병 사이를 돌아다니며 설치를 서두르라 재촉했다.

이준성이 직접 개발해 양산까지 마친 진천 1호는 포차까지 합쳤을 때의 무게가 800킬로그램쯤 나가는 중포였다. 무게가 1톤에서 2톤가량 나가는 컬버린, 캐논에 비하면 작지만, 다른 부분의 성능이 훨씬 뛰어나기 때문에 위력은 더 강했다.

진천 1호에는 특징이 몇 가지 있는데, 그중에 가장 큰 특징은 현장에서 분해와 조립이 가능하다는 점이었다.

즉 평소엔 30여 개의 부품으로 해체해 두었다가 야포를 써야 할 때가 오면 재빨리 조립해 진천 1호를 완성하는 식이었다.

여기엔 두 가지 장점이 있었다. 원래 800킬로그램이 넘는 중포를 통째로 옮기려면 많은 인력이 필요할 뿐만 아니라 지형이 험한 곳에선 이동조차 쉽지 않았다.

그러나 30여 개로 해체해 옮기면 운반하는 데 필요한 인력이 줄어들 뿐만 아니라 험한 지형에서 전보다 훨씬 수월하게 운반이 가능했다.

두 번째 장점은 고장 났을 때, 보수와 수리가 간편하단 점이었다. 각 부품의 규격을 미리 정해 두면, 고장이 났을 때 재빨리 새로운 부품을 가져와 교체하는 데 수월했기 때문이다.

김국신이 지휘하는 천궁포병여단 포병들은 평소에 훈련받은 대로 재빨리 30여 개의 부품을 조립해 진천 1호를 완성했다. 완성한 후엔 먼저 포차 뒤에 달린 기다란 강철 포관을 땅에 깊이 박아 포차가 흔들리지 않게 고정한 다음, 포탄과 장약을 실은 수레를 가져와 장전할 준비를 모두 마쳤다.

김국신은 부관에게 흰 깃발을 흔들게 하였다. 잠시 후, 부관이 흔드는 흰 깃발을 본 각 포의 포대장들이 부하에게 걸레를 둘둘 만 봉으로 포신을 깨끗이 청소하란 지시를 내렸다.

청소를 얼추 마쳤을 즈음엔 부관이 검은색 깃발을 흔들었다. 검은색 깃발은 장약과 포탄을 장전하라는 신호였다. 장전은 위험한 작업이기 때문에 노련한 부포대장이 직접 나섰다.

부포대장은 장약과 유성 3호를 포구 안으로 신중하게 밀어 넣은 뒤, 조금 전 포신을 청소할 때 사용한 봉으로 꾹꾹 눌러 밀어 넣은 장약과 유성 3호가 포신 안에 닿게 만들었다.

그때, 부관이 이번에는 녹색 깃발을 흔들었다. 녹색 깃발은 조준하란 신호이기 때문에 각 포의 포대장이 조준기를 이용해 포신의 각도를 조절했다. 이 조준기는 이준성이 유진의 도움을 받아 개발한 장비로 지금 기술 수준에선 최첨단에 가까워 탄착점의 오차를 10미터 안으로 줄일 수 있었다.

부관은 녹색 깃발 다음에 파란색 깃발을 흔들었다. 파란색 깃발은 각 포에 뇌관을 장책해 발포 준비를 끝내란 신호였다.

곧 포신 뒤로 접근한 점화병이 어깨에 멘 가방 안에서 대나무를 하나 꺼내들었다. 손가락 굵기의 얇은 대나무는 생김새가 무척 특이했다. 아래쪽은 꼬챙이처럼 날카로운 반면에 위쪽엔 머리카락이 난 거처럼 도화선이 삐죽 솟아 있었다.

대나무의 정체는 바로 장약을 점화할 때 사용하는 뇌관이었다. 대나무 안에 도화선, 화약, 뇌홍 세 가지가 들어 있어 도화선에 불을 붙이면 몇 초 후에 화약과 뇌홍이 폭발했다.

점화병은 오른손으로 약실 문을 연 다음, 왼손에 쥔 뇌관을 약실 안으로 천천히 밀어 넣었다. 뇌관 꼬챙이 쪽이 장약을 감싼 종이주머니를 제대로 찢은 듯 푹 하는 소리가 들렸다.

　뇌관 장착을 마친 점화병은 약실 문에 뚫려 있는 작은 구멍 안으로 뇌관에 달린 도화선을 꽂아 밖으로 빼낸 다음, 약실 문을 닫아 가스가 밖으로 새어 나오지 못하도록 차단했다.

　점화병에게 뇌관 장착을 마쳤다는 신호를 본 포대장은 시선을 돌려 명령을 내리는 부관 쪽을 확인했다. 부관은 마침내 발포를 뜻하는 붉은색 깃발을 좌우로 흔드는 중이었다.

　포대장은 즉시 점화병을 향해 소리쳤다.

　"발포하라!"

　"발포!"

　복창한 점화병이 포차 뒤로 몇 걸음 물러선 다음, 불을 붙인 점화봉으로 약실 밖에 머리카락처럼 삐죽 솟아 있는 도화선에 불을 붙였다.

　도화선을 태우던 푸른색 불꽃이 메케한 냄새를 풍기다가 곧 약실 안의 작은 구멍 안으로 사라졌다.

　퍼엉!

　귀청을 찢는 포성과 함께 튀어나온 유성 3호가 쏜살같이 날아가 웅천왜성 북성에 떨어졌다.

　그러나 이는 시작일 뿐이었다. 하늘이 무너져 내리는 것 같은 진동 속에서 웅천왜성을 겨눈 진천 1호 50문이 연달아 유성 3호를 쏘아 올렸다.

유성 3호 50여 발이 가느다란 비행운을 남기며 웅천왜성 북성으로 일제히 날아드는 모습은 장관이 따로 없었다. 한데 몇 초 후에 그보다 더한 장관이 사람들 눈앞에서 펼쳐졌다.

콰콰콰쾅!

성벽에 떨어진 유성 3호가 불길을 쏟아 내며 연달아 폭발하기 시작했다. 마치 한강에서 불꽃놀이 행사를 하는 것 같았다.

유성 3호가 폭발할 때마다 지축이 흔들리는 굉음이 울리며 그 일대 전체가 진공상태에 빠진 것처럼 귀가 먹먹해졌다.

유성 3호가 유성 2호와 다른 점은 사용하는 신관에 있었다. 유성 2호가 뇌홍을 이용한 지연신관이라면 유성 3호는 충격신관이었다. 다시 말해 어딘가에 부딪쳤을 때 바로 폭발하도록 만들어져 있단 의미였다. 지연신관을 이용하는 유성 2호에 비해 한 단계 진보한 기술을 적용한 신형 포탄이었다.

흑왕에 올라탄 이준성은 인드라망으로 웅천왜성의 피해 상황을 조사했다.

유성 3호 50여 발에 직격당한 웅천왜성 북성은 마치 북극의 거대한 빙하가 녹을 때처럼 성벽을 세우는 데 쓴 돌이 떨어져 나가며 그 두께가 점점 얇아지는 중이었다.

이준성은 손을 들어 두 번째 포격을 명령했다.

포관과 주퇴복좌기를 단 진천 1호는 얼마 지나지 않아 두 번째 유성 3호를 발포했다. 또 한 번 지축이 흔들리며 붉은색, 주황색, 노란색 화염이 북성 성벽을 휘감듯이 뒤덮었다.

이준성은 주퇴복좌기의 성능에 만족감을 표시했다.

사실 그가 진천 1호를 개발할 때 가장 신경 쓴 부분이 주퇴복좌기였다.

주퇴복좌기란 주퇴기와 복좌기를 합친 말이었다.

쉽게 말해 포탄을 발사할 때 생긴 반동을 흡수해 연사 속도를 개선해 주는 장비였다.

총을 쏴 본 사람은 알겠지만 총을 발사하면 그 반동으로 몸이 뒤로 밀려난다. 한데 소총보다 반동이 훨씬 강한 야포의 경우에는 포를 쏠 때마다 자리를 이탈하기 일쑤였다. 자리를 이탈하면 조준 역시 다시 해야 했다.

반동으로 위치를 이탈한 야포를 다시 원래 자리로 되돌려 놓은 뒤 흐트러진 조준을 원상태로 복구하기 위해서는 상당한 시간이 필요했다. 이 때문에 야포는 위력에 비해 효과는 아주 떨어졌다. 두 번째 포탄을 쏘기 위한 준비를 시작했을 때는 이미 적의 기병이 눈앞에 들이닥치는 것이다.

한데 주퇴복좌기를 이용해 반동을 흡수할 수 있으면 그런 과정이 필요 없기 때문에 연사 속도가 비약적으로 빨라졌다.

이준성은 기름이 든 실린더로 주퇴복좌기를 개발해 진천 1호에 장착했다. 그 결과는 놀라울 정도로 훌륭했다. 김국신이 지휘하는 천궁포병여단은 초탄을 얻어맞은 왜군이 피해를 채 수습하기 전에 두 번째 포탄을 날리는 데 성공했다.

유성 3호를 100발이나 얻어맞은 웅천왜성 북성은 마치 지진이 난 것처럼 안쪽부터 무너지기 시작해 곧 성벽 전체가 땅으로 꺼져 버렸다. 성벽이 무너질 때 생긴 흙먼지가 수백 미터나 치솟아 그 일대 부근만 해가 뜨지 않은 듯했다.

이준성은 천궁포병여단을 다시 30여 미터 전진시켜 똑같은 과정을 되풀이하게 하였다. 성벽은 100발이나 맞은 다음에야 무너졌지만 성안에 급조한 목조건물과 천으로 만든 막사는 포격 한 번에 완전히 불에 타 버려 재로 변했다.

이준성이 만약 이런 방식으로 웅천왜성을 계속 포격한다면, 왜군은 말 그대로 성 안에 갇혀 포탄에 맞아 죽거나 아니면 포탄이 만든 불길에 휩싸여 타죽을 수밖에 없었다.

이준성은 인드라망으로 주변을 살피며 중얼거렸다.

"나라면 바다로 도망치겠지만 이들은 그러지 않을 모양이군."

그가 중얼거리는 소리를 들은 듯 부관 정충신이 물었다.

"전하께서는 이들이 성 밖으로 나올 거라 보십니까?"

"그렇다."

"두 성의 왜군을 합쳐 봐야 1만이 넘지 않지만 우린 5만 대군이 넘습니다. 더욱이 이번 포격으로 상당한 피해를 입었음이 분명한데 그들이 밖으로 나와 죽음을 자초하려 하겠습니까?"

"왜군을 지휘하는 지휘관이 장군이 아니라 영주이기 때문이다. 장군은 도망칠 수 있지만 영주는 그렇게 하기 쉽지 않다. 차라리 싸우다 죽거나 할복해 자살하는 쪽을 택할 것이다."

대답이 끝나기 무섭게 호소카와 타다오키의 군대가 성 밖으로 나와 그들에게 달려들었다. 또 오른쪽에선 안골왜성에서 온 게 분명한 구로다 나가마사의 지원군이 들이닥쳤다.

북쪽에 험한 산이 있어 구로다 나가마사가 호소카와 타다오키와 협공을 펼치려면 오른쪽을 공격하는 수밖에 없었다. 애초에 이준성이 구로다군의 협공을 의식해 포진했기 때문이었다.

이준성은 흑표, 백랑, 절강 세 여단을 앞으로 내보내 호소카와 타다오키를 상대하게 했다. 그사이 이준성 본인은 구로다 나가마사를 치기 위해 비룡여단과 오른쪽으로 이동했다.

구로다 나가마사의 군대가 코앞으로 다가왔을 무렵, 이준성은 천궁포병여단 부여단장에게 작전을 시작하라 명령했다.

천궁포병여단은 곧 천으로 덮어 놓은 진천 1호 50문을 밖으로 꺼내 발포했다. 이미 구로다 나가마사가 진격하기 전에 장전을 마친 상태였기 때문에 도화선에 점화만 하면 끝이었다.

펑펑펑펑!

화우 1호라 불리는 신형 포탄이 날아가 조총과 활을 쏘던 구로다 나가마사의 병력 선두 전체를 피투성이로 만들었다.

◆　◇　◆

화우 1호는 나폴레옹이 쓰던 포도탄을 모방해 제작한 포탄의 이름이었다. 포도탄은 구슬처럼 생긴 산탄 수십 개가 포도송이처럼 달려 있다 해서 붙여진 이름인데, 장전해 발사하면 다가온 적에게 강력한 화력을 일시에 퍼부을 수 있었다.

쉽게 말해 대포로 쏘는 산탄에 가까웠다.

조선 포병 역시 조란환이라 불리는 산탄을 오랫동안 사용해 왔지만, 장전하는 데 시간이 오래 걸려 야전에서 효과를 보기가 쉽지 않았다.

그러나 포도탄은 달랐다. 조란환과 같은 효과를 내지만 장전은 훨씬 간편한 포도탄을 현지 실정에 맞춰 개조한 뒤 화우 1호란 이름으로 보급했다.

진천 1호 50문으로 쏜 화우 1호 50발이 수천 개의 산탄으로 쪼개져 구로다군 전방을 우박처럼 강타했다. 산탄에 맞은 왜군은 머리가 터져 즉사하거나 팔다리가 찢어져 쓰러졌다.

화우 1호는 유성 3호에 비해 사거리가 짧아 적이 다가온 후에야 사용할 수 있다는 단점이 있지만, 반대로 살상반경은 훨씬 넓기 때문에 일제 발사 한 번으로 구로다군 선두에 있던 왜군 1백여 명을 쓰러트리는 데 성공했다.

만일 구로다군이 그쪽에 진천 1호가 있다는 사실을 사전에 파악했다면 조심해서 접근했을지 모르지만, 그들이 사거리 안으로 들어올 때까지 진천 1호의 존재를 숨겨 놨기 때문에 그들은 몸에 산탄이 박힌 후에야 포병부대의 매복을 감지했다.

그러나 구로다군 역시 오합지졸은 아니었다.

예상치 못한 공격에 큰 피해를 입기는 했지만 뒤로 후퇴하지는 않았다. 오히려 함성을 지르며 아시온 군단 오른쪽 측면을 들이쳤다.

구로다군은 좌우에 배치한 조총병과 궁병에게 엄호를 지시한 다음, 장창부대가 주력인 보병으로 중앙돌격을 감행했다.

이준성 역시 오른쪽 측면을 지키던 금강여단에 반격을 명령했다. 금강여단을 지휘하는 처영 장군은 조총 부대를 앞에, 궁병 부대를 뒤에 배치해 구로다군 조총 부대를 집중 타격했다.

양측에 있는 원거리 부대는 쉴 새 없이 공방을 주고받았다. 그러나 먼저 쓰러진 쪽은 구로다군이었다. 구로다군 조총병과 궁병이 피를 흘리며 뭉텅이로 쓰러져 나갔다. 그러나 구로다군의 악몽은 거기서 끝나지 않았다. 금강여단 궁병이 발사한 각궁 화살이 새떼처럼 날아들어 퇴각을 준비하던 구로다군 조총병과 궁병을 마저 제거해 완승을 거두었다.

원거리 교전에서 압도적인 승리를 거둔 금강여단 조총병과 궁병은 총구와 시위의 방향을 구로다군 보병부대에게 향했다.

탕탕탕탕!

금강여단 쪽에서 조총 총성이 또 한 번 울렸을 때였다. 중앙에서 돌진해 들어오던 구로다군 보병부대가 비명을 지르며 나자빠졌다. 구로다군 조총 부대와 궁병 부대는 이미 궤멸당한 상태기 때문에 아군을 엄호할 원거리 부대가 남아 있지 않았다. 구로다군 보병부대는 삽시간에 궤멸 직전에 처했다.

구로다군이 아무리 용감하다 한들 이런 상황에서 계속 버틸 수는 없는 노릇이었다.

결국 후퇴하기로 결정한 구로다군은 뒤로 돌아서서 본거지가 있는 안골왜성 쪽으로 퇴각했다.

물론 그렇게 해 줄 생각이 전혀 없었던 이준성은 휴식을 취하던 비룡여단과 함께 달려 나가 도망치는 구로다군을 추격했다. 구로다군은 병력 일부를 희생시켜 막아 보려 했지만 5,000명에 달하는 비룡여단을 막긴 무리였다.

이준성은 구로다군 중앙을 관통하며 구로다 나가마사를 찾았다.

구로다 나가마사를 검색해 알아낸 정보에 따르면, 그는 아주 저돌적인 성격이었다.

겁쟁이처럼 안골왜성에 처박혀 가신이 보내오는 소식으로 전황을 파악할 성격이 아니었다. 그는 직접 부딪치는 것을 선호하는 스타일이 분명했다.

이준성의 예상이 또다시 맞아떨어졌다. 얼마 지나지 않아 구로다 나가마사로 보이는 왜장이 말에 올라 안골왜성으로 도망치는 모습을 발견했다. 구로다 나가마사의 얼굴은 모르지만 그가 쓴 투구는 알아보기 쉬웠다. 구로다 나가마사는 양동이에 철판을 붙인 것 같은 괴상한 투구를 착용했다.

전 세계에 저런 투구를 착용한 자는 구로다 나가마사밖에 없을 것 같기 때문에 이준성은 즉시 그를 쫓아 질주했다.

그가 제대로 때려 맞춘 듯 구로다군의 저항이 갑자기 거세졌다.

구로다 가문 가신들은 주군을 살리기 위해 2차 대전 당시의 일본군처럼 자살 돌격을 감행했다. 이준성은 가신 하나가 찔러 온 장창을 언월도로 막아 냈다. 강철로 제작한 언월도였기 때문에 가신이 찌른 장창을 쉽게 막아 낼 수 있었다.

이준성은 곧장 반격에 나섰다. 언월도를 반대로 돌려 가신의 몸통을 섬광처럼 베어 갔다. 가신은 급히 허리를 숙여 피했지만 언월도가 한발 빨랐다. 가신은 몸통이 잘려 즉사했다.

"여긴 저희가 맡겠습니다!"

곧 한명련이 이끄는 흑룡대대가 도착해 이준성의 부담을 덜어 주었다. 자신의 발목을 잡아끌던 가신단을 흑룡대대에 넘긴 이준성은 구로다 나가마사를 직접 노렸다.

곧 흑왕에게 따라잡힌 구로다 나가마사가 갑자기 몸을 돌려 단창으로 이준성의 가슴을 찔렀다. 맹장답게 제법 날카로운 공격이었지만 불행히 그의 상대는 평범한 무장이 아니었다.

캉!

언월도를 밑으로 내리쳐 단창을 막은 이준성은 왼손으로 칼을 뽑아 구로다 나가마사 목에 쑤셔 박았다. 구로다 나가마사는 목에 박힌 칼을 왼손으로 틀어쥐곤 무슨 말인가를 하려 했지만, 입에서는 말이 아니라 피거품이 먼저 나왔다.

이준성은 구로다 나가마사의 목에 박힌 칼을 비틀어 뽑아냈다. 목에 있는 경동맥이 완전히 잘려 나간 구로다 나가마사는 피를 무지개처럼 허공에 흩뿌리며 말 위에서 떨어졌다.

이준성은 핏방울이 뚝뚝 떨어지는 칼을 잠시 살펴보았다. 칼 역시 강철로 제작한 무기인데 1미터 길이의 두꺼운 날이 수직으로 곧게 뻗어 있어 칼이라기보다는 검에 더 가까웠다.

그때, 북동쪽 언덕 너머에서 함성 소리와 말발굽 소리가 연달아 들려왔다. 이준성은 함성 소리의 정체를 알았기 때문에 긴장하지 않았다. 잠시 후, 원충서가 이끄는 천마여단이 언덕을 넘어와 후퇴하는 구로다군 후위를 제대로 들이쳤다.

구로다 나가마사가 죽은 상태에서 강력한 중기병 부대에게 후위까지 차단당한 왜군은 결국 무기를 버리며 항복했다. 저항을 포기하지 않은 왜군이 몇 있었지만, 천마여단과 비룡여단 병사들이 득달같이 에워싸 차례차례 숨통을 끊어 버렸다.

항복한 구로다군 처리를 금강여단에 일임한 이준성은 비룡여단, 천마여단을 앞세워 시계 방향으로 우회했다. 곧 흑표, 백랑, 절강여단에 막혀 있는 호소카와군 측면이 드러났다.

"천뢰 3호를 던져 적의 대기병전법을 무력화시켜라!"

이준성은 기병들에게 천뢰 3호를 던지라는 명령을 내렸다. 천뢰 2호는 도화선에 불을 붙여야 폭발했지만, 천뢰 3호는 수류탄처럼 핀을 뽑는 방식으로 점화가 가능했다. 곧 천뢰 3호가 연달아 터지며 호소카와군 측면에 구멍이 생겨났다.

"모두 돌격하라!"

구멍으로 뛰어든 이준성은 언월도로 왜군을 베어 가며 전진했다. 측면에선 비룡여단, 천마여단이, 정면에선 흑표, 백랑, 절강 세 여단이 동시에 호소카와군을 몰아치는 상황이었다.

결국 대패한 호소카와군은 무너진 웅천왜성 안으로 쫓기듯 도망쳤다. 이준성은 기병부대를 내보내 그 뒤를 쫓게 했다.

진천 1호 포격에 당한 웅천왜성 북성이 완전히 무너져 내린 상태라 왜군은 쫓아오는 적 기병을 차단할 방법이 없었다.

호소카와군의 뒤를 따라 웅천왜성에 진입한 비룡여단과 천마여단이 성안을 휩쓸었다. 이준성 역시 성안에 진입해 주위를 둘러보았다. 곧 그가 찾는 건물을 발견할 수 있었다.

바로 왜군의 저항이 가장 거센 건물이었다.

그의 예상이 맞다면, 호소카와 타다오키는 저 건물에 있을 듯했다. 이준성은 흑왕을 탄 상태에서 문을 부수며 건물 안으로 뛰어들어 곧장 언월도를 베어 갔고, 왜도를 휘두르며 덤벼들던 사무라이 몇 명이 머리와 가슴이 베인 채 나가떨어졌다.

왜국 방식으로 지은 건물답게 좁은 복도를 따라 다다미방이 쭉 이어져 있었다. 흑왕에서 내린 이준성은 복도를 따라가며 다다미방을 직접 수색했다.

한명련이 위험하다며 만류했지만 그는 오랜만에 치른 전투로 아드레날린이 치솟은 상태기 때문에 그의 조언을 흘려들었다.

다다미방의 방문 뒤에서 들려오는 미세한 호흡소리에 그가 재빨리 돌아서는 순간.

쾌직!

사무라이 하나가 방문을 부수며 튀어나와 왜도로 그의

가슴을 찔러 왔다. 옆으로 몸을 날려 왜도를 피한 이준성은 사무라이 무릎 뒤를 걷어찼다. 사무라이는 마치 빙판 위에서 미끄러진 아이스 스케이터처럼 벌렁 넘어져 허우적거렸다.

이준성은 왼손에 쥔 칼로 사무라이의 목을 내려쳐 숨통을 끊었다. 이번엔 그 옆에 있는 방문 두 개가 드르륵 하는 소리와 함께 열렸다. 이준성은 칼을 양손으로 움켜쥐며 대비했다.

곧 단창과 왜도를 든 사무라이 두 명이 복도로 달려 나와 그를 공격했다. 이준성은 칼로 단창부터 먼저 막은 다음, 열려 있는 다다미방 안으로 도망쳐 왜도를 피했다. 그때, 공격이 실패한 사무라이가 따라 들어오며 단창을 찔러 왔다.

몸을 살짝 돌려 피한 이준성은 칼을 비스듬히 내리쳤고, 칼이 방문과 단창을 든 사무라이를 통째로 갈랐다. 상체가 잘린 사무라이는 다다미 위에 피와 내장을 쏟아 내며 즉사했다.

그때, 왜도를 든 사무라이가 뭐라 소리를 지르며 덤벼들었다. 이준성은 칼로 사무라이가 베어 오는 왜도를 막은 다음, 오른발로 사무라이 가슴을 냅다 걷어찼다. 그가 쇠를 댄 군화를 신었기 때문에 갈비뼈가 박살 난 상태로 피를 토하며 날아가던 사무라이가 복도에 붙은 난간에 부딪쳐 쓰러졌다.

부우욱!

이번에는 다다미방 벽이 갈라지며 덩치 큰 사무라이가 뛰어 들어왔다. 그러나 이준성의 반응이 그보다 한발 빨랐다. 이준성은 칼을 휘둘러 사무라이의 다리를 베어 버린 다음, 쓰러진 사무라이의 목 뒤에 칼을 쑤셔 넣어 숨통을 끊었다.

방금 전 죽은 사무라이가 마지막인지 공격해 오는 사무라이가 더 이상 없었다. 이준성은 마침내 복도 끝에 있는 다다미방 안에서 배를 갈라 자살한 호소카와 타다오키의 시체를 발견했다. 부하가 가이샤쿠를 해 준 듯 목이 잘려 있었다.

호소카와 타다오키의 죽음을 확인한 이준성이 밖으로 나왔을 때는 이미 웅천왜성이 떨어진 후였다. 왜군 몇백 명이 왜선에 탑승해 부산으로 도망치려 했지만, 때맞춰 나타난 이순신 장군의 수군에 의해 모두 물고기 밥으로 전락했다.

구로다 나가마사가 주둔하던 안골왜성 역시 마찬가지였다. 성을 수비하는 왜군이 거의 없어 무혈입성하는 데 성공했다.

왜군의 전라도 방향 거점 두 개를 모두 떨어트린 이준성은 곧 왜군의 상륙 거점인 부산왜성을 향해 전군을 이동시켰다.

한데 그때 은호원을 통해 생각지 못한 전갈이 하나 도착했다. 명에 사대하는 사대주의자 수천 명이 도성과 평양에서 반란을 일으켰다는 전갈이었다. 이준성이 도성에서 병력을 뺀 틈을 노린 친명파 세력이 반란을 일으킨 모양이었다.

그러나 이준성은 회군하지 않았다.

　　처음 목표인 부산왜성을 향해 계속 진격했다. 이번에는 어떤 일이 있어도 왜군을 몰아내겠다는 의지의 표현처럼 보였다.

독재자

10장. 흔들리는 대지

이준성은 왜군을 상대로 공성을 진행할 생각이 전혀 없었다.

백병전에 뛰어난 왜군을 상대로 공성하다가는 이번에 데려온 5만 병력 중에 몇 명이 살아서 돌아갈지 모를 일이었다.

더구나 100년간 내전을 치른 왜군은 성채를 쌓는 기술이 발달해 일반적인 형태의 공성으론 점령이 쉽지 않았다. 왜성을 공성하라 명령했다간 시체의 산을 볼 가능성이 높았다.

그런 이유로 1593년 가을부터 1595년 여름인 지금까지 왜군이 경상도 남해안을 점령하게 허용한 상태에서 암모니아 제조기와 진천 1호, 유성 3호를 개발하는 데 박차를 가했다.

다행히 1년 반이 넘는 그 인고의 시간은 만족할 만한 결과를 만들어 냈다.

그 덕에 웅천왜성과 안골왜성에 주둔한 왜군을 상대로 막대한 양의 화력을 퍼부을 수 있었고, 결국 견딜 수 없어진 왜군이 성 밖으로 나오게 만드는 데 성공을 거두었다.

왜군이 경상도 남해안에 쌓은 왜성은 10여 개에 이르지만, 그중 핵심은 얼마 전에 떨어트린 웅천왜성과 지금 그들이 공격하려 하는 부산왜성, 울산에 있는 서생포왜성 등 총 세 곳이었다.

그 세 왜성 중에 가장 중요한 왜성은 당연히 부산왜성이었다.

부산왜성에는 왜군의 상륙 거점인 부산포가 있어 이곳을 잃으면 상륙 거점을 잃을 뿐만 아니라 퇴각할 방법마저 사라졌다.

물론 서생포왜성 역시 항구를 보유해 도주가 가능했지만, 항구의 규모면에서 부산포에 비할 바 아니었다.

웅천왜성과 안골왜성을 떨어트려 후방의 위험을 완전히 제거한 이준성은 지체 없이 가장 중요한 요충지인 부산왜성으로 진격해 들어갔다. 부산왜성을 얼마 남겨 두지 않았을 때, 강문우, 지달원, 원충서, 유응수, 명회가 이준성을 찾았다.

그들은 친명파가 일으킨 반란을 의식하는 듯했다.

강문우가 장수들을 대표해 의견을 개진했다.

"군단에 있는 여단 중 하나를 도성으로 올려 보내 반란군을 진압하시는 게 어떻겠습니까? 의주에 있는 자유여단과 이쪽에서 올라간 다른 여단 하나가 남북 양쪽에서 반란군을 몰아세우면, 저들을 어렵지 않게 진압할 수 있을 거라 생각합니다."

피식 웃은 이준성은 다른 장수들을 돌아보며 물었다.

"모두 군단장과 같은 생각인가?"

모두가 같은 생각이라는 듯 장수들은 지체 없이 고개를 끄덕였다. 그를 찾아오기 전에 따로 만나 입을 맞춰 놓은 게 분명했다.

이준성은 갑자기 화를 벌컥 냈다.

"그대들은 왜군이 그리 쉬운 상대인 것처럼 보이는가? 내 말은 우리가 여단 두 개를 북쪽으로 올려 보내 전력을 분산시킨 상태에서 이길 수 있는 상대인 것 같으냐 이 말이야!"

장수들은 깜짝 놀라 고개를 밑으로 숙였다. 그들은 이준성이 이렇게 화를 내리라곤 전혀 예상하지 못했던 모양이었다.

소스라치게 놀란 강문우가 더듬거리며 대답했다.

"소, 소장들은 왜군을 얕보는 게 아닙니다. 다만, 반란군이 중전마마께 위해를 가할 수 있단 생각에 드리는 말씀입니다."

이준성은 단호한 표정으로 고개를 저었다.

285

"지금 우리에게 가장 중요한 과제는 내 마누라의 안위 따위가 아니라 우리 영토를 무단으로 점령한 외적을 한시바삐 몰아내 고통받는 백성을 편하게 해 주는 일일 것이다! 모든 장수들은 이제부터 곧 벌어질 왜군과의 전투에만 신경 쓰도록!"

"명심하겠습니다, 전하."

이준성의 기에 잔뜩 눌린 장수들은 그 앞에서 감히 결정을 재고해 달란 소리를 하지 못했다. 그러나 밖으로 나와선 이준성이 이런 결정을 내린 이유를 추측하느라 정신이 없었다.

장수들의 시선이 일제히 군단 작전참모 지달원에게로 향했다.

그들 중에서 이준성의 생각을 가장 잘 아는 사람이 지달원이었기 때문에 장수들은 자연히 그를 주목할 수밖에 없었다.

원충서가 따지는 말투로 물었다.

"지 참모는 전하께서 저런 말씀을 하시는 저의가 뭐라 생각하오?"

지달원은 잠시 생각하다가 고개를 살짝 저었다.

"흐음, 전 갑자기 박철의 일이 떠오르는군요."

원충서가 버럭 화를 내며 물었다.

"중요한 일전을 앞둔 상황에서 갑자기 우리를 배신한 그 빌어먹을 배신자 새끼의 이름을 꺼내는 연유가 대체 무엇이오?"

박철은 이준성이 대호골에 있을 때부터 따르던 자였는데, 나중에 이준성을 배신했다가 유웅수 손에 죽은 인물이었다.

당사자 중 하나인 유웅수 역시 궁금함을 감추지 못했다.

"박철이랑 이번 일이 무슨 관계가 있는 겁니까?"

지달원은 침착한 표정으로 장수들을 둘러보며 대답했다.

"다들 박철의 일을 잘 알고 계실 겁니다. 그자는 주상전하의 총애를 받아 처음엔 승승장구했지만 나중에 자기 친구가 전하 손에 참형당한 일로 앙심을 품었습니다. 이때, 이미 주상전하께선 박철이 전하를 배신할지 모른단 의심을 하셨을 겁니다. 하지만 전하께서는 박철을 잡아들이지 않으셨습니다. 박철이 실제로 배신할 때까지 내버려 두신 것이지요. 여러분은 전하께서 그런 결정을 내리신 이유가 뭐라 생각하십니까?"

유웅수가 조용히 물었다.

"전하께선 그때 박철을 이용해 전하를 적대시하던 윤탁연, 이광순, 조균 등을 한꺼번에 처리하셨소. 그럼 이번 역시 그런 거란 말이오? 반란군이 설치게 내버려 둔 다음에 반란군에 동조하는 사대주의자들을 한꺼번에 쓸어버릴 목적으로?"

지달원은 말없이 고개를 끄덕였다.

묵묵히 듣기만 하던 강문우 역시 지달원과 같은 생각인 듯했다.

"그렇다면 전하께서 의주에 자유여단만 남긴 상태에서

모든 병력을 남쪽으로 이동시킨 이유 역시 어쩌면 반란군에게 반란을 일으키도록 부추긴 거라 볼 수 있겠군. 도성에 병력이 많으면 반란군이 반란을 일으킬 생각을 어찌 하겠는가? 전하께선 처음부터 이런 일이 생길 줄 알고 계셨을 것이네."

그제야 이준성의 의도를 간파한 장수들은 몸을 부르르 떨었다. 이준성은 반란군뿐만 아니라 부화뇌동해 반란군에 동조할 가능성이 높은 사대주의자들까지 한꺼번에 없앨 목적으로 그들을 내버려 둔 것이다.

실로 교활한 계략이 아닐 수 없었다. 또한 웬만한 자신감 없인 할 수 없는 일이었다.

명회가 이해가 되지 않는 점이 있는지 지달원에게 다시 물었다.

"반란군이 상왕을 왕으로 다시 추대해 버리면 일이 복잡해지지 않습니까? 전이라면 어디 외딴 섬으로 유배를 보내거나 사약을 내려 해치워 버리면 그만이지만, 지금은 전하의 장인 어르신이 아닙니까? 전하와 중전마마의 금슬이 좋다는 소문을 들은 적이 있는데, 전하께서 아무리 공사의 구분이 확실하시다 한들 조강지처가 눈물로 간곡히 호소하면 상왕과 왕자들을 죽이는 것은 쉽지 않을 것이 아닙니까? 이 문젠 어찌 생각합니까?"

그 말이 끝나기 무섭게 다른 장수들이 헛기침을 하며 주위를 둘러보았다. 다행히 그들의 말을 엿듣는 사람은 없는 듯했다. 천민 출신인 명회에게는 조선 왕실에 대한 충성심이 거의 없어 상왕과 왕자를 죽이는 문제가 별것 아닌 일일지 모르지만, 조선 왕실의 녹을 먹었거나 유학을 배운 다른 장수들에게는 그렇지가 않아 신경이 쓰일 수밖에 없었다.

지달원은 고개를 저었다.

"상왕은 똑똑하신 분입니다. 아니, 지금은 눈치가 빠르단 표현이 더 어울리겠군요. 어쨌든 상왕은 주상전하께서 옹주한 분을 달라 하셨을 때 바로 승낙했습니다. 이게 무슨 뜻이겠습니까? 전하를 이길 방도가 없기 때문에 본인과 본인의 자식들을 지키기 위해선 전하를 사위로 삼는 게 가장 안전하단 판단을 내렸단 뜻입니다. 그런 분이 갑자기 반란군이 왕으로 추대한다 하여 냉큼 받아들일 거라 생각하십니까? 제게 보기엔 아닙니다. 오히려 반란군을 야단쳐 쫓아내실 겁니다. 그래야 왕실이 피해를 입지 않을 수 있기 때문입니다."

그때, 강문우가 부하 장수들을 재촉했다.

"자, 이젠 다들 납득했을 테니까 어서 자기 부대로 돌아가도록 하게. 전하의 말씀대로 우리 상대는 반란군이 아니라 왜군이야. 왜군을 몰아내지 못하면 이 모든 게 헛고생인 셈이고."

각오를 다진 장수들은 각자 맡은 부대로 돌아가 행군을 감독했다. 그들은 곧 부산왜성이 보이는 북서쪽 벌판에 도착했다.

이준성은 웅천왜성을 공격할 때 썼던 방식대로 천궁포병 여단을 맨 앞에 배치했다.

그러나 이번엔 전과 달리 천궁포병여단이 보유한 진천 1 호 93문 전체를 전개했다. 나머지 7문은 저번 전투에서 고장이 나 지금은 수리 중에 있었다.

곧 진천 1호 93문이 일제히 유성 3호를 쏘아 올렸다. 낮은 포물선을 그리며 솟구쳐 오른 유성 3호가 부산왜성 북서쪽 성벽에 연달아 작렬했다.

그러나 부산왜성 성벽은 웅천왜성보다 훨씬 견고했다. 그 날 하루만 다섯 번에 걸쳐 400발이 넘는 유성 3호를 발사했지만, 성벽을 완전히 허물어트리는 데 실패했다. 다행인 점은 포탄의 재고가 아직 충분하는 것이었다.

암모니아 제조기 덕에 화약 수급이 쉬워져 이번에 가져온 포탄만 2,000발이었다. 또 부족하면 신세준이 이끄는 철우여 단이 보급해 줄 것이기 때문에 화력을 아낄 필요가 없었다.

"놈들의 아침잠을 깨워 줘라!"

이준성은 다음날 새벽 일찍 포격 재개를 명령했다.

펑펑펑!

잠을 자던 왜군이 정말로 있었는지는 모르겠지만, 어쨌든 새벽 일찍 재개한 포격 때문에 잠은 확실히 달아났을 듯했다.

어젯밤 부산왜성에서는 망치질 소리가 끊이지 않았다.

허물어진 성벽을 수리하는 소리였다.

그러나 밤새워 한 수리가 완벽하지 않았는지 새벽에 이어진 두 차례 포격을 통해 마침내 부산왜성 북서쪽 성벽 한 곳을 무너트리는 데 성공했다.

이준성은 웅천왜성에서 했던 것처럼 천궁포병여단을 좀 더 앞으로 전진시켜 성안을 직접 포격하게 하였다. 곧 유성 3호가 무너진 성벽으로 빨려 들어가 성안 건물에 작렬했다.

콰콰쾅!

포격을 받은 부산왜성 안에서 솟구친 연기가 하늘 위 수백 미터까지 치솟아 마치 그쪽에만 먹구름이 낀 것처럼 보였다.

그러나 왜군은 성 밖으로 나오지 않았다. 웅천왜성을 지키던 호소카와 타다오키는 성안이 포격당하는 상황을 참지 못해 성 밖으로 튀어나왔지만, 부산왜성을 지키는 모리 테루모토의 모리군은 그럴 생각이 없다는 듯 꼼짝하지 않았다.

은호원이 조사한 바에 따르면, 현재 부산왜성에 모여 있는 왜군은 2만 명이었다. 그들 대부분은 모리 가문 소속으로 모리 테루모토, 고바야카와 다카카게의 지휘를 받는 중이었다.

2만이면 성을 나와 자웅을 겨뤄 볼 만한 숫자였지만, 모리군은 뭔가를 기다리는지 자라목처럼 잔뜩 웅크린 상태였다.

그날 자정, 야음을 틈타 밖으로 나온 모리군 별동대 5,000명이 오른쪽으로 크게 우회해 아시온 군단 후위를 기습했다.

그러나 이준성은 왜군이 어떻게 나올지 이미 간파한 상태였다.

그에겐 왜군이 이런 상황에서 어떤 전술을 잘 쓰는지 알려 주는 데이터가 있었다.

엄밀히 말하면 유진에 있는 데이터였지만, 어쨌든 왜군은 농성할 때 이런 식의 야간 기습을 펼쳐 공성군의 사기를 떨어트리는 작전을 자주 펼쳤다.

그러나 이준성은 이미 야간 기습 대비를 철저히 해 둔 상태였다. 그 바람에 오히려 야간 기습을 가한 왜군 쪽이 역으로 기습당해 대패했다.

5,000명 왜군 별동대는 병력이 3,000명으로 줄어든 후에야 간신히 성으로 퇴각할 수 있었다.

다음 날 낮에는 고바야카와 다카카게가 직접 모리군 1만 명과 함께 성 밖으로 나와 싸움을 걸었지만, 이준성은 진천 1호로 포격해 쫓아 버렸다. 그는 왜군의 허술한 유인작전에 말려들어 적이 더 잘하는 백병전을 치를 생각이 없었다.

그렇게 포격을 시작한 지 나흘쯤 지났을 때였다.

은호원장 강태봉을 만나 보고를 받은 이준성은 야간에 천마, 비룡, 절강 세 여단을 대동한 상태에서 동쪽으로 이동했다.

동쪽으로 10킬로미터쯤 이동했을 무렵, 마침내 부산왜성을 지원하기 위해 이동하는 왜군 1만 5천 명의 모습이 눈에 들어왔다.

이와 잇몸이 서로 의지하듯 부산왜성이 공격받았단 소식을 접한 서생포왜성 왜군이 지원을 위해 이동 중이었던 것이다.

"놈들을 쓸어버리자!"

이준성은 투구 바이저를 밑으로 내리며 왜군에게 돌격했다.

◆　◈　◆

이준성은 왜군에게 돌진하며 옆을 보았다. 비룡여단, 절강여단 궁병이 발사한 불화살이 빗발치듯 날아가는 모습이 보였다.

이준성은 다시 고개를 돌려 왜군 쪽을 보았다. 불화살이 떨어질 때마다 왜군이 불길에 휩싸여 쓰러졌다. 달빛이 약한 날이지만 다행히 궁병이 발사한 불화살 덕분에 시야에 문제를 겪지 않았다. 물론 그에겐 인드라망이 있어 어둡든 말든 상관없었지만, 그를 따라오는 기병들에겐 중요한 문제였다.

이준성은 뒤이어 비룡여단, 절강여단 조총병이 발사한 조총의 총성을 들을 수 있었다. 마치 프라이팬에 팝콘을 튀길 때와 비슷한 소리가 연달아 들리며 왜군 진영 한쪽이 허물어지는 모습을 볼 수 있었다. 여기까진 아주 만족스러웠다.

비룡여단, 절강여단 병사들은 방금 전과 같은 작업을 반복했다. 궁병이 발사한 불화살이 조명탄 역할을 해 주는 동안, 조총병이 조총을 조준해 발사했다. 왜군 역시 급히 궁병과 조총병을 내보내 반격을 시도했지만 마음처럼 쉽지 않았다.

이준성은 고개를 돌려 그가 돌파하는 방향을 살펴보았다. 왜군 장창부대가 대기병전법을 쓰기 위해 장창을 앞으로 세우는 모습이 보였다.

비록 그들이 갑옷을 잘 갖춰 입은 중기병이긴 하지만 장창으로 만든 숲에선 버티기 어려웠다.

이준성은 천뢰 3호 뚜껑에 튀어나와 있는 점화봉을 세게 잡아당겨 점화시켰다.

지연신관을 쓰는 천뢰 3호는 5초 후에 폭발하도록 만들어져 있지만, 사람 손으로 만들다 보니 그 시간이 일정치가 않아 어쩔 때는 3초 후에, 또 어쩔 때는 6초 후에 폭발했다.

심지어 잡아당기는 순간에 폭발하는 경우까지 있어 100명 중에 3명꼴로 죽거나 부상을 당했다.

그러나 지금은 천뢰 3호보다 좋은 투척 무기가 없기 때문에 국군에 속한 모든 기병은 천뢰 3호를 보급받아 사용했다.

이준성 역시 천뢰 3호가 손 안에서 폭발하는 상황은 결코 원하지 않기 때문에 얼른 왜군 장창부대 쪽으로 던졌다. 빙글빙글 돌며 날아가던 천뢰 3호가 공중에서 갑자기 폭발했다.

폭탄이든 미사일이든 수류탄이든, 지면에서 폭발할 때보다 공중에서 폭발할 때의 위력이 훨씬 큰 법이었다. 지금 역시 마찬가지였다.

천뢰 3호의 폭발 반경에 있던 왜군 장창병 몇이 비명을 지르며 바닥으로 쓰러졌다.

천뢰 3호 안에 쇳조각이 들어 있어 갑옷이 단단하지 않은 이상 막아 내기 어려웠다.

이준성이 보기에 그가 방금 던진 천뢰 3호는 3초 만에 터진 듯했다. 그는 가슴을 쓸어내리며 천뢰 3호가 터진 곳으로 흑왕을 몰았다. 그를 따라오던 흑룡대대와 천마여단 기병들 역시 천뢰 3호를 던지며 돌격했다. 천뢰 3호가 터질 때마다 왜군 장창병이 쓰러지며 대기병전법에 구멍이 뚫렸다.

이준성은 흑왕의 속도를 높여 왜군 쪽으로 뛰어들었다.

콰콰콰쾅!

흑왕이 장창병 세 명을 들이받으며 돌입했다. 흑왕에 들이받힌 장창병은 트럭에 받힌 보행자처럼 몇 미터를 날아가 떨어졌다. 이준성은 그 틈에 오른손으로 언월도를 베어 갔다.

언월도에 잘린 장창병 두 명의 머리가 허공으로 둥실 떠올랐다. 이준성은 흑왕의 말배를 걷어차 계속 돌진하며 노를 젓듯 양쪽을 번갈아 베어 갔다. 섬광처럼 날아드는 언월도 앞에서 왜군은 속수무책이었다. 달빛을 반사한 언월도 날이 뿌연 광채를 뿌릴 때마다 피와 살점이 후드득 쏟아졌다.

그때, 왜군 기병 하나가 사각에서 왜도로 이준성의 등을 찔러 왔다. 이준성은 흑왕 위에서 재빨리 상체를 돌리며 왼손에 쥔 칼을 뒤로 뻗었다. 왜도를 옆으로 튕겨 낸 칼이 기병의 심장에 틀어박혔다. 이준성은 투구를 쓴 기병의 얼굴이 일그러지는 모습을 보며 칼을 반 바퀴 돌려 다시 뽑아냈다.

가슴에 뚫린 구멍에서 피를 분수처럼 쏟아 내던 기병이 술에 취한 사람처럼 몸을 가누지 못하다가 말 위에서 떨어졌다.

그때부터 정면에선 승산이 없다고 생각한 왜군은 이준성의 사각을 집요하게 노려 왔다.

이준성은 흑왕을 정신없이 움직여 왜군의 공격을 피하려 했지만, 주위에 왜군이 워낙 많은 탓에 쉽지 않았다.

마치 명절고속도처럼 꽉 막혀 흑왕이 움직일 공간이 나오지 않았다.

결국 왜군이 휘두른 구겸창에 걸려 흑왕 위에서 끌어내려졌다.

이준성은 벌떼처럼 모여드는 왜군을 보며 소리쳤다.

"말에서 끌어내리면 너희들이 날 어찌할 수 있을 것 같으냐!"

소리친 이준성은 언월도 자루 끝을 잡아 힘차게 휘둘렀다. 언월도가 왜군 대여섯 명의 몸을 가르며 지나갔다. 가슴과 허리가 잘려 나간 왜군이 피와 내장을 쏟아 내며 즉사했다.

그때, 조총을 쏘려는 왜군을 발견한 이준성은 왼손에 쥔 칼을 던졌다. 빗살처럼 날아간 칼이 조총병의 가슴을 관통했다.

그러나 조총병의 가슴에 박힌 칼을 회수할 시간은 없었다. 갑자기 덤벼든 사무라이 하나가 왜도로 그의 어깨를 내리쳤다.

거리를 좁힌 그는 왼팔을 들어 왜도를 내려치는 사무라이의 팔을 붙잡은 다음, 오른손에 쥔 언월도를 옆으로 휘둘렀다. 머리가 잘린 사무라이가 허우적거리다가 쓰러졌다.

이번엔 뒤에서 덩치 큰 사무라이 하나가 왜도로 이준성의 등을 베어 왔다. 재빨리 돌아선 이준성은 언월도 뒷날과 칼자루를 양손으로 잡아 막아 갔다.

한데 그때 생각지 못한 일이 일어났다. 왜도를 떨어트린 사무라이가 갑자기 소리를 지르며 두 팔로 이준성의 허리를 덥석 끌어안았다. 스모를 했는지 팔심이 대단해 그는 순식간에 1미터를 밀려났다.

"이 새끼가!"

이준성은 언월도의 칼자루 부분으로 사무라이의 등을 몇 번 내리쳤지만 사무라이는 같이 죽을 생각인 듯 팔을 풀지 않았다. 그때, 이준성이 위기에 처했다 판단한 왜군 10여 명이 달려와 그를 몇 겹으로 둘러싸며 공격할 태세를 갖췄다.

"이 새끼들이 뒈지려고 환장을 했군."

언월도를 버린 이준성은 허리를 끌어안은 사무라이의 두 팔을 순수한 악력만을 이용해 떼어 낸 뒤 무릎을 위로 올려 찍었다. 갈비뼈가 부러졌는지 피를 토한 사무라이가 바닥으로 쓰러졌다. 그는 쓰러진 사무라이를 들어 올려 덤벼드는 다른 왜군에게 던졌다. 80킬로그램은 족히 나갈 것 같은 사무라이가 왜군 대여섯 명을 볼링 핀처럼 쓰러트렸다.

그 틈에 언월도를 다시 주워 든 이준성은 나머지 왜군을 마저 처리했다. 그 주위에 쌓인 왜군의 시신이 20여 구를 넘어갈 무렵, 마침내 왜군이 시노카미라는 비명을 지르며 흩어졌다.

그는 그들에게 인간이 아니라 죽음을 부르는 악마였다.

여유를 찾은 이준성은 흑왕을 불러 다시 올라탄 뒤 주위를 둘러봤다. 그가 주의를 끌어 준 덕분에 흑룡대대와 천마여단 기병이 왜군 진형을 가르며 적에게 막대한 손실을 입혔다.

사실상 싸움은 거기서 끝난 셈이었다. 왜군은 산발적으로 저항하며 두 시간 이상 시간을 끌었지만, 동쪽 하늘에 동이 틀 무렵엔 결국 발길을 돌려 서생포왜성으로 복귀했다.

시간이 없어 정확한 전과를 확인하기가 어려웠지만, 최소 4,000명에서 5,000명에 달하는 왜군이 전장에 쓰러져 있었다.

이준성은 전장을 대충 수습한 다음, 부산왜성으로 다시 돌아갔다. 부산왜성에 있던 아군 역시 전투를 막 끝낸 참이었다.

이준성이 비룡, 천마, 절강여단을 동원해 서생포왜성에서
지원 나온 왜군을 기습할 무렵, 부산왜성에 있던 흑표, 백랑,
금강 세 여단은 성 밖으로 나온 모리군과 일전을 벌였다.

모리군의 목표는 명확했다. 천궁포병여단이 가진 진천 1
호를 부숴 더 이상 포격을 가하지 못하게 만들겠다는 것이었
다.

그러나 흑표, 백랑, 금강 세 여단이 천궁포병여단을 몇 겹
으로 둘러싸 보호한 덕에 모리군은 3,000구의 시체만 남긴 상
태에서 후퇴했다.

밤사이 벌어진 두 번의 큰 전투에서 모두 승리를 거둔 셈이
었다.

본대와 합류한 이준성은 두 차례 전투를 모두 승리로 이끈
장졸들을 치하한 다음, 천궁포병여단에게 포격을 재개하라
명했다. 한 차례 쓴맛을 본 모리군은 다신 밖으로 나오지 않
았다. 그저 끈질기게 버티며 전황이 바뀌길 기다렸다.

그렇게 엿새쯤 흘렀을 때였다.

이준성은 청오공병여단장 정평구를 불러들였다. 청오공병
여단은 지난 1년 동안 교량 및 기지 건설 등 공병이 필요한 일
이면 언제든 출동해 임무를 완수하는 훈련을 받았다.

이준성은 군례를 마치며 일어서는 정평구에게 물었다.

"완성했나?"

"마무리 작업만 남았습니다."

이준성은 정평구의 안내를 받아 북동쪽 방향으로 이동했다.

진천 1호가 포격하는 지점이 북서쪽이기 때문에 북동쪽 방향엔 성 밖을 감시하는 왜군 수가 많지 않았다. 그는 정평구와 함께 북동쪽에 있는 자그마한 숲으로 들어갔다. 숲의 규모는 크지 않지만 나무가 아주 울창해 부산왜성 성첩에서는 숲 안을 정찰하기가 쉽지 않았다.

그는 숲 안으로 들어가 청오공병여단이 방금 작업을 마친 장소로 걸음을 옮겼다.

그곳엔 사람 서너 명이 들어갈 수 있는 크기의 갱도가 만들어져 있었다. 이준성은 횃불로 안을 비춰 보았다. 나무기둥으로 사방을 지탱해 갱도가 무너지지 않게 조치해 둔 상태였다.

이준성은 지체 없이 갱도로 뛰어들었다. 강주봉과 한명련 등이 위험하다며 말렸지만, 이준성은 안을 직접 확인해 보기 전에는 마음이 놓이지 않을 것 같았다. 그는 정평구와 함께 횃불로 내부를 밝히며 갱도 안쪽으로 천천히 걸음을 옮겼다.

지하수가 뚝뚝 떨어지는 갱도는 깊이 들어갈수록 조금씩 밑으로 내려가도록 만들어져 있었다. 즉 출구 쪽이 지표면과의 거리가 2미터라면, 중간쯤 왔을 때는 5미터였다.

또 마지막 부분에서는 거의 10미터 깊이에 갱도가 위치해 있었다.

갱도 끝부분에 도착한 이준성은 그동안 걸어온 거리를 대충 계산해 보았다. 아마 5, 600미터는 족히 걸어온 듯했다.

이준성은 정평구의 어깨를 두드리며 껄껄 웃었다.

"하하, 짧은 시간에 굉장한 일을 해냈군."

순박한 인상인 정평구가 머리를 긁적이며 대답했다.

"토질이 물렁해서 그리 어렵지 않았습니다."

"그래도 대단한 일임엔 변함없네. 아마 우리가 이번 전투에서 대승을 거둔다면, 청오공병여단의 공이 가장 클 것 같군."

정평구가 즉시 머리를 숙였다.

"과찬이십니다."

"그 물건은 여기 있나?"

"그렇습니다."

대답한 정평구가 갱도 끝에 쌓아 둔 가죽부대를 살짝 들었다. 이준성은 허리를 숙여 가죽부대 안을 들여다보았다. 가죽부대 안에 커다란 나무통 수십 개가 다닥다닥 붙어 있었다. 마치 와인이 담긴 오크통을 보관하는 와인저장고처럼 보였다.

갱도를 빠져나온 이준성은 작업을 마무리하란 명령을 내렸다. 잠시 후, 청오공병여단 병사 몇 명이 갱도 안으로 들어가 작업을 진행했다. 그들이 작업을 마친 시간은 이른 새벽이었다.

하늘을 본 이준성은 입가에 미소를 지었다.

"하루를 시작하는 방법치곤 아주 훌륭하군."

이준성의 신호를 본 정평구가 갱도에 깔아 둔 도화선에 불을 붙였다. 이준성은 시선을 돌려 부산왜성 북동쪽 성벽을 주시했다.

잠시 후, 북동쪽 성벽 밑에서 집채만 한 괴물이 지상으로 튀어나오는 것처럼 땅이 쩍 갈라지며 흙이 치솟았다.

◆　◈　◆

콰콰콰콰쾅!

지진이 난 것처럼 땅이 흔들리는 가운데 부산왜성 북동쪽 성벽을 집어삼킨 흙더미가 수십 미터 위로 치솟았다. 마치 화산이 폭발하는 듯했다. 진짜 화산과 다른 점이라면 붉은 용암 대신에 흙과 돌덩이가 위로 솟구쳤다는 점일 것이다.

수십 미터 위로 솟구친 흙먼지가 우주를 유영하듯 지상으로 천천히 낙하할 때, 폭발이 일어난 지점을 시작으로 북동쪽 성벽 전체가 푹 가라앉았다. 성벽을 쌓는 데 쓴 수백 톤의 돌덩이가 지상으로 가라앉는 모습은 마치 대지가 허물어져 지상에 있는 모든 물체가 지하로 빨려 들어가는 듯했다.

이준성은 홀린 듯 그 광경을 지켜보았다. 성벽이 도미노가 쓰러지듯 무너질 때마다 여진이 오는 것처럼 땅이 꿀렁거렸다.

성벽은 100미터가량 무너진 후에야 간신히 폭발의 충격에서 벗어날 수 있었다. 그러나 공중에 솟구친 흙과 먼지까지 완전히 가라앉으려면 그보다 많은 시간이 필요할 듯 보였다.

이준성은 멍한 얼굴로 서 있는 정평구의 어깨를 잡으며 웃었다.

"내 말이 맞지 않았는가?"

그가 어깨를 잡는 바람에 깜짝 놀란 정평구가 급히 돌아섰다.

"무슨 말씀이신지 잘 모르겠습니다."

"내가 방금 전에 자네들이 대단한 일을 했다 말하지 않았나? 자, 자네 눈으로 직접 보게. 자네와 자네 부하들이 해낸 이 엄청난 일을 말이야. 천궁포병여단 전체가 닷새 동안 포격해 무너트린 성벽보다 청오공병여단이 무너트린 성벽이 훨씬 기네. 이 정도면 정말 대단한 일을 한 셈이지 않은가?"

정평구는 얼떨떨한 표정을 감추지 못했다.

"그런 것 같습니다. 솔직히 말씀드리면, 소장은 방금 전까지 화약에 저런 위력이 있을 거라곤 전혀 예상하지 못했습니다."

이준성은 껄껄 웃으며 정평구의 어깨를 두드렸다.

"괜찮네, 괜찮아. 정 여단장만 그렇게 생각한 것은 아닐 테니까."

청오공병여단은 며칠 전부터 암모니아 제조기로 만들어
낸 화약 3톤이 밀봉된 나무통을 북동쪽 성벽 지하에 매설했
다. 점화가 쉽도록 나무통에 뇌홍을 뿌려 뒀기 때문에 폭발
하는 순간 그야말로 천지가 뒤집히는 위력을 발휘했다.

이준성은 북동쪽으로 비룡여단을 불러왔다. 잠시 후, 하구
로가 이끄는 비룡여단 전체가 도착해 공격할 준비를 서둘렀
다.

그때, 하늘을 가리던 흙먼지가 가라앉으며 폐허로 변한 북
동쪽 성벽이 시야에 들어왔다.

이준성은 비룡여단을 곧장 북동쪽 성벽으로 진격시켰다.
비룡여단 조총병과 궁병 1천 명이 엄호사격을 하는 동안, 적
룡대대와 청룡대대, 황룡대대 소속 보병들이 조금 전 무너진
북동쪽 성벽 안으로 쏟아져 들어갔다.

그러나 왜군 역시 이미 적을 맞을 만반의 준비를 갖춰 놓
은 상태였다. 북동쪽 성벽이 무너지는 모습을 본 왜군은 즉
각 북서쪽을 지키던 수비군 상당수를 북동쪽으로 이동시켜
놓았다.

잔해를 사이에 둔 상태에서 싱겁게 이어지던 전투는 결국
적룡대대와 청룡대대, 황룡대대 병사들이 먼저 쫓겨나며 끝
을 맺었다.

북동쪽 성벽 전투는 일단 지금까진 패배한 셈이었다.

이준성은 하구로의 지휘를 받아 퇴각하는 비룡여단을 지

켜보다가 고개를 돌려 북서쪽 성벽을 보았다. 북서쪽 성벽 근처에서 뿌연 흙먼지와 함께 말발굽 소리가 계속해 들려왔다.

이준성은 인드라망으로 좀 더 자세히 살펴봤다. 계획대로 북서쪽에 주둔해 있던 천마, 흑표, 백랑 세 여단이 무너진 성벽 안으로 돌진해 그곳을 지키던 왜군을 제압하는 중이었다.

왜군은 아시온 군단이 오늘 새벽에 무너진 북동쪽 성벽에 병력을 집중할 거라 예상해 병력을 대거 북동쪽으로 이동시킨 상태였다.

실제로 이준성은 하구로의 비룡여단을 북동쪽 성벽으로 들여보내 그들의 예상이 틀리지 않았단 사실을 보여 주었다.

이를 본 왜군은 즉시 북동쪽으로 병력을 더 투입해 방어를 강화했는데, 그게 그들의 패인으로 작용했다.

이번에 화약 3톤을 써서 무너트린 북동쪽 성벽은 양동공격의 조공에 해당했다. 즉 주력은 여전히 북서쪽에 있었다. 강문우가 지휘하는 주력부대는 방어가 헐거워진 북서쪽 성벽 안으로 쏟아져 들어가 성안 요충지를 재빨리 점령했다.

흑왕에 올라탄 이준성은 투구 바이저를 밑으로 내렸다. 검은색 가죽을 씌워 놓은 강철투구와 바이저에 악마의 얼굴이 수놓아져 있어 담이 약한 자는 오줌을 지릴 만큼 무서웠다.

이준성은 비룡여단 병사들을 매섭게 쏘아보며 소리쳤다.

"너희들은 이번 전투에서 조공 역할로 만족할 생각인가?"

비룡여단 병사들은 함성을 지르며 일제히 소리쳤다.

"아닙니다!"

"그럼 지금부터 나를 따라와라! 나를 따라오다 보면 너희 비룡여단이 우리 대한민국 국군에서 가장 강한 정예병이란 사실을 온 사방에 자랑할 수 있는 기회가 반드시 올 테니까!"

"와아아!"

함성을 지르는 비룡여단 병사들에게 주먹을 쥐어 보인 이준성은 돌아서서 무너져 내린 북동쪽 성벽으로 흑왕을 몰았다.

북동쪽 성벽을 수비하던 왜군은 방금 북서쪽 성벽으로 진입한 아시온 군단 주력을 막기 위해 다시 이동한 상황이었다.

그런 상황에서 전군 최강의 전력과 사기를 지닌 비룡여단 5,000명을 막아 내기란 사실상 불가능에 가까운 일이었다.

특히 이준성이 이끄는 흑룡대대의 활약이 엄청났다. 중기병으로 이뤄진 흑룡대대는 태풍처럼 왜군을 쓸어버렸다.

언월도와 칼로 왜군을 베어 가며 달리던 이준성은 건물이 눈에 들어올 때마다 천뢰 3호를 점화시켜 창문과 열린 문 안으로 굴려 넣었다.

그러면 몇 초 후에 천뢰 3호가 폭발해 건물 전체가 화염과 연기에 휩싸여 불타올랐다.

건물이 보일 때마다 안으로 병력을 투입해 소탕하는 건 시간이 많이 걸릴 뿐만 아니라 아군 병력의 손실이 커질 위험이 있었다.

부산왜성은 외성과 내성, 혼마루로 이루어져 있었다. 또 그 혼마루 가운데에는 5, 6층 높이의 목조건물이 솟아 있는데, 한자로는 천수각, 왜국에선 덴슈가쿠라 부르는 건물이었다.

외성과 내성을 돌파한 이준성은 곧 북서쪽 성벽 쪽으로 진입한 아시온 군단 주력부대와 합류하는 데 성공했다.

주력부대는 천수각 안에서 조총과 활을 쏘며 저항하는 왜군을 제압하기 위해 몇 번의 돌파를 시도했지만 번번이 실패한 상태였다.

이준성은 즉각 전령을 불러 명령을 내렸다.

"김국신에게 가서 진천 1호 몇 문을 이곳으로 가져오라 해라."

"예!"

대답한 전령 다섯 명이 성 밖에 있는 천궁포병여단장 김국신을 찾아갔다. 전령을 다섯 명이나 보내는 이유는 전령이 가다가 왜군 매복에 걸려 죽을 수 있기 때문이었다.

물론 다섯 명이 모두 죽으면 그건 운이 없다고밖에 할 수 없었다.

다행히 이번 전령은 명령을 제대로 전달한 모양이었다. 김국신이 직접 진천 1호 다섯 문을 혼마루로 가져왔다.

물론 진천 1호를 그냥 가져올 방법은 없었다. 진천 1호에

쇠바퀴가 달린 포차가 있긴 하지만 성벽 잔해가 곳곳에 널려 있는 성안에서 800킬로그램이 넘는 야포를 옮기긴 힘들었다.

그러나 진천 1호는 30여 개 부품으로 분해가 가능하기 때문에 힘들게 통째로 옮길 필요가 없었다.

물론 가장 무거운 부품인 포신은 장정 예닐곱 명이 달라붙어야 어깨에 짊어진 상태로 운반이 가능했기에, 그로부터 30분쯤 지났을 무렵에야 진천 1호 다섯 문의 부품을 혼마루 앞으로 옮겨와 조립을 시작할 수 있었다.

조립을 마친 다음엔 천수각을 겨냥해 유성 3호를 발사했다.

유성 3호에는 충격신관이 들어 있어 나무로 만든 천수각이야 금방 태워 버릴 수 있었다.

유성 3호가 천수각 벽에 부딪쳐 폭발할 때마다 폭음과 함께 불길이 사방으로 번져 갔다.

곧 천수각 안에서 몸에 불이 붙은 왜군이 뛰쳐나왔다. 그 다음에는 연기를 마신 듯 비틀거리는 왜군이 뒤따라 나왔다.

그로부터 30분쯤 지났을 때였다.

밑에서 피어오른 불길이 천수각 전체를 휘감는 순간, 건물이 위부터 무너져 내렸다.

천수각을 제압한 이준성은 부산왜성 남쪽 끝에 있는 항구로 진입했다. 항구는 배에 타서 바다로 나가려는 왜군 때문에 발 디딜 틈이 없었다. 그는 지체 없이 왜군을 섬멸하라 명령했다. 사기가 오를 대로 오른 아시온 군단 병사들은 천지가 떠나갈 것 같은 함성을 지르며 왜군에게 덤벼들었다.

곳곳에서 조총 총성과 화살 날아가는 소리가 들렸다. 또 어떤 곳에선 칼과 칼이, 창과 방패가 부딪치는 소리가 들려왔다.

이준성은 흑룡대대와 항구로 진격해 앞을 막아서는 왜군을 미친 듯이 베어 갔다. 연이은 전투로 강철로 만든 언월도와 칼이 무뎌진 바람에 도중에 왜군이 쓰던 무기를 빼앗아 싸울 정도였다.

그가 보기에 항구는 말 그대로 아비규환이 따로 없었다.

부두에 정박한 300여 척의 왜선에는 배에 오르려는 왜군이 개미떼처럼 달라붙어 있었다.

그러나 왜선을 조종하는 수군은 흑룡대대가 가까이 다가온 모습을 보고선 배에 매달린 왜군을 떨어트렸다.

끝까지 버티는 왜군이 있을 때는 왜도로 팔목 위를 내리쳐 끊어 버렸다. 어떤 배는 뱃전에 피가 뚝뚝 흐르는 사람의 팔목 수십 개가 붙어 있을 지경이었다.

이준성은 부두를 벗어나기 위해 애쓰는 왜선이 보일 때마다 천뢰 3호를 점화시켜 힘껏 던졌다. 그 모습을 본 흑룡대대 병사들이 천뢰 3호를 던지며 그의 행동을 따라했다. 그들이 던진 천뢰 3호 중 상당수는 바다에 떨어졌지만 왜선에 떨어진 천뢰 3호 역시 적지 않았다. 천뢰 3호가 폭발할 때마다 불꽃이 크게 일어나 돛대에 매달린 돛을 불태웠다.

흑룡대대가 분전하긴 했지만 결국 300척에 달하는 왜선 중에 250척이 넘는 왜선이 부두를 떠나 바다로 나갔다. 고개를 저은 이준성은 다시 항구로 돌아가 남은 왜군을 정리했다.

왜군은 선단이 항구를 빠져나가는 모습을 보곤 일제히 항복했다. 왜군은 적이 왜군 포로를 학살하지 않는다는 소문을 들은 후부터 상황이 좋지 않아지면 지체 없이 항복해 왔다.

곧 부산왜성 전체에서 5,000명이 넘는 포로를 잡아들일 수 있었다. 거기에 왜군이 부산왜성 저장고에 비축한 조총과 화약, 군량, 갑옷, 왜도, 창 등의 전리품까지 합치면 이번 전투에서 얻은 이득이 생각보다 많을 것 같다는 생각이 들었다.

부산왜성을 완벽히 점령한 이준성은 급히 울산에 있는 서생포왜성으로 부하들을 보냈다. 그러나 부하들이 서생포왜성에 도착했을 땐 그곳에 있던 왜군은 이미 바다로 내뺀 후였다.

서생포왜성에 있던 왜군은 부산왜성에 있던 왜군보다 탈출하는 데 여유가 있었기 때문에 창고에 있던 군량과 무기를 모두 불태워 한국군 손에 들어가지 않도록 조치해 두었다.

이준성은 부산왜성에서 머물며 통제영의 연락을 기다렸다. 그날 밤 늦게, 통제사 이순신 장군이 직접 부산포로 들어와 이준성에게 보고했다.

이순신 장군의 보고에 따르면, 그가 이끌던 수군은 부산포를 급히 빠져나가던 왜선 선단 측면을 기습해 왜선 250척 중에 5척을 나포, 30척을 완파, 20척을 반파시키는 전공을 거두었다.

이준성은 혹여 노량해전과 같은 일이 일어날까 노심초사했는데, 다행히 이순신 장군은 그의 조언을 받아들여 측면을 기습하는 선에서 그쳤다.

이준성은 다음날 부산진성으로 이동해 이번 전투에서 고생한 육군, 수군 장수들을 치하한 뒤 북쪽으로 올라갔다. 이제부턴 친명파를 제거해 그의 권력을 공고히 할 차례였다.

한데 북쪽으로 올라가는 도중 강태봉에게서 생각지 못한 보고를 받았다. 반란군을 이끄는 수뇌가 이시언이란 보고였다.

이준성은 마침내 오래 묵은 숙원을 풀 때가 도래했을 직감했다.

〈5권에 계속〉

이 계로 간 초능력

이 계로 간 초능력 차

악휠비 퓨전 판타지 장편소설

FUSION FANTASY STORY

세계가 극찬하는 최고의 마술사 이강현.
그리고 그만이 가지고 있는 또 다른 직함.

'인류 최초의 초능력자'

남부러울 것 없이 살아가던 그가
불의의 사고로 죽음을 맞이한 순간,
마법의 세계에서 새로운 삶을 맞이한다!

이계에서도 최고가 되어 보이겠다!
신이 선택한 재능러 이강현의 이계 정복